Later als ik vliegen k

Ik heb dit boek geschreven voor jou.

Hoewel de personages in dit boek fictief zijn en hun levens alleen bestaan op papier, zijn de dingen waar ze tegen aanlopen echt. Het kan zijn dat je hierdoor iets van jezelf in hun verhalen herkent. Weet dat je niet alleen bent, er zijn mensen die je kunnen én willen helpen. Praat erover. Het wordt beter zodra jij vertelt wat er in je omgaat.

Als je niet goed weet hoe je zo'n gesprek moet beginnen, of als er niemand in je omgeving is die je jouw verhaal wilt toevertrouwen, dan kun je op www.jongerenhulponline.nl verschillende instanties vinden waar je (anoniem) terechtkunt. Zij luisteren graag naar je.

If we’re strong enough to let it in,
we’re strong enough to let it go.
Let it all go.

– Birdy, RHODES

Het is ziek wat je tegenwoordig allemaal via internet kunt bestellen. Volgens de website was de levertijd tien tot vijftien werkdagen, maar dat zijn er inmiddels eenentwintig geworden. Ik dacht eerst nog dat ik misschien was opgelicht. Om de bestelling te bevestigen moest ik de betaling namelijk contant, per post versturen. Op de site gaven ze de tip om het geld in een dubbele kaart te doen; zo kun je aan de buitenkant van de enveloppe niet zien dat er geld in zit. Dat had ik netjes gedaan, daarna was het angstvallig stil geworden, tot ik gister een e-mail kreeg met het bericht dat mijn bestelling was verzonden!

Onrustig loop ik heen en weer door de woonkamer. Af en toe gluur ik door de luxaflex naar buiten om te kijken of ik het busje van de postbezorger al zie. Het maakt me gek. Ik dwing mezelf op de bank te gaan zitten en aandachtig naar een zoveelste herhaling van *Friends* te kijken.

Als niet veel later de bel gaat, sta ik snel op en trek een sprintje naar de voordeur.

'Bram Janssen?' vraagt de postbode.

'Ja, dat ben ik,' zeg ik gehaast.

De man overhandigt mij een klein pakketje. 'Fijne dag nog!' roept hij, terwijl hij het tuinpad afloopt. Ik steek mijn hand even afwezig in de lucht, sla de deur dicht en blijf roerloos met het doosje in mijn handen staan. Mijn hart gaat als een razende tekeer.

Als ik iets ben gekalmeerd loop ik met grote passen de trap op naar boven, naar mijn kamer. Ik trek de gordijnen dicht en ga op bed zitten met het pakketje op mijn schoot. Met trillende vingers pulk ik het plakband aan de zijkant van het doosje los, en trek het met een ruk los van het karton.

In het pakketje zit een klein, wit doosje, een bruin flesje en een briefje. Voorzichtig pak ik het briefje op en vouw het open. Eerst twee slokje uit het flesje drinken (tegen misselijk) daarna de pillen helemaal opeten, staat er in slecht Nederlands geschreven. Ik lees de tekst nog een keer, woord voor woord, elk woord met evenveel aandacht. Holy shit, ik kan gewoon niet geloven dat ik dit via internet heb besteld!

Ik leg het briefje opzij en pak het flesje uit de doos. Met enige kracht draai ik de dop van het flesje af en ruik aan de vloeistof. De muffige damp prikt in mijn neus en irriteert mijn holtes. Er zit geen etiketje op, dus het zou echt van alles kunnen zijn. Voorzichtig zet ik het flesje op mijn nachtkastje neer. Ik pak het witte doosje uit het pakketje, peuter het open en laat een stuk of twintig pillen in mijn hand glijden. Ik bestudeer ze zorgvuldig. De grootte van de pillen valt me mee, ze zijn langwerpig en een beetje poederig. Even overweeg ik om eraan te likken, gewoon om te kijken hoe ze smaken. Ik besluit dat het beter is van niet en leg de pillen voorzichtig naast het flesje op mijn nachtkastje.

Water, ik moet nog water hebben. Ik sta op en loop naar de badkamer.

In de badkamer blijf ik nog even voor de spiegel staan, ik wil nog één keer naar mezelf kijken. Mijn kleren heb ik zorgvuldig uitgekozen: een witte bloes, zwarte broek en zwarte sokken zonder gaten. Ook aan mijn haar heb ik vanochtend wat extra aandacht besteed. Het duurde ruim twintig minuten voor ik mijn bruine, wilde haar in een kuif had kunnen bedwingen waar ik enigszins tevreden over was. Ik staar in de spiegel, het is alsof er een vreemde naar me kijkt. Ik kijk de jongen aan, recht in zijn lege, grijze ogen. Als ik besef wat hij gaat doen breekt het zweet me uit; de twijfel slaat toe. Ik weet dat het leven best wel mooi kan zijn, het kan, maar ik weet ook dat het voor mij voorbij is. Mijn eenentwintigjarige leven was te veel. De angsten zijn te groot geworden en de geheimen te zwaar. Zou het ooit beter worden? Ik schud mijn hoofd, ik had mijn beslissing toch allang genomen.

Ik vul een glas met water en loop weer terug naar mijn kamer. Als ik langs mijn bureau loop leg ik de brief die ik voor mijn ouders achterlaat nog even recht. Ik zet het glas op mijn nachtkastje, pak dan het pakketje, het briefje en het lege doosje van mijn bed en gooi ze in de prullenbak. Ik kijk mijn kamer rond om te controleren of écht alles netjes is; het moet perfect zijn. Ik veeg nog wat stof van mijn bureau en ga dan weer zitten op bed.

Nu moet het gebeuren.

Ik haal diep adem, pak het flesje van mijn nachtkastje en breng het trillend naar mijn lippen. Even twijfel ik nog, maar neem dan vlug twee slokjes. Bah! De drank smaakt bitter en brandt in mijn slokdarm. Ik begin direct te kokhalzen. Vlug neem ik een paar grote slokken water. Ik dacht dat die bende juist tegen de misselijkheid moest helpen!

Als het misselijke gevoel een beetje is weggezakt, veeg ik de pillen van het nachtkastje in mijn hand. Ik stop ze allemaal in één keer in mijn mond en begin te kauwen. De smaak doet me denken aan paracetamol. Ik neem nog een paar slokken water en probeer de brij in mijn mond door te slikken. Opnieuw begin ik te kokhalzen. *Niet overgeven. Binnenhouden!*

Als mijn mond leeg is besef ik wat ik heb gedaan en raak ik in paniek. Mijn hart begint sneller en harder te kloppen. Er is nu geen weg meer terug. Mijn handen beginnen te tintelen. Ik lijk de grip op de realiteit te verliezen. Een gevoel van spijt bekruipt me. *Overgeven. Je moet nu snel overgeven!* Mijn kamer begint te draaien en alles lijkt te verdwijnen in het niets. Wankel sta ik op om naar de badkamer te lopen. Ik denk dat ik stik. Mijn zicht wordt wazig – ik krijg geen lucht – ik probeer mijn vleugels uit te slaan om weg te vliegen, maar ik val. Hard en diep.

1.

Terwijl we wegrijden van huis vraag ik mezelf af of ik hier ooit nog terug zal keren, of ik ooit nog terug zal komen in dit dorp waar ik geboren ben. Dit typisch dorpse dorp, waar kinderen op straat kunnen spelen, honden vrij mogen rennen door het gras en moeders staan te roddelen op het kerkplein. Als kind was ik er nooit iets tekortgekomen. Ik was gewoon een normale jongen. Gewoon, net zoals de rest. We woonden in een gewoon rijtjeshuis van bruine bakstenen, rode dakpannen op een schuin dak mét dakkapel, en een oprit van donkergrijze tegels waar een Volvo stond geparkeerd.

In onze achtertuin stond een grote kersenbloesemboom. In het voorjaar klommen mijn vier jaar oudere zus Kira en ik tussen de lichtroze bloesem door en plukten we de blaadjes om daarmee parfum te maken. Dit deden we door de roze blaadjes in grote emmers water rond te roeren tot ons het zweet op het voorhoofd stond.

In de zomer verstopten we ons tussen de groene bladeren of bouwden we hutten tussen de takken met oude lakens. Vanuit de boom hadden we dan perfect zicht op het speeltuintje achter ons huis en konden we andere kinderen uit de buurt bespieden. Ik voelde me veilig, terwijl het leven aan mij voorbijtrok als een film.

Als de blaadjes van de boom begonnen te vallen mochten we na het avondeten niet meer buitenspelen. Vanuit mijn slaapkamerraam kon ik de boom dan zien; vechtend om zijn takken omhoog te houden in de storm, terwijl ik droog en warm wachtte tot de zon weer door zou breken.

In de winter ging ik altijd met mijn slee op de foto voor de boom. 'Dat is een mooi gezicht met die witte takken,' zei mijn moeder dan. We maakte gewoon één foto, soms twee, als het rolletje vol moest. Het leven was eenvoudig en simpel. Geen zorgen over morgen, want elke dag, elk seizoen zou hetzelfde zijn.

Toen we gingen verhuizen hebben de nieuwe bewoners als eerste de boom weggehaald. Met een kettingzaag de dikke stam vernield, waarna de boom met een harde plof in de tuin was gevallen. Zijn takken in knop, gewoon zoals altijd, klaar om het voorjaar kleur te geven, klaar om geplukt te worden voor het creëren van een geurloos parfum door een stel onwetende kinderen.

Niets is zeker in het leven. Alles gaat voorbij. De dood sluipt als een moordenaar om het huis en staat op het punt om toe te slaan. Je weet dat hij er is. Je hoort zijn voetstappen, het geritsel in de struiken. Als een klein kind wacht je onder de dekens tot de voordeur wordt ingetrapt, de dood met een hoop kabaal de trap op stormt, je kamer binnenkomt en zijn handen net zo lang om je keel klemt tot je lippen blauw zijn en je ogen voor eeuwig staren –

Ik zet de autoradio wat harder en ga op zoek naar een kanaal waar een nummer wordt afgespeeld dat me bevalt. De airco is stuk, een benauwde ochtendlucht met een zweem van uitlaatgassen stroomt door het open raam de auto binnen.

'Ben je gespannen?' vraagt mama. Haar handen wrijven onrustig over het stuur terwijl ze de koppeling langzaam op laat komen om weer enkele meters vooruit te schuiven in de file.

'Nee hoor,' antwoord ik.

Dwangmatig tik ik met mijn voet op en neer. De file maakt me gek. Gekker dan ik al was. Ik moet vooruit. Het liefst zou ik uitstappen en wegrennen van alles en iedereen. Gewoon rennen tot ik genoeg vaart heb om mijn armen te kunnen spreiden en los te komen van de grond –

Mijn telefoon trilt in mijn broekzak. Ik dwing mezelf om niet te kijken, omdat de berichten mij onrustig maken. Ik kan geen prikkels meer verdragen. Het is alsof elk gesproken woord, elke erkenning van mijn bestaan, me verder naar de afgrond duwt. Ik wil geen mensen meer spreken. Ik wil niet meer liegen. Mijn leugens zijn zo complex geworden dat ik zelf niet eens meer weet wat de waarheid is. Ik pak mijn notitieboekje uit mijn tas en vul mijn lijstje aan met dingen waar ik aan wil werken: *ik wil eerlijk kunnen zijn, over alles.*

Vanuit Het Baken, mijn eindbestemming van deze reis, hadden ze de opdracht gegeven om vooraf vast na te denken over dingen waar je aan wilt werken. Tot nu toe was ik niet verder gekomen dan: *ik wil niet meer bang zijn.*

De angst is misschien nog wel het ergste. Angst voor het leven, angst voor de dood, angst voor het onbekende, angst voor mijn lichaam; dat mijn hart zomaar ineens zal stoppen met kloppen. Misschien is dat wel de reden dat ik dood wil: gewoon maar gelijk doen, dan heb je het maar gehad.

'Wat schrijf je op?' vraagt mama.

'Niks.' Ik sla het boekje met een klap dicht en stop het terug in mijn rugtas. Ze kijkt me bezorgd aan. Ik voel me schuldig. 'Niets bijzonders,' breng ik nog eens rustig uit.

'Als je maar weet dat je vader en ik trots op je zijn. Het is goed dat je dit doet, we vinden het erg knap.' Haar grijze ogen, die bijna identiek zijn aan die van mij, worden waterig, waardoor ik me nog schuldiger voel.

'Je kunt weer rijden,' zeg ik, en ik knik naar de lege ruimte die voor ons op het asfalt is ontstaan. Ik heb geen tijd om me schuldig te voelen of me bezig te houden met het verdriet van mijn moeder. Ze had er zélf op gestaan om mij naar de boot te brengen. Misschien omdat ze denkt dat ik anders niet echt zal gaan en mezelf in zee zal storten. Misschien omdat dit het enige is wat ze op dit moment nog voor mij kan doen.

Na ruim twee uur rijden komen we aan in Holwerd. Een klein dorpje in het meest noordelijke puntje van Friesland. Een plek waar de tijd heeft stilgestaan en de wereld lijkt op te houden. Niets meer dan een paar verdwaalde boerderijen in een vlak groen landschap, en een lange dijk die ze beschermt tegen de grijze zee daarachter.

Vanaf hier vertrekt er met enige regelmaat een boot naar Ameland. Ik heb wat afleveringen van *Orange is the New Black* gedownload om te kunnen kijken ter afleiding tijdens de overtocht, ook al weet ik dat ik ze toch niet ga kijken, want het laatste wat ik nodig heb ís afleiding. Ik moet alert blijven.

Ik ben bang. Mijn lichaam trilt en het idee dat ik over enkele minuten op een boot zit maakt me gek. Hoewel de grote veerboot toiletten, een restaurant en een zonnedek heeft, blijft het een boot. Ik kan geen kant op. En het erge is dat áls ik alles overleef, ik weer met de boot moet om thuis te komen. Anders kan ik nooit meer naar huis. Nooit meer.

Mijn schouders trekken samen en mijn hart begint hard en zwaar te kloppen.

Ironisch genoeg verkopen ze alleen retourtjes voor de boot. Ze gaan er dus gewoon van uit dat als je naar het eiland vertrekt je op een dag ook weer teruggaat, iets wat blijkbaar net zo vanzelfsprekend is als het feit dat als je geboren wordt je op een dag ook weer moet sterven –

Mama trekt de achterklep open en tilt mijn zware weekendtas uit de kofferbak. 'Weet je zeker dat ik niet met je mee moet?' vraagt ze.

Ik schud mijn hoofd. 'Nee. Bedankt voor het brengen.'

Even staan we ongemakkelijk tegenover elkaar, dan pakt ze me stevig vast en trekt me naar zich toe. 'Doe je rustig aan, jongen?'

Ik voel haar lichaam schokken en leg mijn handen onwennig op haar rug. 'Het komt wel goed, mam,' mompel ik. Echt overtuigend zal het niet geklonken hebben want haar greep verstevigt zich. Ik trek me los uit haar omhelzing. 'Ik moet gaan, mam.'

Ze knikt en wrijft de tranen uit haar ogen. 'Je kunt altijd bellen.'

'Weet ik.' Ik geef haar nog wat onhandig een kus op haar wang, en loop richting de kleine terminal waar de boot zal aanmeren.

'Dag, Bram! Het komt allemaal goed!' roept ze me nog na.

Ik steek even mijn hand op in de lucht, maar kijk niet meer achterom. Het wordt nu erop of eronder. Leven of dood.

2.

Achttien jaar eerder

Ik was een jaar of vier en had een nieuwe fiets gekregen voor mijn verjaardag. Het was eind mei, de periode dat de vogels het hardst floten, druk waren met het bouwen van nesten en hun verentooi met trots aan de wereld lieten zien. De fiets was rood, had drie witte wielen en tussen de twee achterste wielen zat een rood bakje. In dat bakje kon ik takken, bladeren en stukken hout verzamelen. Ik was gefascineerd door de natuur, en net als de vogels verzamelde ik alles wat mijn blik trok, wellicht met de oerdrift om een veilig nest te kunnen bouwen voor mezelf.

Onze achtertuin was groot en verborg vele avonturen. Voorin was het terras, waar mama bruin werd in de zon, en papa bier dronk tijdens het barbecueën. Er was een zandbak, waar mijn zus en ik dure zandtaartjes maakten, die we verkochten aan onze ouders en familie voor een goed gevulde hand met lucht. Daarna begon het gras. Een groene oase waar ik kon rennen en vallen, zonder dat het echt pijn deed. De groene vlakte was aan weerszijden bezet met borders van donkerbruine aarde, gevuld met fleurige bloemen en vlinderstruiken.

Daarachter begon het echte avontuur. In het midden van een bamboebos had mijn vader een bordeauxrode ophaalbrug gemaakt, die toegang gaf tot de bewoonde wereld. Het speeltuintje achter ons huis werd met de brug omlaag onderdeel van de tuin. Maar als er gevaar dreigde, ging de brug omhoog en kon niets of niemand ons meer deren. Links van de brug stond een schommel. Rechts de boom die mij zekerheid zou geven in het leven. Die als een klok de seizoenen zou aankondigen, en ons met zijn vallende bladeren zou waarschuwen voor de kou die in aantocht was.

Een paar dagen na mijn verjaardag was ik alleen thuis met mama. Papa was werken en Kira zat op school. Ik was druk bezig met het verzamelen van blaadjes, bloemetjes en takjes toen mijn blik werd getrokken door een wonderlijk diertje dat zich langzaam voortbewoog op de schutting.

Het beestje bewoog zich zo traag dat zijn voortgang alleen werd verraden door een slijmerig spoor dat hij achterliet. Zijn grijzige huid leek te schroeien in de zon, en zijn huis droeg hij als een zware last op zijn rug. Ik was gefascineerd, betoverd, en wilde dit beestje toevoegen aan mijn bonte verzameling in de rode bak achter op mijn fiets. Ik stapte af en probeerde mijn afstand te bepalen tot het beestje, dat hoog op de schutting zat. Ik rekte me uit, zo ver als ik kon, tot de spieren in mijn zij pijn deden, maar het was buiten mijn bereik.

Was je maar langer, was je maar groter.

Mijn oog viel op mijn rode fiets, die nog van nieuwheid stond te blinken in de zon. Ik pakte mijn fiets, zette hem voor de schutting, en was ervan overtuigd dat ik zo mijn slijmerige vriend toe zou kunnen voegen aan mijn collectie. Ik klemde mijn vingertjes om het hout van de schutting en plaatste mijn voet zorgvuldig in het midden van het zadel. Ik trok mezelf overeind en bleef even rechtop staan. Trots. Ik hoopte dat de wereld mij zou zien, als een koning, staand op mijn fiets.

Zo snel als ik iets had bereikt, zo snel stortte mijn wereld ook weer in. De fiets schoot onder me vandaan. Ik had mijn evenwicht verloren en viel met de snelheid van het licht richting de grond. Verward kwam ik met een harde klap op de stenen terecht, met mijn hoofd op de rand van de zandbak. Ik was beduusd, voelde een warme gloed zich uitspreiden over mijn voorhoofd en zag rode verf druppelen op de stenen. Mijn handen waren rood, schraal en mijn knieën geschaafd. Ik deed wat elk ander kind zou doen en riep hard 'Mama!' Huilend, krijsend, alsof de wereld was vergaan.

Nog sneller dan ik van mijn fiets was gevallen stond mama bij me om me op te tillen van de grond. Om me te troosten, lieve woordjes in mijn oor te fluisteren en te zeggen dat het allemaal goed zou komen. Niets in de wereld was geruststellender dan dat. Moeders hadden namelijk altijd gelijk. Als mama zei dat het goed kwam, dan kwam het goed. Punt uit. Ze droogde mijn tranen en al snel was ik mijn pijn vergeten.

3.

Ik zit op een blauw bankje, waar de verf deels van af is gebladderd, op het zonnedek van de veerboot. We zijn nu tien minuten aan het varen, wat betekent dat ik nog vier keer de tijd moet uitzitten die ik de afgelopen tien minuten heb doorstaan. Ik probeer op mijn ademhaling te letten; die is redelijk rustig en stabiel. Mijn gedachten zijn onrustig, maar dat is vooral omdat het drukker op de boot is dan ik had verwacht. Als ik beter had nagedacht had ik het kunnen weten. Ze hadden mooi weer voorspeld voor komende week: een steady vierentwintig à vijfentwintig graden.

Een groepje kinderen rent uitgelaten heen en weer over het dek, kriskras tussen alle oude mensen en jonge gezinnen door, die verzuchten dat ze hier voor hun rust komen. Als een juf de kinderen verzamelt en mee naar binnen neemt wordt er opgelucht ademgehaald en kan de vakantie echt beginnen.

Ik voel me zwak. Ik heb vanochtend alleen een banaan gegeten, die ik vervolgens weer heb uitgekotst van de zenuwen, misschien val ik straks wel flauw, of –

Ik kijk op mijn horloge. We zijn 12 minuten onderweg.

Ik sta op van het bankje en loop naar de reling. De zeewind doet me goed en maakt dat ik iets kan ontspannen. Op een zandbank in de verte ligt een zeehond. Tenminste, ik ga ervan uit dat het een zeehond is, het zou ook een stuk wrakhout kunnen zijn. Het is net iets te ver om duidelijk onderscheid te kunnen maken. Meeuwen dansen op de wind om het schip. Het verbaast me hoe gezond deze beesten eruitzien in vergelijking met hun familie in Scheveningen, maar deze vogels eten natuurlijk vis en krijgen geen patat gevoerd van onnozele vakantiegangers.

27 minuten onderweg, mijn hand trilt.

'Wil jij nog koffie, Piet?' Op het bankje schuin tegenover mij zit een stelletje van een jaar of zeventig. Dat ze bij elkaar horen kun je duidelijk zien, want ze hebben matchende windjacks aan. De fietsen, die ongetwijfeld op het benedendek staan, zullen ongetwijfeld ook hetzelfde zijn.

Hij neemt de koffie, geschonken uit een thermoskan, aan en neemt een slok, verbrandt daarbij zijn mond en tuft de koffie weer terug in het bekertje. 'Goede thermoskan, Els, die koffie is gloeiend heet!'

De vrouw knikt tevreden. 'Deze was ook als beste uit de test van *Kassa* gekomen.'

De man dept zijn tong droog met een stoffen zakdoek die hij uit zijn jaszak haalt, waarschijnlijk dezelfde zakdoek waar hij met enige regelmaat zijn neus in snuit.

32 minuten onderweg, mijn hartslag lijkt onregelmatig.

Beneden klinkt een sirene en mijn fantasie slaat op hol. Ik hoor een harde klap en er gaat een schok door de boot heen, mensen kijken onrustig om zich heen. Mijn hart begint sneller te kloppen en ik voel dat het schip naar links begint te hellen. Tassen schuiven over het dek terwijl de boot steeds schuiner komt te staan. Ik kijk om me heen, in de verte is een zandbank, daar moet ik wel heen kunnen zwemmen. Moet ik in het water springen of is het te diep om te overleven? Misschien hebben die oude mensen hulp nodig? Waar zijn de reddingsvesten? Is er een reddingsboot? –

38 minuten onderweg, ik voel me leeg.

Een man van begin dertig loopt alles driftig te fotograferen. Zijn camera ziet er duur uit, maar ik heb niet echt het idee dat hij weet wat hij aan het doen is. Zijn vrouw loopt met een baby in een draagzak constant wiegend heen en weer over het dek, in haar hand heeft ze een biertje. Dat het net 10:00 uur in de ochtend is geweest kan alleen maar bijzaak zijn, het is tenslotte vakantie.

40 minuten onderweg, de haven is in zicht.

Als een kind dat niet kan wachten tot het jarig is, kan ik niet wachten tot ik weer vaste grond onder mijn voeten heb. Dat me straks nog een busreis en drie weken therapie staan te wachten lijkt mijn lichaam te zijn vergeten. Ik zal vrij zijn vanaf het moment dat mijn voeten de grond raken – al is het maar voor even. Daarna zal het leven mij weer overvallen als een donkere nacht zonder maan of sterren, waarin de verlossing van de morgen verder weg lijkt dan ooit.

4.

Zestien jaar eerder

In de buurt werden we Jip en Janneke genoemd, Jetje en ik, onafscheidelijk, beste vrienden.

Jetje was net zo oud als ik, had twee blonde staartjes op haar achterhoofd, en een gekleurde clip voor in haar pony om het haar uit haar ogen te houden. De turquoise clip was haar favoriet.

We speelden veel samen, bijna elke dag. Op de mooie zomerdagen ging de ophaalbrug naar beneden in het bamboebos en kwam Jetje bij ons in de tuin schommelen, of we gingen van de glijbaan in de speeltuin. We hielpen de buurman op de hoek met het opnieuw betegelen van zijn tuin, en bij onze achterbuurvrouw, tante Adje, kregen we aardbeien uit de moestuin.

Mijn wereld werd langzaamaan groter. Mijn schoenen begonnen te knellen en mijn broek viel niet meer op mijn schoenen, maar kwam nog maar tot mijn enkels.

Op school leerde ik nieuwe kinderen kennen, leerde ik nieuwe omgangsvormen en werd me duidelijk dat er een verschil is tussen links en rechts. Ik leerde dat één plus één twee is, en dat als de N en K op een bankje zitten de G er dan nooit tussenin komt. Ik leerde dat als je elke dag in dezelfde kleren naar school komt je een zwerver bent, en dat daar dan grapjes over worden gemaakt.

Jetje ging naar een andere school dan ik. Ik zat met christelijke kinderen in de klas, die allemaal lid waren van dezelfde kerk, Jetje ging naar een school waar God slechts een verhaal was, een boek in de kast, tussen het verhaal van de gelaarsde kat, en Remi, die helemaal alleen op de wereld was. Waar ik liedjes leerde over een Vader in de hemel die van ons houdt, hoger dan de blauwe luchten en de sterretjes van goud, zong Jetje over de maneschijn en het trapje naar het raamkozijn.

Maar zelfs in mijn klas bleken er verschillen te zijn.

Ilse kon tekenen als de beste. Ik kon met moeite binnen de lijntjes blijven met mijn potlood. Ilse accentueerde de randjes met een viltstift, om te benadrukken dat zij nooit over de lijntjes was gegaan. Ze deed dit zo precies, dat ze elk jaar de kleurwedstrijd van de bakker won, en naar huis ging met een grote slagroomtaart.

Nick was goed in voetbal en wist de ene na de andere bal in het doel te trappen. Hij was fanatiek, en wilde graag winnen tijdens de voetbalwedstrijden in de pauzes. Ik ging meestal elastieken. Erin – erop – eruit.

Marit was de voorleeskampioen van de school geworden. Ze mocht daarom meedoen aan de plaatselijke finale, in de bibliotheek, onder toeziend oog van de burgemeester. Volgens de jury had ze het verhaal levendig voorgelezen, in een goed tempo met de juiste intonatie. Ik had voorgelezen uit mijn favoriete Pietje Bell-boek en haperde steeds doordat ik moest lachen, omdat ik wist wat er komen ging.

Henk was slim. Héél slim. Hij was altijd als eerste klaar met zijn rekenopdrachten en mocht dan alvast buiten gaan spelen, terwijl ik mijn hersenen nog brak over de breuken. Henk wilde later, als hij groot was, vrachtwagenchauffeur worden.

Ik kwam tot leven als we toneelstukjes gingen doen. Ik vond het fantastisch om me te verkleden, om iemand anders te zijn. Met een lange jas was ik een oude man die zijn hond ging uitlaten. Met een doek om mijn hoofd was ik een vrouw die een brood ging kopen bij de bakker. Ik droeg een pet en ging boeven arresteren die hadden ingebroken bij de bank. Ik was een spion, een tandarts, een popster, een boekverkoper of een vader.

Aan het einde van de schoolweek was er een weekafsluiting. Elke klas hield dan een korte presentatie voor de hele school, om te laten zien waar ze die week mee bezig waren geweest. Toen de juf een keer vrijwilligers zocht om een toneelstukje te doen tijdens de weekafsluiting, wist ik dat dit op mijn lijf geschreven was. Er waren een paar rollen te verdelen. De juf zou per rol alle namen opschrijven van de kinderen die die rol wilden spelen, en dan één naam uit de stapel trekken. Ik wist precies welke rol ik wilde: de hoofdrol. Van de argeloze schoonmaakster die de rommel van de andere personages op moest ruimen – het toneelstukje moest kinderen leren hun afval in de bak te gooien – en hierbij vond ze allemaal vreemde dingen op straat. Het kostuum lag al klaar: een kleurrijke bloemetjesjurk met een schort, een roze sjaal om rond het haar te binden en gele, rubberen handschoenen.

'Wie wil er allemaal de schoonmaakster spelen?' vroeg de juf. Er gingen veel vingers hoog de lucht in. 'Tineke,' de juf schreef haar naam op. 'Marianne, Nienke, Sanne –'

Ik duwde mijn vinger zo hoog als ik kon naar het plafond.

'Angela.'

Dat was gek. Ik zat naast Sanne, misschien had de juf mij niet gezien. Ik strekte mijn arm nog wat verder uit, ondersteund door mijn andere hand, zodat de juf mij echt niet kon missen.

'Nog anderen?' De juf keek de klas rond, maar leek dwars door mij heen te kijken. 'Niemand?'

Ze ziet je niet!

'Juf!' riep ik op luide fluistertoon.

Haar hand ging in de stapel briefjes en pakte er één uit. 'Marianne!' riep ze blij, en hield het briefje als bewijs omhoog, zodat iedereen kon zien dat echt háár naam op het briefje stond.

'Yes!' Marianne maakte twee vuisten van haar handen.

Ik liet mijn hand langzaam naar beneden zakken en probeerde te begrijpen wat er zojuist was gebeurd.

'Dan hebben we de bankdirecteur,' zei de juf, ze probeerde haar stem enthousiast te laten klinken. Iedereen wist dat dit een stomme rol was. De bankdirecteur liep één keer snel voorbij, gooide een propje op de grond en moest zeggen: 'Ik heb geen tijd om mijn rommel op te ruimen.'

Rutger en Patrick staken hun vinger op om zich aan te bieden voor de rol. Ik zat nog een beetje beduusd achter mijn tafeltje met mijn handen in mijn schoot.

'Is dit niet een leuke rol voor jou, Bram?' vroeg de juf.

Ik keek verrast op, en knikte. Ik was dus niet onzichtbaar of verdwenen.

De juf schreef ook mijn naam op en pakte vervolgens, zonder te kijken, een briefje. 'Bram!' zei ze enthousiast.

Er verscheen een grote glimlach op mijn gezicht. Ik was de bankdirecteur! Het was misschien een stomme rol, maar ik deed in elk geval mee. Ik zou de beste bankdirecteur worden die deze school ooit had gezien.

Na school ging ik naar Jetjes huis om samen te spelen. Jetje had een heel grote, oude legerkist op haar kamer staan vol met verkleedkleren.

'Zullen we een toneelstukje doen?' vroeg ik.

'Best,' antwoordde ze.

'Dan ben ik een schoonmaakster.' Ik haalde een blauw wit

gestreepte jurk uit de kist. 'Wil jij dan een bankdirecteur zijn?'

Jetje schudde haar hoofd. 'Ik ben een politieagent.'

'Oké,' zei ik. 'Dan vind ik een gestolen portemonnee tijdens het schoonmaken en dan moet jij de dader vinden.'

'Ja!' zei Jetje enthousiast. 'Wie is dan de dader?'

Ik dacht na. 'De juf.'

Want de juf was stom.

5.

Mijn schoenen lijken bij elke stap verder weg te zakken in het zand, en de zon brandt op mijn gezicht. Het is warmer dan voorspeld en ik denk dat ik verkeerd ben gelopen, want ik kan me haast niet voorstellen dat iedereen deze barre tocht af moet leggen. Zeker niet als je depressief bent of suïcidaal, want dan kun je jezelf hier gewoon in het zand laten vallen om vervolgens te wachten tot de gieren het dode vlees van je botten komen rukken –

Ik gooi mijn weekendtas op de grond en veeg het zweet van mijn voorhoofd. Uit mijn rugtas haal ik een flesje water en neem een paar slokken tot het flesje leeg is. Ik heb nog steeds niks gegeten, dus het is belangrijk dat ik goed drink, maar nu is al mijn water op. Ik verlang naar wat schaduw, maar om mij heen niets anders dan duinen, en ver daarachter de zee die mijn lichaam verkoelen kan.

Ik haal mijn telefoon uit mijn broekzak, negeer de popupmeldingen van alle sociale media, en bekijk mijn locatie op de kaart. Ik vervloek mezelf, inderdaad verkeerd gelopen. Ik had gewoon meteen op mijn telefoon moeten kijken om de richting te bepalen toen ik – na een helse rit – de bus uit was gestapt, maar ik verwachtte gewoon niet dat ik op dit eiland kon verdwalen.

Het oude landhuis, dat omgetoverd is tot een paradijs voor gekkies, ligt op het meest westelijke puntje van het langgerekte Waddeneiland. Het klassieke gebouw staat precies tussen de duinen en het Hollumerbos in. Als ik de foto's moet geloven een vrij unieke locatie, waar grof geld te verdienen zou zijn met het verhuren van bed & breakfastkamers.

Waar ik rechtsaf de duinen in ben geslagen, had ik linksaf het bos in gemoeten. Ik laat mijn telefoon een route uitzetten; twaalf minuten lopen. Ik vloek nog een keer. Hier had ik geen rekening mee gehouden. Ik voel de adem van de warme wind in mijn nek, en het mes van dorst en ondervoeding in mijn rug. Mijn shirt plakt aan mijn lijf en ik ben er vrijwel zeker van dat er een grote zweetplek zichtbaar is op de plek waar mijn rugzak heeft gehangen. Alles wat ik vandaag gedronken heb ben ik verloren aan zweet.

Je hebt te weinig gegeten en gedronken. Je hebt te weinig gegeten en gedronken.

Ik ben misselijk en voel hoe mijn mond zich vult met speeksel. Ik slik het weg, maar opnieuw vult mijn mond zich in een rap tempo met slijm. Mijn lichaam is zich klaar aan het maken om te spugen. Ik word nog onrustiger dan ik al was, loop gehaast heen en weer door het zand, en blijf het speeksel dat zich verzamelt in mijn mond doorslikken. Mijn zicht wordt wazig – ik word niet goed –

Een enthousiaste golden retriever komt over de duinen aangerend, vlak langs mij heen, ik verlies mijn evenwicht en val in het warme zand.

Fluitend komt zijn baasje over de duinen gelopen. Haar wilde, blond-grijze haren zitten deels verstopt onder een grote, rode zonnehoed. Haar fleurige bloesje zit net iets te strak om haar enorme borsten, terwijl haar rode broek genoeg ruimte lijkt te hebben voor nog een paar benen. 'Roger! Roger!' roept ze. De hond staat kwispelend naast mij in het zand.

Als de vrouw mij ziet liggen komt ze vlug aangesneld en klikt de hond aan de lijn. 'Sorry!' zegt ze. 'Gaat het goed? Heeft Roger dit gedaan? Hij is niet slecht, gewoon enthousiast.' Ze steekt haar hand uit om mij overeind te helpen. Haar bolle appelwangen maken haar zacht, waardoor ik iets tot rust kom.

'Nee, het is niet zijn schuld,' zeg ik. 'Ik schrok, denk ik, en verloor daardoor mijn evenwicht.' Ik probeer het zand van mijn arm af te vegen, maar het blijft plakken door het zweet.

'Waar moet je heen?' vraagt ze, als ze mijn weekendtas een paar meter verderop in het zand ziet liggen.

Ik wil niet zeggen dat ik naar Het Baken moet. Ik wil niet dat ze een oordeel over mij heeft, niet zonder dat ze mij kent. 'Hier verderop moet ik zijn,' zeg ik.

De vrouw knikt begripvol. 'Naar Het Baken?'

Ik voel me betrapt en kijk schuldbewust naar het zand. 'Ja, ik geloof wel dat het zo heet...'

Er verschijnt een glimlach op haar gezicht. 'Toevallig moeten Roger en ik ook die kant op. Kom, laat me je helpen!' Ze pakt een van de hengsels van mijn weekendtas vast en gebaart dat ik de andere moeten pakken. 'Het is vanaf hier nog geen tien minuutjes lopen.'

Ik pak het andere hengsel van mijn tas en voel me iets gerustgesteld. Nog geen tien minuutjes lopen. Dat is ongeveer net zo ver als van mijn huis naar de supermarkt. Dat red ik wel.

Judith – zoals de vrouw zichzelf voorstelde – had niet gelogen. Na een paar minuten lopen rijst Het Baken al op in de verte. Het statige landhuis heeft een elegante uitstraling, maar lijkt door de klimop tegen de gevel veel geheimen te verbergen. De golvende duinen voor het huis houden de zee net uit het zicht, al zou het uitzicht vanaf de bovenste etages wel eens prachtig kunnen zijn.

We lopen de stoffige oprijlaan op, het zand stuift op door mijn sloffende voeten. Links van de oprijlaan begint voorzichtig het bos met een paar verdwaalde sparren. Hoe verder van de oprijlaan af, hoe sneller de bomen zich vermenigvuldigen, elkaar beginnen te omhelzen tot het zonlicht de grond bijna niet meer raken kan. De sparren zien er uitnodigend uit. Hun groene naalden lijken fris en hun koele schaduw brengt rust op deze warme dag. Judith heeft het over het weer, maar ik luister niet echt naar wat ze zegt. Ik slof verder, langs de moestuin, kippenren en een vervallen schuur – waar ik denk een varken te zien – tot we uitkomen op een open vlakte met verhard zand voor het huis.

Het witte landhuis is imposant. Een grijze stoep met drie treden leidt naar de kersenhouten deuren, die uitnodigend open zouden kunnen staan op een milde lentedag. Judith duwt een van de deuren open en Roger glipt langs haar heen het gebouw binnen. 'Kom verder,' zegt ze.

Ik kijk haar verbaasd aan.

'Het is oké, ik werk hier.'

Ik pak mijn tas van de grond en loop achter haar aan de hal in.

'Ga daar maar even zitten.' Judith wijst naar een zitje in de hoek van de hal, naast de voordeur.

Ik doe wat ze zegt en neem plaats op een verdwaalde jarenzeventigbank, bij een lichtgroen koffietafeltje, dat met weinig gevoel voor smaak is uitgekozen. De koele lucht in de hal laat mijn lichaam rillen en even denk ik dat ik niet goed word. Mijn gevoelens schieten alle kanten op en ik weet niet of ik moet huilen, lachen of schelden. De ochtend heeft me veel energie gekost en het liefst zou ik gewoon weer terug naar huis gaan.

'Wil je iets drinken? Koffie, thee, limonade?' vraagt Judith.

'Limonade zou wel lekker zijn,' zeg ik. Judith knikt en loopt een ruimte in waarvan ik vermoed dat het de eetzaal is.

Een glas limonade zou me vast goed doen. Ik heb vocht en suiker nodig om me staande te houden op deze warme klotedag. Een gevoel van wanhoop overvalt me, en even lijkt het alsof alles nooit meer goed zal komen. Ik voel hoe mijn ogen zwaar worden en mijn schouders aanspannen –

Roger komt kwispelend achter de grote wenteltrap in het midden van de hal vandaan gelopen. Zijn bek is nat van het water dat hij te gulzig heeft gedronken. Kwispelend gaat hij voor mij op de grond zitten, alsof hij mijn wanhoop voelt en me probeert op te beuren. Ik aai de hond over zijn kop terwijl hij speels aan mijn hand begint te likken.

'Roger, af!' roept Judith als ze de hal weer in komt lopen met een stapel papieren onder haar arm en een glas limonade in haar hand. Roger doet wat ze zegt en verdwijnt achter de trap. Ik probeer het hondenkwijl dat nog aan mijn hand hangt zo onopvallend mogelijk af te vegen aan mijn sok.

'Sorry hoor,' zegt Judith. 'Hij moet nog leren dat hij mensen niet mag likken. Hij is nog jong, enthousiast.' Ze zet het glas limonade neer op het lelijke tafeltje. Het ijs in het oranje water geeft het glas een laagje condens, waardoor mijn mond direct volloopt met water.

'Wij hadden vroeger ook een hond,' zeg ik. Ik weet niet waarom ik dat belangrijk vind om te melden, maar de gedachte aan Jumper maakt me blij. Ze was zo blij geweest toen we haar uit het asiel hadden gehaald dat ze wel een meter hoog in de lucht sprong; vandaar de naam Jumper.

'Wat voor een hond?' vraagt Judith, zo'n beetje de meest standaardvraag die wordt gesteld als je zegt dat je een hond hebt, of had.

'Vuilnisbakkie,' zeg ik met een glimlach, 'uit het asiel.'

'Roger komt ook uit het asiel. Als pup daar weg kunnen halen. Dankzij hem heb ik elke dag een reden om erop uit te gaan, lekker de natuur in...' Judith bladert wat door haar papieren en haar blik verandert. 'Welkom, Bram,' zegt ze dan.

Ik ga iets meer rechtop zitten, alsof er een formeel moment is aangebroken.

'Heb je een ID meegenomen? Ik moet voor de administratie even controleren dat jij echt jij bent.' Ze knipoogt.

Ik pak mijn rugtas, en haal mijn rijbewijs tevoorschijn uit mijn portemonnee. Judith pakt het kaartje aan en houdt het naast mijn gezicht. Ik zet een flauw lachje op. Ze krabbelt wat op de papieren die ze op haar schoot heeft liggen en geeft het pasje dan weer terug.

'Heb je verdovende of verslavende middelen bij je?' vraagt ze monotoon. 'Bijvoorbeeld drugs, alcohol of sigaretten?' Ze kijkt me aan. Ik schud alleen maar mijn hoofd.

'Goed.' Ze zet een vinkje op haar lijst. 'Heb je wapens bij je, waarmee je jezelf of anderen zou kunnen verwonden?' Ze kijkt me weer aan, alsof ze recht door me heen probeert te kijken. 'Messen, scharen, schroevendraaiers?'

Ik begin te lachen en vraag me af waarom ik in vredesnaam een schroevendraaier mee zou nemen. Als ik zie dat Judith niet lacht en dat ze deze vraag met een serieuze bedoeling heeft gesteld, denk ik even na. 'Nee,' antwoord ik. Dat ik een scheermes in mijn tas heb zitten vertel ik Judith niet. Dat ik tussen de gekkies op een eiland zit, betekent niet dat ik van plan ben om er zelf als Robinson bij te gaan lopen.

Ik zet mijn tas neer in de hoek van de kamer en ga met een zucht zitten op bed. De kamer is klein, maar ik ben allang blij dat ik hem niet met iemand hoef te delen. Ik heb een kamer gekregen op de tweede etage en kijk uit op de achtertuin, die overloopt in het bos. Op de picknickbankjes, die her en der in het gras staan verspreid, zitten een paar jongeren te lezen of te tekenen. Ik geef een stoot tegen het klemmende raam om het op een kiertje te zetten, en hoop dat door wat frisse lucht de muffe geur verdwijnt.

Het oude landhuis dateert van eind 1800, maar de kamer is ingericht met uitsluitend Ikea-meubelen die vloeken met de oude ornamenten. Er staat een bed, een klein bureautje en in de hoek staat een kast, met daarin een dik, mottig dekentje voor de koude nachten en wat schone handdoeken. De muren zijn voorzien van een vlekkerig geel behang. Het zal vroeger wel een andere kleur geweest zijn, ik kan me in elk geval niet voorstellen dat deze kleur met opzet is gekozen.

Volgens de klok boven de deur heb ik nog vijftien minuten voor ik word verwacht voor mijn intakegesprek. Ik fris me nog even snel op en trek een schoon shirt aan, een mens kan tenslotte maar één keer een eerste indruk maken.

Precies om 12:00 uur sta ik op de derde etage voor een rode deur. Op de zolderverdieping zijn twee grote ruimtes die worden gebruikt voor de therapiesessies. De blauwe en de rode ruimte, te herkennen aan de felgekleurde deuren. Ik klop op de deur, die kort daarna wordt opengedaan door een vriendelijk ogende vrouw, die zichzelf voorstelt als Anneke Daatselaar.

Ik weet wie ze is. Na het ontvangen van de informatiebrief waarop Anneke vermeld stond als de hoofdbehandelaar, had ik al uitgebreid onderzoek naar haar gedaan. Anneke is tweeenveertig jaar en afgestudeerd als psycholoog aan de universiteit van Leiden. Daarna is ze gepromoveerd met haar onderzoek naar het gebruik van muziektherapie bij het verwerken van trauma's. Volgens haar Facebook is ze getrouwd en aan haar omslagfoto te zien is ze moeder van twee kinderen. Ze is lid van de motormuizen-Facebookpagina en heeft de pagina van Natuurmonumenten Ameland geliked.

'Bram, fijn dat je er bent, kom binnen.' Ze doet een stap opzij, zodat ik de ruimte in kan lopen. De koude lucht van de airco laat me rillen, en even heb ik spijt dat ik geen vest heb meegenomen.

In tegenstelling tot de rest van het gebouw is de ruimte vrij modern ingericht en recent gerenoveerd. Meteen rechts bij binnenkomst staat een keukenblok, met daarbij een grote, massief eikenhouten tafel. Op tafel staat een vaas met een fleurig wildboeket van kunstbloemen en er liggen wat oude magazines verspreid. Links staat een comfortabele hoekbank, gericht op de grote ramen met uitzicht op zee. Het achterste gedeelte van de ruimte is open, zodat het voor meerdere doeleinden gebruikt kan worden. In het midden staat een verloren stapel stoelen en in de hoek liggen wat slecht opgerolde yogamatjes.

'Ga lekker zitten,' zegt Anneke, en ze wijst naar de tafel bij het keukenblok. 'Wil je iets drinken? Koffie, thee, water?'

'Water, lekker.'

Na de limonade van Judith had ik nog een groot glas water gedronken. Toch is mijn mond nog steeds droog en voelt mijn maag leeg. Anneke vult twee glazen met water en zet er een voor mij neer op tafel, zelf neemt ze een slok uit het andere glas.

'Goed dat je er bent, Bram,' zegt ze, terwijl ze tegenover mij gaat zitten. Ze trekt haar zwarte kokerrok recht, waardoor haar donkerblauwe bloes scheef komt te zitten.

Ik schuif wat ongemakkelijk heen en weer op mijn stoel.

'Vind je het spannend?' vraagt ze. Haar dunne lippen zijn vriendelijk en haar lange haar valt natuurlijk om haar gezicht.

Nog voordat ik antwoord kan geven breek ik in tweeën. Tranen stromen over mijn wangen en ik kan alleen maar bevestigend knikken.

'Ach,' zegt Anneke. 'Het is ook allemaal niet niks, maar door te huilen is het er in elk geval wel even uit.' Ze zet een doos met tissues voor me neer.

Ik veeg de tranen uit mijn ogen en zucht een paar keer diep. 'Sorry hoor.'

Annekes ogen lachen vriendelijk naar me. 'Wat maakt je nu zo emotioneel?'

'Ik weet het niet. Vind het gewoon erg spannend allemaal... Het voelt toch een beetje als een laatste kans... Ik hoop gewoon écht dat jullie me kunnen helpen.'

Anneke knikt begripvol. 'In principe kunnen we je helpen, anders had je hier nu niet gezeten. Met dit gesprek hoop ik beter inzicht te krijgen in wie jij bent en wat ik, wat wíj, voor je kunnen betekenen. Mochten er tijdens dit gesprek nou echt andere dingen naar boven komen dan vermeld in je dossier, dan kunnen we soms besluiten dat deze behandeling niet geschikt is.'

Mijn hart staat even stil.

'Maar daar ga ik zeker niet van uit,' vult ze vlug aan.

Mijn hart slaat weer verder.

6.

Vijftien jaar eerder

Ik wiebelde wat heen en weer op mijn stoel. Buiten was de lente net begonnen. De nooddeuren van de kerk stonden open, zodat een frisse voorjaarsbries, vervuld van de geur van gras, klaprozen en paardenbloemen, door de kerk kon trekken. Ik hoorde kinderen buiten roepen, ze waren op avontuur. Misschien hadden ze een hut gebouwd in de bosjes, of ze waren oorlogje aan het spelen met geweren, gemaakt van pvc-buisjes.

De koningsblauwe kerkstoelen waren maar voor de helft gevuld, het gros van de mensen was aan het spijbelen op deze mooie zondagmiddag. De dominee stond op zijn moderne preekstoel, in zijn zwarte pak, met een stropdas bedrukt met fleurige bloemen om het geheel nog een beetje kleur te geven.

Ik kon met mijn voeten niet bij de grond en schommelde ze wat heen en weer onder mijn stoel, tot mama haar hand op mijn been legde zodat ik stopte. Ze deed haar tasje open en gaf me een snoepje uit haar rolletje pepermunt in de hoop me weer even zoet te houden. Ze gaf de snoepjes door aan papa, die zat te zweten in zijn blauwe pak, en aan Kira, die bijna in slaap viel.

'Zo schiep God man en vrouw, zodat zij elkaar konden vinden om een gezin te vormen en elkaar eeuwig trouw te blijven. Als een man en vrouw door het huwelijk aan elkaar verbonden zijn, zullen zij samen één worden. Ik zal het voor de kinderen illustreren aan de hand van een voorbeeld.'

Mama gaf mij een por, zodat ik op zou letten wat de dominee, speciaal voor de kinderen, uit ging leggen.

'Ik heb hier twee papiertjes.' De dominee hield een roze en een blauw A4 in de lucht. 'Een man,' hij hield het blauwe papier wat hoger, 'en een vrouw,' hij knikte naar het roze.

'Op het moment dat zij elkaar het jawoord geven ten overstaan van God en zijn gemeente, zijn zij aan elkaar verbonden.' De dominee haalde een Prittstift tevoorschijn. Hij smeerde beide vellen in en plakte ze onzorgvuldig tegen elkaar. Het was zo slordig gebeurd, dat iedereen kon zien dat dit huwelijk bij voorbaat gedoemd was te mislukken. Hij hield de aan elkaar geplakte vellen omhoog, zodat iedereen ze goed kon zien.

'Man en vrouw, voor eeuwig aan elkaar verbonden. Hun geconsumeerde huwelijk bezegeld met de zegen van onze Here Jezus Christus. Een eenheid, zoals onze Schepper het heeft bedoeld. Marcus 10 vers 7 en 8: Daarom zal een man zijn vader en moeder verlaten en zijn vrouw aanhangen, en die twee zullen tot één vlees zijn.'

Een paar rijen voor mij liet een klein meisje haar tasje, dat gevuld was met pennen, kleurpotloden en kennelijk enkele knikkers, uit haar handen vallen. De knikkers stuiterden door de kerk en haar moeder verschoot van kleur, terwijl ze op haar knieën zo snel mogelijk de bonken en de mini's bij elkaar probeerde te rapen.

De toon van de dominee werd zwaarder om de aandacht weer terug te krijgen, maar de meesten hadden alleen nog maar oog voor de moeder die paniekerig de knikkers verzamelde.

'Helaas is de mens zwak van vlees. Zoals in het paradijs Adam en Eva zich lieten verleiden om te eten van de vrucht van de boom van kennis van goed en kwaad, zo laten wij ons heden ten dage nog steeds leiden door begeerte. Het huwelijk, een instelling van God, verliest zijn waarde en steeds meer jongeren kiezen ervoor om te gaan samenwonen, zonder de zegen van de Heer. Mannen met mannen, vrouwen met vrouwen en christenen met zij die God niet gevonden hebben. Maar ook binnen de heiligheid van het huwelijk gromt de begeerte van het beest als een monsterlijk zwaard. Gij zult niet begeren de vrouw van uw naaste! Maar hoe blijven wij standvastig in een wereld die langzaam vernietigd wordt? Hoe houden wij onze gedachten zuiver als wij dagelijks worden geconfronteerd met het vlees geworden monster? Ik zeg u dit, broeders en zusters, kinderen van God: houd elkaar scherp en blijf standvastig! Eert uw vader en uw moeder en blijf trouw aan uw, door God gegeven, partner. Mannen, als hoofd van het gezin, bescherm uw vrouwen, zorg dat zij niets tekortkomen. Vrouwen, respecteer uw mannen met de gaven die u door God gegeven zijn. In het huwelijk zijn drie componenten onmisbaar: de man, de vrouw en onze Almachtige Vader.'

De dominee haalde zijn knutselwerkje weer tevoorschijn. En voor zover ik ook maar iets begrepen had van wat hij zojuist had verteld, was God in zijn vergelijking een Prittstift.

'Als een man óf vrouw de trouwbelofte verbreekt – want de Heer onze God zal Zijn beloften nooit verbreken – dan gebeurt er dit!' Dramatisch trok de dominee de vellen papier van elkaar af. De vellen zaten zo strak tegen elkaar dat hij slechts een klein hoekje van het roze papier in zijn ene hand had, terwijl de rest nog grotendeels aan het blauwe vel zat bevestigd.

'Onherstelbaar beschadigd, vernietigd... Een gebroken mens.' Alsof hij, net als God, teleurgesteld was in de mens liet de dominee de beschadigde papieren langzaam zakken en legde ze weg onder zijn kansel. Hij nam een slokje water om de verdoemenis in te laten werken op de mensen. Zijn toon werd kalmer.

'God ziet ons. En ook al zijn wij, nietige mensen, Gods genade niet waard: Hij houdt van ons. Hij heeft ons Zijn woord gegeven.' De dominee pakte de bijbel van zijn preekstoel en hield deze in de lucht.

'Zijn belofte: de Bijbel. De kaft van de bijbel die ik hier in mijn handen heb is gemaakt van gerecycled papier. Gemaakt van oude, afgedankte vellen. Gewassen in water, net zoals wij tijdens de doop gewassen zijn met het bloed van onze Here Jezus Christus. Gereinigd en opnieuw bedrukt met het woord van onze God, net zoals ook wij weer opnieuw vervuld zullen worden met de Heilige Geest op het moment dat wij onze zondige natuur achter ons zullen laten.'

Buiten hoorde ik de kinderen weer roepen. Hopelijk was er zo nog wel even tijd om buiten te spelen voor het eten. Ik zou even kunnen kijken of Jetje thuis was, zodat we samen konden steppen.

'Ga heen met de zegen van Onze Here Jezus Christus: de Here zegene u en behoede u; de Here doe zijn aangezicht over u lichten en zij u genadig; de Here verheffe zijn aangezicht over u en geve u vrede. Amen!'

Het orgel begon te spelen, er trok weer een bries door de kerk en ik rook de geur van vers ontstoken barbecuebriketten. Buiten waren mensen aan het genieten van hun kostbaarste bezit: het leven dat ze van God gekregen hadden.

7.

Na een gesprek van bijna een uur geeft Anneke mij een hand. 'Tot vanmiddag, Bram.'

'Tot vanmiddag,' zeg ik, nog steeds een beetje ontdaan.

Nadat Anneke geconcludeerd had dat de behandeling geschikt is voor mij, was ik weer in huilen uitgebarsten. Er viel een last van mijn schouders. Ik was nog niet verloren, hoe verloren ik me ook voelde.

Anneke sluit de deur achter mij en direct is de opluchting weer verdwenen. Ik ben misselijk, het is warm en ik móét wat eten, of ik wil of niet, anders val ik straks nog flauw of –

Er komt een meisje de trap opgelopen. Haar blonde haar pluist wild om haar hoofd en haar ronde brilmontuur is verkeerd gekozen bij haar ronde gezicht. Haar bleke wangen zijn rood, waarschijnlijk een combinatie van de hitte en opwinding. Ze is verzonken in haar gedachten, en schrikt als ze mij ziet. 'Sorry! Ik lette niet op.'

'Het geeft niks,' zeg ik, en ik wil langs haar heen lopen de wenteltrap af.

'Sorry, weet jij toevallig waar de rode ruimte is?' Haar adem stokt. 'Ja, sorry, ik ben hier voor het eerst. Ik heb dus een afspraak met Anneke.'

Ik knik met mijn hoofd naar de rode deur. 'Anneke zit daar

– ben je hier ook voor de groepstherapie?'

Het meisje duwt met haar wijsvinger haar bril omhoog en knikt.

'Ik ben Bram, ik denk dat we dan bij elkaar in de groep zitten.'

Ze kijkt me angstig aan, alsof ze geen idee heeft wat er nu van haar verwacht wordt. 'Oké,' zegt ze uiteindelijk. 'Ik heet Kimberley.'

Ik steek mijn hand naar haar uit. 'Aangenaam!'

Haar hand is klam en ons contact maakt haar duidelijk ongemakkelijk. 'Sorry, ja, ik moet nu dus, zeg maar, naar binnen.' Ze gebaart met haar handen naar de deur.

'Ja, natuurlijk,' zeg ik. 'Ik zie je later!'

Ik loop de trap helemaal af naar beneden en ga de eetzaal in.

In de eetzaal staan lange tafels en bankjes die allemaal in gebroken wit zijn geverfd. De muren zijn donkergeel, met tegen de achterwand een grote muurschildering van een ondergaande zon bij de vuurtoren van Ameland. Aan een van de tafels zit een meisje een boek te lezen, terwijl ze zichtbaar met moeite een boterham naar binnen werkt. Buiten op het terras ligt een jongen te slapen in de zon. Zijn huid begint al rood te kleuren door het krachtige licht.

Achterin is een opening naar de keuken, met daarvoor een soort van toonbank die als buffet wordt gebruikt. Een vrouw met kort rood haar begint net met het weghalen van het broodbeleg. Iets wat ze met zoveel routine en snelheid doet, dat ik snel die kant op loop.

'Zou ik nog wat kunnen eten?' vraag ik.

De vrouw stopt met haar bezigheden en kijkt me met haar kleine ogen van top tot teen aan. 'Lunch is tot één uur,' zegt ze.

Ik kijk naar de klok en zie dat het inmiddels vijf over één is. 'Sorry,' zeg ik. 'Het is mijn eerste dag vandaag, en –'

‘Regels zijn regels,’ onderbreekt ze me. ‘Als we voor iedereen hier uitzonderingen moeten gaan maken.’

Ik voel dat ik boos word. Wie denkt die vrouw wel niet dat ze is? Heeft ze enig idee wat ik allemaal door heb moeten maken? Ik ben hier ook niet voor m’n lol! Dat gore brood van haar kan me gestolen worden, ik wil niet eens eten, ik wil hier niet eens zijn! Net als ik op het punt sta om me om te draaien, mijn spullen te pakken en naar huis te gaan, hoor ik een bekende stem achter mij.

‘Het is goed, Cora,’ hoor ik Judith zeggen. ‘Bram zijn gesprek met Anneke was iets uitgelopen, je weet hoe Anneke is, als die eenmaal begin te praten...’ Ze knipoogt naar me.

Cora kijkt me wantrouwig aan. ‘Alleen vandaag. Volgende keer is het helaas, pindakaas. Wat wil je hebben?’

‘Een broodje met pindakaas klinkt heerlijk,’ zeg ik.

Ik zit voor het gebouw op een van de steigerhouten bankjes, in de schaduw van een grote sitkaspar, en kijk uit over de duinen. Een warme bries laat de spar ritselen en het helmgras wuiven, terwijl de bovenste laag zand zich verplaatst over de glooiingen. De golven van de zee achter de duinen klinken als een snelweg die raast in de verte. Een vogel fluit hoog en schel en doorbreekt het suizende geluid in mijn oren dat veroorzaakt wordt door de stress. Ik voel mijn benen tintelen en durf me bijna over te geven aan een gevoel van lichte ontspanning nu ik wat gegeten heb. Naast mij op het bankje staat het bewijs van mijn overwinning: een wit bord met wat bruine kruimels; de laatste restjes van een met pindakaas besmeerde volkorenboterham.

In de verte klinkt het doffe gedreun van een radio dat steeds dichterbij lijkt te komen. Via de oprit komt een zilverkleurige auto aangereden. Het gedreun wordt harder, en stof waait op als een rookgordijn achter de auto. Uiteindelijk komt een zilverkleurige Mini Cooper cabriolet, half slippend, tot stilstand voor de ingang van Het Baken.

Het portier gaat open en er worden twee rode Jimmy Choo-pumps in het zand gegooid, gevolgd door twee lange, dunne benen waarvan de voeten één voor één in de achttien centimeter hoge hakken glijden. Een jonge vrouw van midden twintig stapt uit de auto. Haar blonde haar, dat uitvoerig is bewerkt met een krultang, beweegt nauwelijks in de wind. Een te groot uitgevallen Gucci-zonnebril verbergt haar halve gezicht, en haar paarse, korte jurkje met wijd uitlopende mouwen zit zo strak om haar lichaam dat ik me bijna bezwaard voel dat ik naar haar kijk. Ze leunt tegen de auto, alsof ze op iemand wacht, en steekt verveeld een sigaret op. Ze schuift haar zonnebril in haar lange haar en pakt een telefoon uit het Louis Vuitton-tasje dat om haar schouder hangt. Zorgvuldig zoekt ze het licht op en maakt dan een paar foto's van zichzelf, voor haar auto, met de duinen op de achtergrond.

Als haar sigaret op is, en er nog steeds niemand naar buiten is gekomen, gooit ze de smeulende resten geïrriteerd op de grond en trekt de deur van de entree open.

Ik sluit mijn ogen en probeer de rust weer te vinden op deze hete, stressvolle dag.

'Het is ongelofelijk, San! Ik heb dus drie kamers gezien, de eerste was echt megadonker. De tweede was zó stoffig en had echt een megaslechte vibe. Ik kreeg er de kriebels van, alsof iemand zichzelf van kant had gemaakt in dat hok. De derde had uitzicht op zee, dus daar ben ik maar mee akkoord gegaan, maar echt Feng Shui is het hier allemaal niet. – Denk je dat ik er wel goed aan doe San? – Ja, ik weet dat ik even wat me-time nodig heb, maar drie weken?'

Ik schrik op van de harde stem. De blonde meid is het gebouw weer uitgekomen en loopt nu ijsberend heen en weer voor haar auto.

'En er is dus helemaal niks hier, San! Ik moet blijkbaar alles zélf doen. – Nee, ik vroeg of iemand even kon helpen met mijn bagage, zelfs dat was te veel moeite. En blijkbaar moet ik al mijn schaartjes inleveren – én m'n sigaretten.' Vlug steekt ze een peuk in haar mond, alsof ze bang is dat die elk moment van haar afgepakt kan worden.

'En to top it off vraagt die chick of ik een schroevendraaier bij me heb?! Hoor je die, San? – Of ik een schroevendraaier bij me heb? Ik zeg: meid, wie denk je dat je voor je hebt? Bob de Bouwer?' Ze zucht. 'Ik ga je hangen, San. Ik bel je vanavond nog wel even. – Love you too, meid – kus.' Ze blijft druk in de weer met haar telefoon, zonder enige vorm van aandacht voor haar omgeving. Als haar sigaret tot aan het filter toe is opgebrand gooit ze de smeulende resten op de grond om direct een nieuwe op te steken.

Na een paar minuten bergt ze haar telefoon op in haar designtasje. Ze zucht een paar keer diep en haar ademhaling lijkt minder gehaast te worden. Met haar vingertoppen masseert ze haar slapen om vervolgens haar derde sigaret, die nog maar voor de helft is opgebrand, in het zand te gooien. Ze haalt het pakje peuken uit haar tas en loopt naar de prullenbak. Met een twijfelende beweging gooit ze het pakje weg en veegt haar handen schoon. Ze loopt terug naar haar auto en maakt de kofferbak open, waarna ik een doffe plof hoor en er stof opwaait vanachter het voertuig. Als een pasgeboren kalf staat ze te wankelen op haar benen terwijl ze een grote koffer naar de entree van het gebouw probeert te slepen. Als ze er bijna is begeeft het hengsel het en valt ze hard op de grond.

Nog voor ik er erg in heb ben ik opgestaan en sta ik naast haar. 'Gaat het?' vraag ik, terwijl ik mijn hand uitsteek om haar overeind te helpen.

'Rot op!' zegt ze, en ze slaat mijn hand weg.

'Ik wil alleen maar helpen!'

'Kun je me gewoon even met rust laten?! Gewoon even? Oké?'

Ik steek mijn handen in de lucht. 'Oké,' zeg ik kalm.

Ze slaat woest met haar handen op de grond, als een klein kind dat haar zin niet heeft gekregen. Dan zucht ze een keer luid en zet een vriendelijke lach op. 'Oké, ik ben er klaar voor.'

Ze steekt haar hand naar mij uit met het onuitgesproken verzoek of ik haar overeind wil helpen. Als ze staat veegt ze het stof van haar jurkje en pakt haar telefoon uit haar tasje om met de selfiefunctie te controleren of haar haar, dat geen centimeter heeft bewogen, nog in model zit. Er hangt een zoete lucht om haar heen. Het doet me denken aan een gebakskraam op de kermis, waar naast de moorkoppen, appelpunten en tompoezen felgekleurde zuurstokken en suikerspinnen te krijgen zijn. Ze lacht naar me, maar haar lach is leeg. Ik herken de leegte in haar ogen en kijk snel weg om die niet te hoeven zien.

'Mijn naam is Louise,' zegt ze. 'Louise Brinkhorst van Oudcarspel.'

'Bram,' zeg ik onbenullig. 'Bram Janssen,' maak ik er vlug van om niet helemaal achter te blijven.

Ze fronst een wenkbrauw. 'Zeg, Bram, jij ziet er sportief uit. Zou jij me misschien even een handje kunnen helpen?' Onschuldig draait ze een van haar blonde krullen om haar vinger.

Ik krijg het idee dat ze dit vaker heeft gedaan om haar zin te krijgen. Ik wil nee zeggen, ik wil haar vertellen dat ik hier voor mezelf ben, dat zij hier voor haarzelf is, en dat we hier alles zelf moeten doen, omdat we moeten leren om voor onszelf te zorgen.

'Tuurlijk,' hoor ik mezelf zeggen.

Ik heb een hekel aan mezelf, aan de pleaser die ik ben, aan de jongen die het zo belangrijk vindt dat iedereen hem aardig vindt dat hij zichzelf daarmee de vernieling in helpt.

Enthousiast slaat Louise haar handen tegen elkaar. 'Super, Bram! Je bent een lifesaver.' Ze maakt haar ogen extra groot, alsof ze me daadwerkelijk dankbaar is. 'Zullen we eerst de rest uit de auto halen?'

Drie grote koffers heeft ze bij zich, plus een beautycase en een Hermestas, die net een paar slagen groter is dan haar Louis Vuitton, die nog steeds om haar schouders hangt. Het zweet staat op mijn voorhoofd omdat ik mijn volle gewicht moet gebruiken om haar koffer de wenteltrap op te slepen. Louise helpt mee door met één hand tegen de onderkant van de koffer te duwen en maar te blijven roepen hoe goed ik het doe. Als we op de eerste etage aankomen zet ik de koffer even neer om op adem te komen en hoop ik dat we er bijna zijn.

'Ik slaap op de tweede hoor,' zegt Louise. 'Ik wilde een kamer met zeezicht.'

Als de eerste koffer op haar kamer staat, en we met de tweede wederom even pauze nemen op de eerste etage, zie ik over de balustrade dat de voordeur opengaat. Een blonde jongen in een blauw sportbroekje en een wit T-shirt komt het pand binnen. Hij haalt zijn telefoon uit de band die strak gespannen om zijn bovenarm zit, en doet zijn oortjes uit. Zweet parelt op zijn voorhoofd, zijn shirt is doorweekt en plakt tegen zijn atletische bovenlichaam. Zijn ademhaling gaat snel, maar dat lijkt hem niet te deren. Als hij de koffer onder aan de trap ziet staan kijkt hij omhoog, naar Louise en mij.

'Moet deze naar boven?' vraagt hij.

Ik knik.

'Doe geen moeite, hoor!' roept Louise. 'We komen die zo halen. Eerst deze even naar boven – komt goed, oké?'

Ik probeer een opmerking te onderdrukken door op mijn lip te bijten. Hoe kan ze dat nou zeggen? Uiteindelijk ben ik degene die hier het zware werk staat te doen en met die rotkoffers van haar loop te sjouwen.

'Het is geen moeite,' zegt de jongen. Hij pakt de koffer op en tilt deze twee keer zo snel als ik de trap op.

'Bedankt,' zegt Louise. Ze knippert met haar wimpers snel op en neer. Waarschijnlijk nog een van haar maniertjes om mensen te manipuleren.

'Ze slaapt op de tweede,' zeg ik vlug als ik zie dat de jongen aanstalten maakt om door te lopen.

Hij glimlacht. 'Ik ook.' Met een licht gebaar pakt hij de koffer weer op en loopt verder omhoog.

Ik wil niet achterblijven en loop – verbazingwekkend snel ineens – met de zware koffer in mijn hand achter hem aan de trap op.

Op de tweede etage zet hij de koffer op de overloop neer. 'Jullie redden het wel?' vraagt hij.

Ik knik en probeer te verbergen dat ik buiten adem ben, terwijl ik de koffer op de grond zet. De jongen steekt zijn duim op en loopt de linkervleugel in.

'Bedankt!' roept Louise hem na. Ze gooit haar blonde krullen speels over haar schouder, maar hij kijkt niet meer achterom. 'Misschien worden die drie weken toch beter vol te houden dan ik dacht,' mompelt ze.

Samen tillen we de laatste twee koffers naar Louises kamer die, afgezien van het uitzicht op zee, bijna identiek is aan die van mij.

‘Bedankt, Bram. Je mag me nu wel even alleen laten.’ Ze kijkt me nauwelijks aan, en gooit een van haar koffers op het bed. Ik draai me om en loop de kamer uit. ‘Doe je de deur dicht?’ roept ze me na.

Ik wil een opmerking maken, maar bijt weer op mijn lip tot deze zacht begint te bloeden.

8.

Elf jaar eerder

Er was iets mis met mij. Ik wist niet wat, het was iets subtiels, waardoor ik anders was dan de andere jongens in mijn klas. De eindmusical, waar ik letterlijk acht jaar naar uit had gekeken, werd door de meeste jongens met lauw enthousiasme ontvangen. Eén voor één stopten ze met zingen bij het koor van de kerk, terwijl ik bijna elke dag oefende en niet kon wachten tot het volgende optreden. En waar ik in de pauze met veel plezier mee deed met touwtjespringen, bereidden zij zich vast voor op de pauze van donderdag.

Donderdag was voetbaldag. Groep 7 tegen groep 8 op het voetbalveldje naast de school. Ik stond meestal op doel, omdat ik geen bal kon raken. Ik vond dat wel prima, ik kon dan met de meisjes uit mijn klas praten die stonden te cheerleaden naast het doel. Als er dan een bal mijn kant op kwam riep er altijd wel iemand dat ik op moest letten. Ik hoopte dan dat er niet gescoord werd, want anders moest ik dat de rest van de dag horen. Hoe slecht de verdediging ook was, of hoe ver de penalty er ook naast werd geknald, het was altijd de schuld van de keeper als we verloren.

Het miezerde zachtjes. Het veld was nat, waardoor de ene spectaculaire sliding na de andere werd gemaakt. Ik stond te praten met Nienke. We waren de plannen aan het bespreken voor onze goochelshow voor de bonte avond van het groep 8-kamp. We hadden al bedacht dat we een grote doos nodig hadden, zodat ik haar als hoogtepunt van onze show doormidden kon zagen. We zaten net te bedenken hoe we aan een grote doos konden komen, toen ons gesprek werd onderbroken door luid gejoel: een aanvaller van groep 7 was door de verdediging gebroken en kwam recht op het doel af. Ik ging klaarstaan met mijn benen en armen wijd om het houten doel van anderhalf bij drie meter te beschermen. De aanvaller kwam steeds dichterbij en ik keek angstig om me heen om te zien of iemand mij kon helpen, maar er was niemand in de buurt. De aanvaller had een grijns van oor tot oor. Ik wist het. Hij wist het. Deze ging erin. Nog twee meter tot het doel. Hij haalde uit, en nog voor ik er erg in had klonk er een luid gejuich van groep 7 voor hun held, die zojuist de bal in het doel had getrapt. Verbouwereerd stond ik nog steeds met mijn armen en benen wijd.

'Bram! Snel! Uittrappen!'

Snel pakte ik de bal uit het doel en trapte deze met een verbazingwekkend gevoel voor richting naar Nick. Het kon nog. Het was nu 3-2, maar deze achterstand was nog in te halen. In mijn ooghoek zag ik de meester het veld op komen met de bel al in zijn handen. Hij keek op zijn horloge, tilde zijn arm op en luidde de bel. De bel. Het signaal voor het einde van de pauze en in dit geval het einde van mijn sociale bestaan van die dag.

Groep 7 rende juichend het veld af, terwijl groep 8 met hangende schouders terug strompelde naar het schoolgebouw. Ik treuzelde expres een beetje, zodat ik achteraan in de rij kon staan. In de rij werd de wedstrijd nog druk geëvalueerd.

'We hadden een vrije trap moeten krijgen toen Jeroen mij

tegen mijn enkels trapte,' opperde Nick. 'Die trap was echt niet tegen de bal bedoeld.'

Martijn was dit met hem eens. 'Die scheids van groep 7 is altijd veel te partijdig. Volgende week gelukkig weer een van ons.'

Ik was nog veilig.

'Die bal had je trouwens makkelijk kunnen hebben, Bram.' Nick richtte zich tot mij.

Hou je sterk.

'Hij ging best hard,' probeerde ik mezelf te verdedigen.

'Je had hem makkelijk tegen kunnen houden als je niet de hele tijd met de meisjes stond te praten,' veegde Martijn mijn argument van tafel.

'Hoezo speel jij eigenlijk altijd alleen maar met meisjes?' vroeg Nick.

'Huh?' Ik fronste mijn voorhoofd. 'Ik deed toch mee met voetbal!'

'Je gaat ook nooit mee voetballen op woensdagmiddag,' beet Martijn mij toe.

Ik word ook nooit meegevraagd! Ik hield mijn mond. Ik ging dit niet winnen, dus ik kon het maar beter laten gebeuren.

'Je bent gewoon een meisjeshomo,' zei Nick.

'Of ben je gewoon een meisje?' vulde Martijn hem aan.

Nick prikte met een vinger in mijn borst en sloeg een vreemd kreetje. 'Oe! Ik heb aan je tietjes gezeten!'

Lachend liepen de jongens het lokaal in. Snel ging ik op mijn plek zitten en deed mijn best om niet te huilen. Als de meester mij zou zien met tranen op mijn wangen, dan zou het alleen maar erger worden. Net als toen Martijn alle jongens uit de klas had uitgenodigd voor zijn partijtje, behalve mij.

Je bent raar. Je hoort er niet bij.

Nick had mij een 'meisjeshomo' genoemd. Was dat wat ik

was? Ik moest beter kijken naar de andere jongens en hun gedrag kopiëren, niet te veel met meisjes spelen en zéker geen meisjesdingen doen. Ik probeerde mezelf op te vrolijken door te bedenken hoe ik Nick en Martijn doormidden zou zagen tijdens mijn goochelshow.

Marit, Marianne en Nienke vroegen later die week of ik na school ook kwam spelen. 'Komt Patrick ook?' vroeg ik. Patrick kwam niet, hij moest naar tennis. Snel maakte ik de afweging in mijn hoofd. 'Helemaal vergeten, maar ik heb mijn moeder beloofd dat ik direct na school naar huis zou komen,' zei ik.

Toen ik thuis kwam was er niemand, en heb ik op mijn kamer de liedjes geoefend voor het koor.

9.

Ik heb me drie keer omgekleed. Geen korte broek, wel een korte broek, een bloesje, een T-shirt, formeel, informeel, wat zou de rest doen? Uiteindelijk heb ik gekozen voor een zwarte spijkerbroek met een beige Levi's T-shirt en zwarte Vans.

Als ik om 15:55 uur de deur van mijn kamer dichttrek, komt Louise net uit haar kamer schuin tegenover die van mij gelopen. Zij heeft zich ook verkleed en draagt nu een strak wit topje met een diep decolleté, op een jurk met een Afrikaanse print die zwierig tot haar enkels valt. Haar rechterpols heeft ze versierd met een aantal gouden armbanden en om haar nek hangt een ketting van bruine kralen.

'Bram,' zegt ze kalm. Ze knikt met haar hoofd naar mij als wijze van begroeting.

'Hoi,' breng ik een beetje sullig uit. 'Moet je ook naar de rode ruimte?'

'Yes,' antwoordt ze.

Ik baal. Ik heb geen zin om de komende drie weken met haar op te moeten trekken. Ik ken meiden zoals zij, die manipuleren, liegen, bedriegen –

'Gezellig,' zeg ik.

Samen lopen we naar boven en gaan door de rode deur.

'Ah! De laatste twee,' zegt Anneke als we binnenkomen.

Waren we te laat? Ik had op mijn kamer zitten wachten tot het precies vijf minuten voor vier was. Ik wou niet te vroeg komen, zodat ik geen ongemakkelijk gesprek met iemand hoefde te voeren. Vlug kijk ik op mijn horloge. De grote wijzer staat op twee minuten voor. We zijn nog op tijd.

'Ga lekker zitten,' nodigt Anneke ons uit, en ze wijst naar de twee lege stoelen in de kring.

Recht tegenover Anneke, in het midden van de kring, zit een ietwat dikkige jongen, met aan weerszijden van hem nog een lege plek. Ik ga op de stoel links van hem zitten, Louise rechts. Als een zure lucht van klonterige melk mijn neus in sluipt begrijp ik waarom deze twee stoelen nog leeg waren. De huid van de jongen is ongezond bleek, hij heeft donkere kringen rond zijn ogen en zijn vette haar valt sluik om zijn hoofd. Ik vraag me af wat er nu in Louises hoofd omgaat –

Anneke klapt kort in haar handen om de aandacht te krijgen. 'Welkom allemaal. Fijn dat jullie er zijn.' Ze kijkt ons allemaal even kort aan. 'De komende weken gaan we samen op reis. Het wordt een avontuur waarin we elkaar, en bovenal onszelf, beter gaan leren kennen.'

Ik heb spijt. Dit is niks voor mij. Het is een fout dat ik hiernaartoe ben gekomen. Ik wil mezelf niet beter leren kennen, ik weet al meer dan genoeg over mijn gebreken en tekortkomingen. Mijn hand begint te trillen en mijn ademhaling hapert –

Ik kijk de kring rond. Links van mij zit een norse meid met donkere ogen, een donkere huid en haar armen demonstratief over elkaar. Ze draagt een donkerblauwe trainingsbroek met een roze, oversized T-shirt. Haar zwarte haren zitten samengebonden in een warrige knot op haar hoofd en de desinteresse in de wereld staat op haar voorhoofd geschreven. Probleemkind, oordeel ik.

Aan de andere kant van haar zit een jongen van ongeveer

mijn leeftijd. Zijn bruine haar valt strak achterover en glimt van de gel. Hij draagt een vaal blauw hemdje en een zwarte, afgeknipte spijkerbroek. Zijn Nike's zijn gloednieuw. Op zijn rechterbovenarm staat een tatoeage van een wolf, of een leeuw. Een puntig, waakzaam gezicht met manen die als vlammen uitlopen over zijn schouder. Onder zijn tatoeage staat in sierlijke letters de naam Daisy geschreven. Zijn ogen zijn rood en glazig. Ik kan me haast niet voorstellen dat iemand het lef heeft hier stoned naartoe te komen...

Het contrast met Anneke, die naast hem zit, zou niet groter kunnen zijn. Ze draagt nog steeds de zwarte kokerrok met een blauwe bloes. Haar kleding geeft haar autoriteit en dwingt respect af, maar het maakt haar niet hard.

Naast Anneke zit Kimberley, die ik vanmiddag al tegen was gekomen op de trap. Haar witblonde krullen pluizen uit haar staart en haar ronde bril accentueert haar iets schele blik. Dat haar ogen allebei net een andere kant op turen was me vanmiddag nog niet opgevallen. Ze is onrustig – net als ik – en staat op het punt om te gillen, weg te rennen of in te storten. Onzeker, angstig, depressief, bipolair? Ik denk dat zij het schoolvoorbeeld is van allerlei ziektebeelden die met elkaar te combineren zijn. Typisch zo'n meid met zwakke enkels en heftige krampen als ze ongesteld is.

Verrast veer ik op als ik, tussen Kimberley en Louise in, de jongen zie zitten die ons geholpen heeft met de koffers. Hij draagt nu een lichtblauw shirt dat enigszins strak om zijn bovenblijf zit. Een lichte spijkerbroek, die omgeslagen is bij zijn blote enkels, en witte gympies. Hij lacht, kijkt vriendelijk en zijn blauwe ogen lijken te fonkelen als een azuurblauwe zee die de zon reflecteert.

Hij straalt zelfvertrouwen uit, zijn beide voeten stevig op de grond. Ik probeer een fout te ontdekken; een zenuwtrekje of een blik in zijn ogen die verraadt waarom hij hier is. Ik volg zijn strakke kaaklijn van zijn oor naar zijn mond en kijk hem in zijn blauwe ogen – die mij aankijken. Snel kijk ik weg. Ik voel dat ik rood word. Ik wrijf met mijn vingers over mijn voorhoofd zodat ik mijn gezicht gedeeltelijk achter mijn handen kan verbergen.

Ik probeer weer te luisteren naar Anneke. Wat had ze nou ook alweer gezegd? We gingen op reis, op zoek naar onszelf. We moesten nieuwsgierig zijn naar wie we zijn om onszelf zo weer te leren kennen?

'Natuurlijk hoeven jullie dit niet alleen te doen en hebben we een fantastisch team mensen hier bij Het Baken die jullie daarbij gaan helpen; onder anderen Dave.' Anneke wijst naar de jongen van de koffers. Dave gaat iets meer rechtop zitten en legt zijn handen rustig op zijn benen. Ik durf hem niet meer aan te kijken.

'Mijn naam is Dave, ik ben zesentwintig en zit momenteel in mijn laatste jaar van de ALO, dat is een sportopleiding. Ik vind het heel interessant om te onderzoeken wat het verband is tussen lichamelijke en geestelijke gezondheid. Ik zal de komende weken veel met jullie gaan bewegen. Ik ben er namelijk van overtuigd dat je als je goed in je vel zit mentaal ook fitter bent.'

'Fit ben je zeker,' zegt Louise, terwijl ze speels met haar vinger over zijn gespierde arm glijdt.

Dave lacht een beetje verlegen. 'Het is de bedoeling dat jullie hier over drie weken weggaan met de juiste handvatten om ook thuis lekker in beweging te blijven.'

'Ik heb een superconditie hoor,' zegt Louise. 'Ik heb thuis een home gym en sport twee keer in de week met Carlos, mijn personal trainer.'

'Dat klinkt al goed,' zegt Dave. 'Ik kijk er echt naar uit om jullie de komende weken beter te leren kennen, en ik hoop dat we er samen een mooie tijd van gaan maken.'

'Dat moet vast goed komen,' zegt Louise. Speels gooit ze haar blonde krullen over haar schouder, precies zoals ik haar vanmiddag ook had zien doen.

'Ik wil graag verdergaan met een kort introductierondje,' zegt Anneke, 'zodat we iets meer over elkaar te weten komen. Uiteindelijk zijn jullie hier om aan jezelf te werken, maar soms leren we het meest over onszelf van de mensen om ons heen. Ik wil graag benadrukken dat ik het belangrijk vind om een sfeer van vertrouwen en respect te creëren. Alles wat hier wordt besproken blijft binnen deze groep.' Ze kijkt naar links. 'Kimberley, zou jij willen beginnen?'

Kimberley schrikt. Haar bleke wangen krijgen een rode gloed en ze wrijft haar handen nerveus over elkaar. 'Ik ben dus Kimberley en ik ben twintig jaar, en dus, ja – wat moet ik verder nog vertellen?' Ze kijkt Anneke angstig aan.

'Heb je hobby's?' vraagt die.

Kimberley knikt en schuift haar bril, die een stukje van haar neus was gegleden, weer omhoog. 'Ik hou van scrapbooken, dat doe ik heel graag.'

'Je doet wat?' vraagt de jongen die onderuitgezakt op zijn stoel naast Anneke zit.

'Scrapbooken,' herhaalt Kimberley. 'Het is een soort van knutselen. Ik maak dan, zeg maar, fotoboeken of collages met foto's uit tijdschriften en die versier ik dan.'

De jongen haalt verveeld zijn neus op.

'Dat klinkt erg leuk,' zegt Anneke. 'We gaan deze periode ook nog een soortgelijke opdracht doen. Dan heb jij vast een voorsprong.' Ze knipoogt naar Kimberley. 'Goed. Louise, zou jij kort iets meer over jezelf kunnen vertellen?'

Louise zet een glimlach op. 'Ik ben Louise Brinkhorst van

Oudcarspel. Misschien dat sommigen van jullie mij al kennen?' Ze kijkt de groep hoopvol rond, maar niemand reageert. 'Momenteel ben ik vierentwintig lentes jong en woon ik in Amsterdam. Ik ben cum laude afgestudeerd als communicatiewetenschapper aan de Universiteit van Amsterdam. Ook ben ik verantwoordelijk voor de corporate branding van het miljoenenbedrijf Multiclean, opgericht door mijn ouders. Daarnaast ben ik parttime influencer, op het moment heb ik 18k volgers, maar ik groei écht heel snel. Je zou dus wel kunnen zeggen dat ik erg sterk ben in zowel corporate- als personal branding. Ik probeer mezelf ook echt te zien als een merk. Ons bedrijf –'

'Dank, Louise,' onderbreekt Anneke haar vriendelijk. 'Als je nog iets over je hobby's zou willen vertellen dan is dat voor nu voldoende.'

Louise trekt een van haar wenkbrauwen verontwaardigd omhoog.

'We hebben de komende weken genoeg tijd om hier verder op in te gaan. Ik wil het voor nu even kort houden,' beantwoordt Anneke Louises niet-gestelde vraag.

'Goed,' zegt Louise bits. 'Dansen en fotografie.' Ze slaat haar benen stellig over elkaar. Anneke bedankt Louise, en knikt dan naar de jongen naast mij om hem het woord te geven.

Je bent bijna aan de beurt.

De jongen begint zijn zin met een demonstratieve zucht. 'Ik heet Justin Smit en ben achttien jaar. Mijn hobby is gamen en blijkbaar is dat een probleem.'

'Wat speel je?' vraagt de jongen naast Anneke.

'Voornamelijk World of Warcraft.'

'GTA?'

'Soms.'

'Cool. PC of console?'

'Voornamelijk PC soms PS4.'

'Nice, ik Xbox.'

De twee jongens hebben een gesprek zoals alleen jongens dat kunnen hebben. Ik voel me ongemakkelijk, omdat ik nooit geleerd heb om die taal te spreken. Mijn hand trilt. Ik ben bijna aan de beurt. Ik heb al nagedacht over wat ik moet zeggen: mijn naam, leeftijd en dat ik werk. Hobby's heb ik niet. Ik ben in elk geval niet van plan om te vertellen dat ik voornamelijk series zit te kijken op mijn kamer als een of andere loser, omdat menselijk contact mij ongemakkelijk maakt.

Anneke kijkt me aan. Het is mijn beurt.

'Ik ben Bram, ik ben eenentwintig jaar, en ik werk als supervisor in de horeca.'

Eenentwintig? Je bent tweeëntwintig! Sukkel!!

Ik begin te zweten. Niemand weet hoe oud ik echt ben. Misschien Anneke of Dave, als ze mijn dossier goed kennen. Ik voel mijn hart kloppen. Ik kijk alleen naar Anneke, ik durf geen oogcontact te maken met de rest, zeker niet met Dave. Ze lacht vriendelijk, het lijkt of ze me probeert te vertellen dat ik het goed heb gedaan, en geeft de beurt door aan de meid links van mij.

'Mijn naam is Anna, ik ben eenentwintig en ik ben door mijn ouders hierheen gestuurd.'

Anneke houdt haar hoofd een beetje schuin. 'Heb je –'

'Nee, geen hobby's.' Anna slaat haar armen weer over elkaar en zakt iets verder onderuit op haar stoel.

'Bitch...' mompelt Louise, terwijl ze haar ogen in haar kassen laat rollen.

'Wat?' Anna gaat rechtop zitten. 'Als je iets te zeggen hebt; zeg het dan!'

Louise lijkt niet onder de indruk. 'Calm down. Bespaar

me je toneelstukjes en doe niet alsof je een of andere bad ass bitch bent, want die hele negatieve, I don't give a shit-houding van jou die schreeuwt gewoon het tegenovergestelde. Ik zal je –'

'Dames, dames,' probeert Anneke de boel te sussen. 'Denk aan wat ik heb gezegd, laten we proberen respectvol met elkaar om te gaan.'

'Dat is precies wat ik probeer te doen,' zegt Louise. 'Ik spreek dát daar,' ze knikt met haar hoofd naar Anna, 'gewoon aan op haar onbehoorlijke gedrag.'

'Dat is niet jouw taak.' Anneke glimlacht. 'Als het nodig is kan ik best voor mezelf opkomen.'

'Wat jij wilt, Anneke.' Louise veegt haar krullen geïrriteerd over één schouder.

'Dylan, zou jij iets meer over jezelf kunnen vertellen?' vraagt Anneke.

De jongen met tatoeage grinnikt. 'Ik vond het eigenlijk net leuk worden... Maar goed, ik ben dus Dylan, achttien jaartjes en kom uit Rotterdam. Tja, mijn hobby's... Gewoon. Een beetje chillen met vrienden. Balletje trappen. Biertje. Blowtje... Voor de rest doe ik eigenlijk niet zoveel, daarom ben ik hier.'

Anneke knikt. 'Een leuke, diverse groep. Ik hoop dat we er samen een mooie en leerzame tijd van kunnen maken. Ik kijk er in elk geval erg naar uit om van jullie te leren.'

Een koude golf trekt door mijn lichaam en de haren in mijn nek gaan overeind staan. Ik kan slecht tegen psychologisch geleuter. Tegen het net-alsof-gedeelte. Natuurlijk vindt ze ons een leuke groep. Ze kan moeilijk zeggen dat ze ons een stel aanstellers vindt en dat we gewoon even fokking normaal moeten doen.

'Bij een nieuw bestaan horen natuurlijk ook nieuwe regels.'

Anneke geeft iedereen een A4. 'Structuur. Regelmaat. Om dat voor elkaar te krijgen gelden er een aantal regels binnen Het Baken.'

Dylan zucht een keer overdreven bij het horen van het woord regels. Anneke besteedt er geen aandacht aan en gaat verder met haar verhaal.

'Laten we om de beurt een regel voorlezen. Ik zal de eerste doen. Eén. We zijn allemaal gelijk en respecteren elkaar zoals we zijn. Alles wat wordt besproken blijft binnen de groep.' Ze kijkt de kring rond. 'Dat lijkt me duidelijk, toch?' Als iedereen instemmend knikt, kijkt ze vragend naar Kimberly. 'Nummer twee?'

'Twee,' zegt Kimberly, haar stem trilt. 'We zijn hier voor onszelf en voor elkaar. Contact met het thuisfront is daarom alleen toegestaan op de daarvoor bestemde momenten. Het gebruik van sociale media is niet toegestaan.'

Anneke knikt. 'Ik snap dat dit voor sommigen van jullie een moeilijke huisregel is. Maar ik ben van mening dat sociale media, en het steeds maar in contact staan met elkaar, alleen maar afleidt van ons doel. Daarom wil ik jullie vragen om voor morgenochtend jullie laptops, telefoons en tablets in te leveren. Jullie kunnen, tijdens de daarvoor bestemde momenten, op onze computers jullie mail kijken en met onze telefo–'

'Sorry,' onderbreekt Louise haar. 'Mag ik wat vragen? Ik snap dat deze regel voor de meesten hier geen probleem is, maar zoals ik net al zei ben ik influencer en verantwoordelijk voor de corporate branding van een groot, internationaal bedrijf. Ik móét gewoon bereikbaar zijn!'

'Laten we eerst even verdergaan,' antwoordt Anneke. 'Ik kom straks nog op het hoe en wat omtrent het accepteren van de regels.'

Louise knikt.

'Dave, wil jij de volgende regel voorlezen?'

'Drie,' leest Dave voor. 'Volledige inzet wordt van alle deelnemers verwacht bij alle programmaonderdelen. Alleen met toestemming van een begeleider mag van deze regel worden afgeweken.'

'Ja,' zegt Anneke, 'dat is ook een heel belangrijke regel. Om echt, echt tot de kern van wie jullie zijn te komen zal het hele programma helemaal moeten worden afgedraaid. Alle activiteiten dragen hieraan bij. Dus ik wil jullie vragen om jezelf volledig in te zetten tijdens alle onderdelen. Dus zowel bij groepssessies, individuele sessies, activiteiten en natuurlijk het corvee.'

Dylan zucht weer.

'Niet zo'n fan van corvee?' vraagt Anneke met een lach.

'Nee,' antwoordt Dylan. 'Ik dacht dat dit een soort van vakantie was. Met schoonmaak en alles.'

Anneke glimlacht. 'Het is belangrijk dat er structuur wordt gecreëerd. Als jullie straks weer thuis zijn moeten jullie ook in staat zijn om voor jezelf te zorgen.'

Louise lacht schamper. 'Sorry,' zegt ze, als Anneke haar vragend aankijkt. 'Het is natuurlijk niet voor iedereen normaal dat er een schoonmaakster in huis is...'

'Wil jij anders de volgende huisregel voorlezen?' vraagt Anneke snel, voordat iemand de kans krijgt om te reageren.

'Natuurlijk,' antwoordt Louise overdreven. 'Vier. Instructies van stafleden dienen te allen tijde te worden opgevolgd.'

'Dat lijkt me ook wel duidelijk, hè?' vraagt Anneke. Iedereen knikt. 'Justin, de volgende?'

Justin schraapt zijn keel. 'Vijf. Drank en drugs zijn niet toegestaan.'

'Drugs en alcohol zijn een no go,' zegt Anneke. 'Zowel softdrugs als harddrugs.' Haar blik blijft net iets te lang bij

Dylan hangen, die met zijn armen over elkaar naar de grond staart. 'De rokers onder ons, die niet in één keer willen óf kunnen stoppen, krijgen drie sigaretten per dag. Hebben we rokers in de groep?'

Dylan en Louise steken hun hand op.

'Ik ben vandaag gestopt,' zegt Louise.

'Geef mij haar sigaretten dan maar,' grinnikt Dylan.

Anneke richt haar blik op mij. 'Bram, wil jij de laatste regel voorlezen?'

Ik kijk naar de A4 in mijn handen die ik van Anneke heb gekregen. 'Vijf. In het uiterste geval dat een deelnemer wil vertrekken, hanteren wij een bedenktijd van twaalf uur. Als de deelnemer bij zijn/haar voornemen blijft, zal er na deze twaalf uur actie worden ondernomen.'

Anneke knikt. 'We gaan er natuurlijk niet van uit. Maar mocht iemand voortijdig willen vertrekken, dan hanteren wij een bedenkperiode van twaalf uur. Het kan zijn dat de emoties hoog oplopen de komende weken en dat mensen in een opwelling willen vertrekken. Om ervoor te zorgen dat er geen overhaaste beslissingen worden genomen, hanteren we deze bedenktijd. Natuurlijk zijn er uitzonderingen. In noodgevallen zorgen we ervoor dat je zo weer op het vaste land staat, maar in alle andere gevallen dus twaalf uur bedenktijd. Tot zover. Vragen?' Aandachtig kijkt ze de kring rond, maar iedereen schudt zijn hoofd.

'Louise had net al een vraag over het opvolgen van de regels. Voor morgenochtend verwachten we van iedereen het contract getekend retour. Met het zetten van je handtekening ga je akkoord met de huisregels en ga je akkoord met het programma. Teken je niet,' ze kijkt naar Louise, 'dan ga je niet akkoord met de regels en scheiden onze wegen zich.'

'Dan kan ik naar huis, bedoel je?' vraagt Louise geschokt.

'Daar komt het wel op neer,' antwoordt Anneke.

'Dus eigenlijk móéten we wel tekenen? En doen jullie net alsof het een keuze is?'

'Zeker niet,' antwoordt Anneke. 'Je bent vrij om te gaan. We willen je niet dwingen om hier te zijn, maar omdat wij ons programma met zorg hebben samengesteld, verwachten wij ook dat iedereen dit programma volledig doorloopt. Voor jezelf. Niet voor ons.'

Louise schudt haar hoofd. 'Het kan gewoon niet!'

'Heb je die brief niet gelezen?' vraagt Anna geïrriteerd.

'Welke brief?' Louise kijkt haar vragend aan.

'Die brief die we hebben gekregen,' zegt Anna, 'met informatie. Daarin stond precies wat we allemaal mee moesten nemen en wat de regels zijn.'

'Jawel. Volgens mij heb ik die wel gezien, ja...' stamelt Louise.

'Jij dacht natuurlijk dat die regels niet van toepassing zijn op een influencer,' zegt Anna lacherig.

'O, burn!!' roept Dylan.

Louise werpt Anna een dodelijke blik toe en opent haar mond, maar Anneke is haar voor. 'Regel één!' Haar stem klinkt resoluut. 'Graag respect voor elkaar.'

Anna tuit haar lippen. 'Het is toch zo...'

'Iedereen heeft nog tot morgenochtend om na te denken,' zegt Anneke. 'Iedereen die akkoord gaat, verwacht ik hier om 08:00 uur terug.'

Dave vertelt ons meer over het programma. Elke dag om 07:00 uur worden we gewekt, om 23:00 uur gaan de lichten uit. Ontbijt, lunch en diner zijn beneden in de grote eetzaal, gezamenlijk met de andere groepen en alle leiding. Er is een heel programma met sport, ontspanning en therapie en we zullen corveetaken krijgen, zoals het helpen in de moestuin, herstelklusjes in het gebouw of het verzorgen van de dieren. Tot slot geeft Anneke ons een opdracht mee: omschrijf in één zin wat je de komende weken wilt bereiken.

Direct na de bijeenkomst loop ik naar mijn kamer. Ik wil even helder kunnen nadenken, zonder dat ik lastig word gevallen. Annekes opdracht dwingt me om eerlijk te zijn, tenminste als ik écht geholpen wil worden.

Op mijn kamer is het nog steeds benauwd. Ik ga achter het bureautje zitten en beweeg de pen met een trillende hand naar het papier.

Ik wil graag – Nee, dat is niet goed. Ik verfrommel het papiertje en gooi het in de prullenbak.

Ik moet – Nee, dat is al helemaal niet goed. Ik kras de woorden door.

Ik hoop dat ik rust kan vinden. Dat ik mezelf kan accepteren zoals ik ben, dat ik mijn verleden een plek kan geven en met frisse moed de toekomst tegemoet kan gaan. Ik lees de zin nog een keer, en nog een keer, net zo lang tot ik een soort van opluchting voel. Dit is het. Mijn doel staat er, maar het lijkt verder weg dan ooit.

10.

Tien jaar eerder

Jetje was geen Jetje meer, maar gewoon Jet. Ze was tenslotte ‘geen baby,’ zoals ze zelf zei. Haar blonde haar droeg ze nu in een lange vlecht, en de turquoise clip was verdwenen.

Ik lag in bed en was moe, uitgeput door de voorbereidingen voor de afscheidsmusical.

Toen ik thuis kwam uit school, lag Kira op de bank tv te kijken met de afstandsbediening in haar hand. Ik baalde, want degene met de afstandsbediening had de macht over de televisie. Ze zat naar een of ander Engels programma met ondertiteling te kijken.

‘Zullen we kijken of er iets anders op tv is?’ vroeg ik hoopvol.

‘Nee,’ was het korte antwoord.

Ik schonk wat te drinken voor mezelf in, vroeg aan mama of ik een koekje mocht, en ging naast mijn zus op de bank zitten.

De serie die ze aan het kijken was ging over een journalist (Clark Kent) die bij een Amerikaanse krant werkte. Hij was verliefd op zijn vrouwelijke collega (Lois Lane), die hem niet zag staan. Zij was verliefd op iemand anders, op een superheld genaamd Superman, over wie ze veel verhalen schreven. Maar ze wist niet dat Clark Kent deze held was. Ik wist dit ook niet, totdat hij zijn overhemd openscheurde en er een roodblauw pak tevoorschijn kwam. Dat pak zat zo strak om zijn lijf dat al zijn spieren zichtbaar waren, en zoals dat hoort bij Superman, waren zijn spieren van staal.

Ik lag in bed, onder mijn Bob de Bouwer-dekbedovertrek, en kon nog steeds alleen maar denken aan Clark Kent in zijn rood-blauwe pak. Ik vond het fijn om aan hem te denken en kreeg een warm gevoel in mijn lichaam. Het voelde alsof ik honderd cadeautjes had gekregen, alsof papa thuis was gekomen met een puppy, alsof ik een heel pak vla in mijn eentje leeg mocht eten. Ik voelde het kriebelen op plekken waar ik dat nog nooit eerder had gevoeld.

Ik begreep niet waarom ik steeds moest denken aan het moment waarop Clark Kent zijn shirt openscheurde. Ik begreep niet waarom zijn rode cape bleef wapperen in mijn gedachten. Toen ineens, vanuit het niets, viel het kwartje: ik ben homo.

Dus dat was wat er niet aan mij klopte! Maar het kon niet... Het was niet zoals het in de kerk werd verteld, ik had Jet al beloofd dat ik met haar zou trouwen, en ik wilde helemaal niet anders zijn!

Het gaat wel over.

Ik kon maar beter doen alsof het er niet was. Net als bij de waterpokken; de jeuk gewoon negeren, dan gaat het vanzelf over, krabben maakt het alleen maar erger. Ik bleef nog een tijdje woelen en viel uiteindelijk in slaap, om vervolgens door Superman uit mijn bed te worden getild. In zijn armen vloog ik naar de sterren, en daaraan voorbij.

11.

Half verlicht door het vuur lijken onze gezichten duivels. Een knapperende tak laat een vonkenregen opstijgen richting de hemel. Om het kampvuur staan emmers water in het zand. Kleine vonkjes kunnen tenslotte het begin zijn van een allesverwoestende bosbrand, net zoals slechts simpele woorden of gedachten kunnen uitmonden in een alles verterende angst –

'Yo, Bram!'

Ik schrik op uit mijn gedachten. Het hete vuur, de drank –

'Wat ik dus vertelde,' gaat Dylan verder. 'Stel nou dat je bij schizofrenie dus niet een gespleten persoonlijkheid hebt, maar dat er daadwerkelijk een tweede persoon in je lichaam woont, óf dat iemand probeert om jouw lichaam over te nemen.'

'Zoals een demon, bedoel je?' Louise neemt een slok wodka uit de fles.

'Kan. Misschien een buitenaardse entiteit... Of een overleden persoon die wraak komt nemen –'

'Kunnen we het misschien over iets anders hebben?' Kimberley trekt het kleed om haar schouders wat strakker aan.

'Waar wil jij het dan over hebben?' vraagt Louise. De blik in haar ogen is glazig.

'Nou, gewoon...' zegt Kimberley.

'Meid, ontspan een beetje. Hier, neem lekker nog een slok.' Louise geeft de fles aan Kimberley, die een klein slokje neemt.

'Weet je zeker dat er niemand van de leiding komt?' vraag ik, als Kimberley de fles aan mij geeft. Ik kijk over mijn schouder naar Het Baken, een paar honderd meter bij ons vandaan.

'Who cares.' Louise haalt haar schouders op. 'De regels gaan toch pas morgen in.'

Ik neem vlug een kleine slok, waarna Dylan mij wenkt dat ik de fles door moet geven.

'Ik moet mijn voorraad sigaretten en drank hoe dan ook opmaken,' zegt hij. 'Als ik deze inlever, dan zie ik ze sowieso nooit meer terug.' Hij neemt een slok. 'Laten we een spelletje doen! *Nooit heb ik ooit*, kennen jullie dat? Lijkt mij een mooie gelegenheid om elkaar beter te leren kennen. Ik noem iets wat ik nog nooit heb gedaan. Als jij dat dan wel hebt gedaan, dan neem je een slok. Duidelijk?'

'Ja! Love it!' roept Louise.

Kimberley drukt haar bril stevig tegen haar neus. 'Ik weet het niet hoor...'

'Doe jij mee, Bram?' vraagt Dylan.

Ik twijfel. Ik ben bang dat ik morgen met een kater wakker word als ik nu nog meer drink, maar ik wil ook geen mietje zijn.

'Please...' Louise houdt haar handen smekend tegen elkaar aan en knippert spastisch met haar ogen.

'Oké, waarom ook niet,' zeg ik, maar ik vraag me eigenlijk af: waarom wel?

Iedereen kijkt nu naar Kimberley. Louise heeft een dwingende blik in haar ogen.

'Nou ja, als iedereen dan meedoet, dan, ja, ik ook.'

'Top!' Dylan neemt een hijs van zijn sigaret. 'Ik begin. Nooit heb ik ooit gescrapbooked.'

Hij geeft de fles door aan Louise, die de fles gierend van het lachen doorgeeft aan Kimberley, die de fles aanpakt alsof ze niet weet wat ze ermee moet doen.

'Nu gewoon even een flinke slok nemen, meid,' zegt Louise.

Kimberley neemt een klein slokje.

'Dat is geen slok!' Louise klinkt geïrriteerd. 'Je moet echt een goede slok nemen.'

Kimberley brengt de fles weer naar haar lippen, neemt een grote slok en begint te proesten.

'Grote meid.' Louise klopt met haar hand kort op Kimberleys rug, die de fles aan mij door wil geven.

'Ik heb nog nóóit gescrapbooked,' zeg ik met een minachting in mijn stem waar ik direct spijt van heb.

'Oké, my turn!' Louise gaat rechtop zitten en ik zie haar gedachten ratelen.

'Nooit heb ik ooit...' Ze kijkt ons alle drie even kort aan, voordat er een grijns op haar gezicht verschijnt. 'Nooit heb ik ooit in mijn polsen gesneden.'

Ik schrik en kijk naar Kimberley die nog met de fles in haar handen zit. Dapper neemt ze een slok.

'Ik wist het,' sist Louise, alsof het een overwinning is.

Ik wenk Kimberley dat ze mij de fles moet geven en neem een grote slok terwijl ik Louise uitdagend aankijk. Ze pruilt met haar lippen.

'Iemand anders nog?' vraag ik. 'Anders is het nu mijn beurt.' Ik sta versteld van mijn bravoure, maar dat zal een combinatie zijn van de vermoeidheid en de drank. Ik weet direct wat ik moet zeggen: 'Nooit heb ik ooit een maaltijd overgeslagen omdat ik mezelf te dik vind.'

Ik geef de fles aan Dylan, die de fles op zijn beurt weer doorgeeft aan Louise. 'Vroeger ja,' zegt ze, voordat ze een grote slok neemt en de fles aan Kimberley wil geven.

'Ik niet hoor,' zegt Kimberley trots.

'Yeah right.' Louise neemt nog een slok.

De fles wordt nog een paar rondes doorgegeven en de bodem komt steeds meer in zicht. Ik begin me steeds zelfverzekerder te voelen, en mijn problemen lijken te smelten bij het vuur dat langzaamaan kleiner wordt.

'Ik ga naar bed,' zegt Kimberley. Ze staat op en verliest bijna haar evenwicht.

'Dat kan niet,' zegt Louise. 'De fles is nog niet leeg.'

'Wat maakt dat nou weer uit?' vraag ik.

'Officiële regels,' zegt Dylan. 'Het spel is pas afgelopen als de fles leeg is.' Hij haalt zijn schouders op, alsof hij ook niks aan de regels kan veranderen.

Kimberley gaat weer zitten. Haar wangen zijn vuurrood en haar blik is wazig als geleipudding.

'Zeg Kim,' Louise kijkt door Kimberley heen, alsof ze haar blik niet meer scherp kan stellen. 'Is het goed als ik Kim zeg? Kimber– Ik krijg het gewoon m'n bek niet uit. Waarom ben jij hier eigenlijk? Zo een leuke meid als jij, die zo lekker kan scrapbooken?'

'Ik – ja, omdat.' Kimberley zucht. 'Ik heb in het verleden, zeg maar, dingen meegemaakt...'

Louise lijkt niet tevreden met haar antwoord. 'Kun je iets specifieker zijn? We maken allemaal dingen mee, toch? Ik zit hier toch ook niet te janken om "dingen" die ik heb meegemaakt?'

'Waarom ben jij hier dan?' vraag ik.

Louise kijkt me geïrriteerd aan. 'Kijk, Bram. Ik ben een vrouw met veel mogelijkheden. Ik kan veel, ik wil veel, soms té veel. Ik zit op het randje van een burn-out. Het is belangrijk voor mij om weer even zen te worden en weer even terug te gaan naar de kern van mijn bestaan, naar mijn core talent.

Even weer back to zero, zodat ik vanuit daar weer kan kijken wat ik nou eigenlijk allemaal wil. Snap je? En jij? Waarom ben jij hier?'

Ik haal mijn schouders op. 'Ik weet het gewoon allemaal even niet meer.'

Louise fronst haar wenkbrauw. 'Wat niet?'

'Alles niet,' zeg ik, omdat ik haar de waarheid niet wil vertellen.

'Dus je gaat het niet zeggen?'

'Als ik wist wat mijn probleem was, dan zat ik hier toch niet!' zeg ik fel. 'Dan had ik mijn probleem wel even gegoogeld en een Youtube-tutorial bekeken!'

'Rustig maar hoor, het is niet mijn schuld.'

'Je vraagt er toch naar?'

'Ik ga nu echt,' zegt Kimberley, en ze staat langzaam op.

'Zitten!' Louise duwt haar terug omlaag. 'Die fles móét leeg!'

Dylan kijkt naar de inhoud van de fles. 'Anders doen we gewoon een rondje atten. Om de beurt een slok tot de fles leeg is?'

'Yes! Let's do it!' Louise klapt in haar handen als een blij kind.

Dylan neemt een grote slok, gevolgd door Louise.

'Ik h-hoef echt niet meer, hoor,' sputtert Kimberley als het haar beurt is.

'Drinken!' Louise drukt de fles in haar handen. Kimberley neemt geschrokken een slok en geeft de fles aan mij.

Na twee rondjes is de fles zo goed als leeg. Louise laat de laatste restjes wodka als water door haar keel glijden.

'Het feest is voorbij,' zegt Dylan. 'Kom Bram, dan pissen wij het vuur even uit.'

Ik kijk hem geschrokken aan. 'Ik sla even over.'

Dylan haalt zijn schouders op en gooit een paar emmers water over het vuur, tot de smeulende resten volledig zijn gedoofd.

Kimberley staat op en loopt wankel richting Het Baken, met het kleed nog steeds om haar schouders geslagen. Na een paar stappen staat ze abrupt stil. Ik hoor haar kokhalzen, gevolgd door het geluid van een kop groentesoep met ballen, vermicelli en croutons die wordt leeggegoten in het zand. Louise giert het uit.

'Ah, bah,' zegt Dylan. Hij steekt nog een sigaret op.

Kimberley strompelt verder en struikelt over een stuk hout. Nu komt Louise helemaal niet meer bij van het lachen.

Vlug loop ik naar Kimberley toe en help haar overeind. Naast haar op de grond ligt een stukje papier, dat ik zonder na te denken in mijn zak stop. Door het snelle opstaan is mijn hoofd gaan draaien en lijkt Het Baken te dansen op de golven van de zee. 'Help even,' zeg ik tegen Louise.

'Waarom? Ik ben haar moeder niet.'

Ik voel me dronken.

Dylan komt naar ons toe gelopen en pakt Kimberleys andere arm. 'Ranzig, ze zit helemaal onder de kots.' Het was me nog niet opgevallen, maar ze heeft deels over haar eigen broek en schoenen gespuugd. 'Lou, jij moet haar op bed leggen,' zegt Dylan. 'Dat kunnen wij niet doen. Hashtag Me-too en zo.'

Louise zucht een keer overdreven en neemt dan Kimberleys arm van mij over. 'Goor wijf.'

Ik probeer me zo nuchter mogelijk voor te doen en trek de voordeur van Het Baken open. De eikenhouten trap lijkt torenhoog en wentelt tot in de hemel als een draaimolen. Op mijn kamer laat ik me met kleding en al op bed vallen, ik ben te moe om me uit te kleden of mijn tanden te poetsen. Ik stink naar rook. Ik sluit mijn ogen, mijn lichaam begint te draaien als een turbo polyp, tot ineens alles stilstaat.

Er valt een klein lichtpuntje vanaf het plafond naar beneden en schroeit een gaatje in mijn broek. Een tweede vonk daalt neer en mijn gedachten beginnen te smeulen. Een derde, zevende, negende vonk. Het is een prachtig gezicht. Mijn kamer is gevuld met vonken die langzaam hun weg van het plafond naar beneden vinden. Rood, oranje, geel, de ene nog feller dan de andere.

Ik loop over straat, de vonken vallen op aarde als manna. De wereld smeult. *Het moet stoppen.* Mijn moeder staat voor me, de vonken vallen op haar gezicht als gloeiende druppels die langzaam wegsmelten in haar huid. Ze huilt. Ik probeer haar te beschermen, maar de paraplu van leugens die ik boven haar hoofd houd verandert in lava, waardoor haar huid verkoolt als een blok hout in het vuur. *Het moet stoppen. Het moet stoppen. Het –*

Ik schrik wakker. Mijn kleren zijn zeiknat van het zweet. De lucht is lichtgrijs met een oranje gloed, en de vogels kondigen voorzichtig een nieuwe dag aan met hun gefluit.

Ik ben misselijk, kotsmisselijk. Ik hoop dat ik nog even kan slapen. Dat ik nog even mijn ogen kan sluiten en het misselijke gevoel kan negeren tot het vanzelf verdwijnt. Mijn maag trekt zich samen, en zo snel als ik kan ren ik mijn kamer uit naar het sanitaire gedeelte, drie deuren verderop.

Er klinkt een zacht geruis, gekletter van water, en iemand neuriet een vrolijke melodie met de vogels mee. Tegen de muur hangen vier wasbakken met spiegels, onder vergeelde lampenkappen die een vaal licht verspreiden. Ik duik het eerste hokje met een toilet in dat ik zie, laat mezelf op mijn knieën vallen en gooi een deel van mijn maaginhoud eruit.

Uitgeput blijf ik zitten, terwijl het geruis op de achtergrond verdwijnt.

Mijn hoofd bonkt. Ik wil opstaan, maar word overspoeld door een tweede golf kots die kletterend in het toilet belandt.

Als ik er zeker van ben dat er niets meer uit te kotsen valt, open ik versuft de deur.

'Morgen!'

Ik wrijf in mijn ogen. Het is Dave. Hij staat voor me in een witte Calvin Klein-boxershort, met een grijze handdoek om zijn nek en blauwe slippers aan zijn voeten. Ik word weer misselijk, dit keer niet door de drank of de angst, maar door een gevoel dat ik alleen herken van die keer dat Tom mij in mijn ogen keek, en die keer dat ik met Sam in het emballagehok stond.

Dave wrijft met de handdoek over zijn hoofd om zijn blonde haar te drogen. Ik sta aan de grond genageld. 'Dat klonk niet echt lekker,' zegt hij. 'Gaat het wel?'

'Wat?'

'Voel je je wel goed?'

'Ja, ik – ik denk dat ik gewoon iets verkeerd heb gegeten,' stamel ik.

Dave kijkt me aan. 'Het wordt warm vandaag. Achtentwintig graden hebben ze voorspeld.'

De mist in mijn hoofd wil maar niet verdwijnen. Het vuur, de drank, Dave –

'Oké, ik...' Ineens zie ik mezelf staan in de spiegel. Ik draag nog steeds mijn blauwe spijkerbroek met het zwarte vest dat ik gister voor het kampvuur had aangetrokken. Ik voel dat ik rood word. 'Ik ben op bed in slaap gevallen,' beken ik. 'Ik was zo moe van alle indrukken...'

Er verschijnt een grijns op Daves gezicht. Hij rommelt wat in zijn toilettas en geeft me dan een strip paracetamol. 'Hier, dat zal je goed doen. Straks even een kop koffie en een eitje, en je bent zo weer de oude.'

Hij stopt zijn vingers in een potje wax en boetseert zijn haar zonder enige moeite in model. Vragend kijk ik naar de strip met paracetamol in mijn hand.

'Kimberley heeft Anneke vannacht in paniek gebeld,' zegt hij. 'Ze heeft in haar kamer gespuugd en direct haar twaalf uur bedenktijd aangevraagd. Ze heeft verteld wat er bij het kampvuur is gebeurd.'

Ik voel me betrapt. 'O,' zeg ik schuldbewust.

'Als je slim bent ga je nu nog even snel douchen. Om zeven uur wordt iedereen wakker gemaakt, dan is het hier een stuk drukker.'

Ik glimlach voorzichtig. 'Goed idee.'

Ik probeer een excuus te verzinnen om nog even te kunnen blijven staan. Om nog even naar Dave te kunnen kijken, naar zijn brede armen en zijn platte buik, die bijna symmetrisch in zessen is verdeeld. 'Bedankt' zeg ik, omdat ik niks kan bedenken, en houd de paracetamols even in de lucht.

Dave knipoogt. 'Geen probleem.'

Hij knipoogde naar je.

Op mijn kamer trek ik mijn stinkende kleren uit. In mijn broekzak vind ik een briefje met een handschrift dat ik niet herken: *Ik wil voor mezelf op kunnen komen, zonder anderen pijn te doen. Ik wil mezelf kunnen zijn, zonder me schuldig te voelen of te schamen.*

Een verkoolde herinnering dringt zich op in mijn gedachten. Ik voel tranen branden achter mijn ogen als ik besef dat dit Kimberleys doel is. Misschien had ik gister iets tegen Louise moeten zeggen, had ik moeten ingrijpen, zodat Kimberley weg kon gaan...

Nee. Het is háár doel. Zíj moet voor zichzelf leren opkomen, dat is niet mijn taak. Uiteindelijk zijn we allemaal op onszelf aangewezen in deze wereld. Ik probeer de gedachte te herhalen om van mijn schuldgevoel af te komen, maar het gevoel slijt niet.

Je had iets moeten doen.

12.

Negen jaar eerder

Jet en ik spraken elkaar niet meer. Ik was verhuisd, slechts een paar straten verder, maar het voelde als een ander land. Papa, mama, Kira en ik woonden nu in een vierkant huis van gele stenen, met een plat dak. De achtertuin was ingericht door een architect. Er stonden kleurrijke bloemen, kleine boompjes, er was een vijver, en een kronkelend grindpad dat onbedoeld fungeerde als kattenbak voor de buurt. Er was geen schommel meer, geen ophaalbrug en geen gras, want Kira en ik waren voor de wereld nu volwassen.

Jet ging op de fiets naar een middelbare school waar iedereen welkom was. Ik ging met de bus naar een school voor christenen, waar de dag werd geopend met gebed.

Mijn nieuwe school stond in een grote stad. Een plek met onbegrensde mogelijkheden en leerlingen die al meer van de wereld hadden gezien dan ik überhaupt had kunnen dromen. Het schoolgebouw was grijs, rechttoe rechtaan, en had vier verdiepingen. De lift mocht alleen worden gebruikt door docenten, en door leerlingen met een liftpas, die vaak iets in het gips hadden. Alle lokalen waren hetzelfde: bruine tafels, blauwe stoelen en een groen krijtbord aan de muur. Sommige leraren hadden geprobeerd hun lokaal op te vrolijken met planten, of tekeningen van leerlingen. Anderen hielden het liever bij feiten, met landkaarten, rekentabellen of posters van priemgetallen.

Het was een nieuwe start, waar de rest van mijn leven zou beginnen.

Ik was nog steeds homo, het was nog niet overgegaan. Ik had op het internet gelezen dat homo's naar de hel gingen, maar dat je als je God daarom vroeg wel kon worden genezen. Het zou nu dus vast snel over zijn. Om er toch zeker van te zijn dat niemand mijn geheim zou ontdekken, deed ik mijn benen nooit over elkaar, want dat deden de homo's op tv namelijk ook. Ik was van het koor afgegaan, omdat ik nog de enige jongen was, en vertelde niemand dat ik stiekem naar *Hollands Next Topmodel* keek. In mijn klas hoefde ik gelukkig niet zo mijn best te doen om niet op te vallen. Na een paar weken was onze vmbo-klas al bestempeld als 'problematisch'. De onruststokers eisten alle aandacht op, waardoor ik gewoon elk uur van lokaal kon wisselen, als een normale jongen, net zoals de seizoenen elkaar opvolgen zonder discussie.

Op een dinsdag, tussen twee lesuren in, stond ik mijn boeken te wisselen bij mijn kluisje. Het was een mooie herfstdag met veel zonlicht, waardoor de rode bladeren aan de bomen oplichtten als vuur. Uit het niets voelde ik twee sterke armen om mij heen. Iemand had mij van achter in een omhelzing dicht tegen zich aangetrokken. Ik rook een sterke AXE Africa-lucht en werd opgetild van de grond.

'Wie ben jij?!' riep ik verschrikt. Ik had geen idee wie mij had opgetild, en ik hield niet van verrassingen.

'O, sorry!' De armen lieten los. Ik draaide mij om en keek recht in de groene ogen van Tom. Hij wreef gegeneerd met zijn hand in zijn nek. 'Sorry man, ik dacht even dat je iemand anders was...'

'Geeft niet,' stamelde ik, terwijl ik weer even loskwam van de grond.

Tom was een van de populairste jongens van de school, uit de vwo+-klas. Hij was knap, écht knap. Zijn donkerblonde haar krulde wild op zijn hoofd, en zijn kaken klemde hij altijd stoer op elkaar, behalve als hij nonchalant op zijn kauwgom stond te kauwen.

Ik voelde dat ik rood werd, mijn hele lichaam tintelde. Even, voor een seconde, droomde ik ervan hoe het zou zijn om voor altijd in Toms armen te liggen, met hem te trouwen en kinderen te krijgen.

Was je maar een meisje.

Voordat hij wegliep sloeg hij me een keer op mijn schouder, zoals vrienden dat doen. Ik wist niet of hij mijn naam kende, ik hoopte dat ik niet op zou vallen, maar toch hoopte ik dat Tom wél wist wie ik was. Ik keek hem na. Zijn brede schouders hingen iets naar links. Hij liep een beetje slungelig, zijn benen waren door een groeispurt waarschijnlijk ineens langer dan hij gewend was. Ik had zijn warmte in mijn nek gevoeld en was even in zijn armen verdwenen. Even had ik ervaren hoe het zou moeten zijn.

Die avond in bed voelde ik weer hoe mijn lichaam had gereageerd op Tom. Ik dacht aan zijn sterke armen om mijn lijf, aan zijn warme adem, waarmee hij kusjes kon blazen in mijn nek. Ik droomde, tot al mijn spieren zich aanspanden, een gevoel van gelukzaligheid mijn lichaam vervulde en weer losliet.

Door Tom was ik in de war. Ik wist niet waar ik het zoeken moest als ik hem tegenkwam op school. Ik kreeg vleugels, waarmee ik nooit zou kunnen vliegen.

Toen de herfst was uitgespeeld, werden de dagen korter. Ik ging in het donker naar school, en kwam in het donker weer thuis. De dagen werden kouder, maar mijn nieuwe jas kon mij niet beschermen tegen de bittere kou die nog komen zou.

13.

De dag is pas net begonnen, maar nu al verloren. Alles trekt in een waas aan me voorbij. Paniek hangt om mijn hoofd als wolken om bergtoppen. Het zal niet lang meer duren tot de lucht te zwaar wordt en de mist me mee zal trekken naar het dal van mijn bestaan. Hoeveel dagen nog tot ik eindelijk kan functioneren als een normaal mens? Ik zet mijn ene voet voor de andere zonder echt te beseffen waar dat me brengen zal.

Gewoon nog één stap. Gewoon nog één stap.

Ik loop langs het kantoortje van Judith en lever mijn getekende contract samen met mijn telefoon in, voordat ik naar de eetzaal loop. Het geluid van de pratende mensen galmt als dat van een zwemparadijs met uitgelaten kinderen door mijn hoofd. Ik pak wat eten onder het toeziend oog van Cora en loop naar het terras, waar het iets rustiger is, om mijn ontbijt op te eten.

De bruine boterham met chocoladepasta, de banaan en de mok met heet water staren me aan, maar ik mis de motivatie om een hap of slok te nemen. Ik ben misselijk, en alle dingen waar ik spijt van heb in mijn leven verdwijnen als scheldwoorden in mijn oren, die piepen uit protest.

Louise komt door de openstaande deuren naar buiten. Haar blonde lokken zitten in een knot vol klitten op haar hoofd.

Ze draagt een zwarte legging met een grijze trui en een grote zonnebril. Ze doet net of ze me niet ziet en gaat een stukje verderop op een bankje zitten.

Als ik denk dat niemand kijkt loop ik naar een prullenbak en gooi mijn boterham weg. De banaan leg ik op mijn kamer, voor als ik later nog eens honger heb.

Om 08:00 uur zitten we boven aan de eikenhouten tafel in de rode ruimte, als Anneke wil beginnen met de dag.

'We missen Kimberley nog,' zeg ik.

Anneke kijkt me aan. 'Kimberley komt vandaag niet, die voelt zich niet zo lekker.'

'Wat vervelend!' zegt Louise te overdreven om gemeend te kunnen zijn.

'Zou je je zonnebril even af willen zetten?' vraagt Anneke. 'Dan kunnen we elkaar in de ogen kijken.'

Met enige tegenzin zet Louise haar bril af. Haar ogen zijn rood, omrand met zwarte kringen.

'Wow,' zegt Anna. 'Als je make-up op is mag je wel wat van mij lenen, hoor.'

Louise werpt haar een valse blik toe, maar houdt haar kaken stijf op elkaar.

'We beginnen vandaag met een creatieve opdracht,' zegt Anneke. Ze legt voor ons allemaal een schilderdoek op tafel. 'Ik wil graag dat jullie allemaal een schilderij of collage maken die representatief is voor hoe jullie op dit moment in het leven staan. Dat mag dus iets abstracts zijn, in de vorm van een gevoel, maar het mag ook specifieker. Het idee is om een beginpunt vast te stellen. Het is een eerste stap om jezelf, en elkaar, beter te leren begrijpen.'

Dylan lacht, hij lijkt als enige geen last te hebben van een kater. 'Lekker is dat dan. Net deze opdracht nu onze scrapbookkoningin er niet is.'

'Het is inderdaad heel jammer dat Kimberley er nu niet bij kan zijn,' zegt Anneke bits. 'Jullie hebben hier tot 10:00 uur de tijd voor, daarna staat er een sportles met Dave op het programma.'

Louise zucht en laat haar hoofd vermoeid op haar armen vallen. 'Wat doe je ons aan, Anneke?!'

'Dit is iets wat je jezelf hebt aangedaan,' zegt Anneke streng. 'Het wordt tijd dat jullie de verantwoordelijkheid nemen voor jullie eigen leven.'

Ik ben blij met de opdracht. Ik hoef nu tenminste niet met iemand te praten of actief te zijn. Ik denk na over wat ik wil maken en kijk een beetje rond wat de rest gaat doen. Louise wrijft wat roze verf uit over het doek en begint wat modieuze plaatjes uit de Vogue te knippen. Dylan bladert in een tijdschrift met auto's, Justin schets een animé-karakter, en Anna maakt met houtskool zwarte krassen op haar canvas.

Ik besluit me te focussen op mijn eigen doek, en voor het eerst in mijn leven gewoon te maken wat ik wil, zonder rekening te houden met wat anderen van mij denken. Ik schilder een grijs grasveld, met in het midden een zwarte, dode boom. Aan de boom hangt een mannetje aan een galg, met op zijn schouder een kleurrijke vlinder. Ik vind het een mooi beeld en maak allemaal kleine vlinders die wegvliegen uit zijn hoofd. Het idee is mooier dan hoe ik het op het doek krijg, maar van Anneke krijg ik toch een compliment, waardoor ik een beetje opveer in mijn stoel.

Om 10:15 uur staan we omgekleed en wel klaar voor de sportles. Het is inmiddels al behoorlijk warm, en alles in mij weet dat dit een hel gaat worden. Dave laat ons allemaal oefeningen doen: push-ups, squats, lunges, jumping jacks, en eindigt de work-out van ruim een uur met het trekken van sprintjes door de duinen. Anna mag het laatste stuk overslaan van Dave, vanwege een blessure aan haar knie, waardoor Louise in opstand komt.

'Jij had toch zo'n topconditie?' vraagt Dave. 'Dan zou dit echt geen probleem voor je moeten zijn.'

Daar heeft Louise geen weerwoord op, en ze stopt direct met haar protest.

Het sporten in de hitte valt me zwaar. Het parcours door de duinen is te intens, de zweetdruppels op Daves voorhoofd zijn te geil, en als ik me uiteindelijk uitgeput in het zand laat vallen begint de wereld te draaien, en raak ik in paniek. Mijn lichaam begint te trillen en ik verlies de controle over mijn ademhaling. Het voelt alsof mijn keel wordt dichtgeknepen door de handen van de dood. Hij speelt een spel met mij. Elke keer als ik denk dat ik verlies, krijg ik net weer genoeg lucht om in leven te blijven. Ik wil vluchten, maar ik zou niet weten waarnaartoe. De dood leeft in mij en waar ik ook naartoe zal gaan, ik zal hem altijd met me meedragen.

Ik hoor stemmen om mij heen, maar de woorden vinden geen vaste grond in mijn hoofd. Ik hoor slechts delen van zinnen, alsof ik aan het videobellen ben via een slechte internetverbinding.

Dan ineens voel ik twee warme, sterke handen op mijn schouders en breken azuurblauwe ogen mijn ziel open. 'Rustig ademhalen, Bram. Doe maar met mij mee. Adem in: één, twee, drie, vier. Vasthouden: één, twee, drie, vier. En adem uit: één, twee, drie, vier, vijf, zes, zeven, acht. Goed zo. Nog een keer.'

Ik doe wat de stem zegt en na een paar keer geconcentreerd ademhalen komt mijn lichaam weer tot rust. Mijn ogen stellen zich scherp en ik besef dat Dave tegenover mij zit en degene is die tegen mij praat. Er trekt weer een golf van misselijkheid door mijn lichaam en ik kots in het zand.

Dave kan net op tijd achteruitspringen om zijn witte sneakers te redden.

Mijn gevoel van angst maakt plaats voor een gevoel van schaamte en het liefst zou ik willen verdwijnen in de zee.

'Het geeft niks,' zegt Dave. 'Je bent er in elk geval helemaal voor gegaan met het sporten.'

Ik forceer een glimlach, hij bedoelt het goed.

Na de sportles hebben we tijd om te douchen met aansluitend de lunch. Ik hoef niets te eten, en loop onrustig heen en weer door mijn kamer.

Je kunt niet meer, je wilt niet meer.

Het valt me allemaal te zwaar. Ik heb een pauze nodig van Het Baken, een pauze van het leven: ik wil er gewoon even niet meer zijn. Als ik de keuze had, dan zou ik mezelf drie weken laten platspuiten in een ziekenhuis, om daarna weer uitgerust op te staan en opnieuw te beginnen.

Je kunt niet meer, je wilt niet meer.

Op de automatische piloot loop ik naar boven, naar de rode ruimte, waar Anneke achter haar laptop een boterham zit te eten. Ik klop op de deur.

Anneke kijkt verrast op. 'Bram, kan ik wat voor je doen?'

Vertwijfeld loop ik naar binnen en barst in huilen uit.

'Ga zitten,' zegt Anneke.

'Ik kan niet meer,' zeg ik.

Anneke kijkt me begripvol aan. 'Ik begreep van Dave dat je tijdens het sporten een paniekaanval hebt gekregen?'

Ik knik.

'Eigenlijk is dat alleen maar heel goed.'

Geschrokken kijk ik haar aan.

'Een paniekaanval is een reactie van het lichaam. Het is niet meer dan dat, gewoon een chemisch proces dat plaatsvindt, en dat vanzelf weer overgaat. Dat het nu gebeurd is, laat alleen maar zien dat je je grenzen aan het opzoeken bent.'

Ik ken het verhaal. Er is een trigger; iets wat angst oproept, waardoor mijn lichaam reageert met de fight or flight-modus: mijn hartslag gaat omhoog, mijn hand begint te trillen en mijn zicht wordt wazig. Hierdoor komen er allemaal rampgedachten naar boven: ik word niet goed, ik ga dood, ik kan dit niet aan, waardoor de angst groter wordt en de lichamelijke verschijnselen erger. Zo gaat de cirkel rond tot ik trillend op de grond naar adem lig te happen.

'Maar waarom is dat dan goed?' vraag ik. 'Ik ben hier toch juist naartoe gekomen om daarvan af te komen?'

'Om je angst te overwinnen zul je die eerst moeten accepteren. Je zult jezelf de ruimte moeten geven voor de angst. Zodra je erachter komt dat je angst je geen kwaad kan doen, zul je merken dat je steeds minder snel in paniek raakt.'

Je kunt niet meer, je wilt niet meer.

Ik begin weer te huilen. Anneke schenkt me een troostende glimlach en legt haar hand op die van mij. 'Het is heel moeilijk, Bram. Een paniekaanval is erg eng, en kan een heftige ervaring zijn, maar ik geloof dat jij dit aankunt, dat jij je angst kunt overwinnen.'

Annekes woorden maken me bang en ik voel hoe mijn lichaam verkrampt. De angst is zoveel sterker dan ik, hoe kom ik daar ooit overheen?

'Ga maar even een uurtje slapen,' zegt Anneke. 'Daar knap je vast van op. Aangezien Kimberley er ook niet is wil ik vanmiddag een aangepast programma draaien. De anderen gaan helpen bij de dieren. Het schuurtje van de varkens moet opnieuw geschilderd worden.'

'Bedankt,' zeg ik.

Als ik me op bed laat vallen, merk ik pas hoe verkrampt mijn lichaam werkelijk is. Alles doet pijn: mijn schouders, mijn borst, mijn armen. Als ik me ontspan duurt het niet lang voordat mijn gedachten niet meer logisch zijn, en zak ik weg in een diepe slaap.

Er wordt op de deur van mijn kamer geklopt. Langzaam word ik wakker uit een droom over gekleurde vlinders, verdord gras en dode bomen. Er wordt opnieuw geklopt.

'Ik kom,' zeg ik, en ik loop naar de deur. 'Hé,' zeg ik verbaasd, als Judith lachend voor me staat met blosjes op haar appelwangen.

'Hoi, Bram. Ik hoorde van Anneke dat je hier was. Ik heb even een verzoek voor je: zou jij Roger misschien uit kunnen laten? Ik ben druk met wat administratieve dingetjes die ik echt even af moet ronden vandaag.'

Ik wrijf wat slaap uit mijn ogen. 'Ja, natuurlijk,' antwoord ik, zonder dat ik eigenlijk door heb waar ik ja tegen zeg.

'Super! Word maar even rustig wakker, en kom daarna maar naar mijn kantoor beneden, daar ligt Rogers riem.'

Ik kijk naar de klok boven de deur, het is net drie uur geweest, ik heb ruim twee uur geslapen en voel me redelijk hersteld van mijn kater. Ik heb zelfs een beetje honger en eet voorzichtig de banaan op die ik op het bureau had gelegd.

Beneden loop ik het kantoortje van Judith binnen, dat verscholen zit achter de wenteltrap in de hal. Het glas in de deur is afgeplakt met matte afplakfolie, de muren zijn fuchsiapaars en aan het plafond hangt een geknutselde mobiel van het sterrenstelsel. Judith zit achter een glazen bureau, dat bezaaid is met papieren, op een ergodynamische stoel zonder rugleuning. In de vensterbank staat een cactus, met ernaast een kleine regenboogvlag in het zand geprikt. Judith geeft me de riem, en Roger begint speels te kwispelen als hij in de gaten krijgt dat hij mee mag.

Samen met Roger loop ik naar buiten. Ik blijf nog even voor de entree staan om mijn richting te bepalen, maar als Roger rechtdoor loopt en kwispelend achteromkijkt, besluit ik hem gewoon te volgen.

We lopen door de duinen over een pad van witgeel zand, omlijnd met groengele sprieten helmgras, richting het strand. Roger loopt speels heen en weer. Hij vangt een geur op die hij vervolgens weer kwijtraakt, en wordt afgeleid door een hommel die zich zoemend verplaatst tussen het lange gras.

'Roger, hier!' zeg ik, om de hond te testen. Hij komt naar me toe gelopen. 'Zit!' Kwispelend gaat hij zitten in het zand. Als we de duinen over zijn en de blauwgrijze zee ons begroet met een zacht geruis, maak ik Roger los en vertrouw ik erop dat hij bij me terug zal komen.

De zee heeft zijn sporen achtergelaten op het strand. Ik heb mijn schoenen in mijn hand en loop door de branding met mijn voeten half in het water. Het zand ligt bezaaid met incomplete zeesterren, lege krabbenschilden en gebroken schelpen alsof ze onderdeel uitmaken van een slecht gedecoreerde viskraam, alleen de plastic visnetten ontbreken nog.

Het strand is bijna verlaten op een paar senioren met zonnehoed en een strandjutter met een metaaldetector na. De rust is overweldigend en ik weet niet wat ik ermee aan moet. Roger springt vrolijk door de golven en rent speels voor mij uit. Steeds als ik denk dat hij niet meer terugkomt, blijft hij staan wachten tot ik bij hem ben, waarna hij weer met een noodgang wegsprint en door de golven duikt.

Als het vloed begint te worden besluit ik dat het tijd wordt om terug te lopen naar Het Baken. Ik denk na over wat Anneke heeft gezegd en probeer haar woorden mijn gedachten te laten vullen, net zoals de zee langzaamaan het strand overneemt.

Je angst kan je geen kwaad doen.

Het gemak waarmee ze dat had gezegd; alsof ze een slager was die vroeg of het een onsje meer mocht zijn. Stel nou dat ze gelijk heeft, en dat een paniekaanval inderdaad niet het einde is...

Ik probeer mijn gedachten wat meer de ruimte te geven.

Het leven is pas over als ik dood ben. Hoeveel paniekaanvallen heb ik in mijn leven gehad? Ik ben er nog niet dood aan gegaan. Het is een vervelende ervaring, maar niet meer dan dat.

Er spoelt een verkoelende golf over mijn voeten en ik voel het zand kriebelen tussen mijn tenen, waarna het water zich weer terugtrekt in de zee. Even ervaar ik een gevoel van lichtheid dat ik niet verklaren kan. Het water, het zand, de blauwe lucht. Ik heb het tot hier gered.

Ik probeer trots te zijn op mijzelf, maar het gevoel wordt weggespoeld door de golven.

14.

Acht jaar eerder

De dag begon zo goed: ijsvrij. Er lag wel twintig centimeter sneeuw, waardoor de bussen niet reden. Ik lag nog in bed, toen Kira met een hoop kabaal het huis weer binnenkwam en het nieuws met mama deelde. Vlug klom ik mijn bed uit en startte de computer op in het kleine computerkamertje. Op deze manier wist ik zeker dat ik straks het gevecht zou winnen wie er het eerst achter de computer zou mogen, omdat ik degene was die hem had aangezet.

Na een uitgebreid ochtendplasje liep ik terug naar de computerkamer waar Kira, zoals ik al had verwacht, achter de computer zat.

'Ja, da-ag,' zei ik. 'Ik ging achter de computer.'

Ze keek me met een schuin oog aan. Ik zag haar broeden op een argument waarom zij op de computer zou mogen. 'Ik moet mijn mail checken voor school,' was het beste wat ze kon verzinnen.

'Je zit op MSN.'

'Dat start de computer altijd automatisch op.'

'Mam!' riep ik. 'Ma-am!'

'Zie je mij?!' riep mama van onderaan de trap. Dat was steevast haar antwoord wanneer we haar riepen als ze niet in de buurt was.

‘Kira is vlug achter de computer gaan zitten, toen ik even naar het toilet was!’

‘Ik moet mijn mail checken voor school!’ vulde Kira aan.

‘Dat is niet waar! Ze zit op MSN!’

Met vermoeide stappen kwam mama de trap op sloffen. ‘Kira, zat Bram achter de computer?’

‘Nee, hij had alleen de computer opgestart.’

‘Ik ging even plassen, omdat ik moest wachten!’

Mama zuchtte. ‘Kira, laat je broer achter de computer en help me even met het inruimen van de vaatwasser.’

Met agressieve muisklikken sloot Kira de programma’s die ze had openstaan. ‘Je kiest ook altijd voor hem!’ beet ze mama na, die de trap al af was gelopen.

Ik kon alleen maar grijnzen met een zelfvoldane glimlach.

‘Rotjong!’ Met één druk op de knop sloot Kira de computer af, en stormde langs me heen de trap af, voordat ik haar iets kon aandoen.

Toen de computer na enkele minuten eindelijk was afgesloten, startte ik hem weer opnieuw op, om wederom een aantal minuten te moeten wachten.

Het was druk op MSN. Bijna iedereen was online en statussen waren massaal aangepast. Ik kon natuurlijk niet achterblijven en veranderde **ik ben niet gek, ik ben een vliegtuig** in **ijsvrij!**

Ik kreeg een bericht.

Ruben: Yo gast waar ben je?
Bram: Thuis. bussen rijden niet!!
Ruben: Ik in OLC, maar ga zo ook naar huis er is niemand.
Bram: Wel les?
Ruben: Geen id nog.

Er ging een nieuw scherm open.

Julia: Hi Bram! Kim is hier ook.
Bram: ey
Julia: zullen we vanmiddag afspreken? Kim wil je wat vragen?
Bram: ?????
Julia: over het gala van volgende maand.

Ruben: Lessen gaan niet door. Ga naar huis, spreek je later!
Bram: Ltr!
Ruben is offline.

Bram: wat wil ze vragen dan?
Julia: eigenlijk moet jij haar wat vragen.........

Natuurlijk wist ik wat ze wilde dat ik ging vragen, ik was niet dom. Kim liep inmiddels al een tijdje achter me aan en misschien had ik haar ook wel het idee gegeven dat ik haar leuk vond... Helaas voor Kim vroeg Linda eerder die week al of ik met haar wilde gaan. Ik kon niet zo snel een excuus verzinnen, en ik had nog niemand, dus ik zei maar ja.

Bram: ik ga al met linda naar het gala...
Julia: Lekker lullig ben jij!
Bram: hoezo?
Julia: Je bent echt een sukkel.
Bram: waar slaat dit nou weer op? Ik mag toch zelf weten met wie ik wil gaan?
Julia: ben je toch homo?

Mijn vingers vielen stil op het toetsenbord en ik voelde hoe mijn wangen warm werden, terwijl er een koude rilling over mijn rug gleed. Ik was alert en me ervan bewust dat ik mijn volgende woorden zorgvuldig moest kiezen.

Bram: Nee. Hoezo?!
Julia: Wij zijn niet de enigsten die dat denken hoor dat denkt iedereen.
Bram: Ik ben geen homo!
Julia: dat je zo fel reageert dat zegt al genoeg.
Bram: ik reageer helemaal niet fel ik wil gewoon niet dat daar misverstanden over ontstaan.
Julia is offline.

Mijn hand trilde en ik probeerde te achterhalen wat er nou precies was gebeurd. Kim en Julia vonden me een homo. Nee. Volgens hen dacht iedereen dat ik een homo was. Ik snapte het niet; ik ging toch met Linda naar het gala? Ik sloeg mijn armen over elkaar en hing beduusd achterover in mijn stoel. Hoezo dachten ze dat ik homo was?

Julia is online.

Mijn hart sloeg een keer over. Ik hoopte dat ze het gesprek weer zouden oppakken, zodat ik dit misverstand recht kon zetten. Ik kon er niet zelf over beginnen, dat zou te veel opvallen.

Na een aantal minuten hadden Julia en Kim nog niks tegen mij gezegd. Ik veranderde mijn status van online naar offline en weer terug. Dan kregen ze in elk geval een melding dat ik er was.

Nog niks. Nog een keer ging ik van online naar offline en weer terug. Nog steeds niks. Ik besloot het ultieme argument te gebruiken om te bewijzen dat ik geen homo was: verliefdheid.

Bram: Linda vroeg me en ik ben haar eigenlijk wel leuk gaan vinden...
Julia: Ze gaat al met Ralf.

Bram: Linda?
Julia: Nee kim sukkel.
Bram: ok. Nou met ralf gaan is toch ook leuk?
Julia: ben jij soms verliefd op ralf?

Shit! Het voelde alsof ik door de grond zakte. Ik wou dat ik mijn woorden anders had gekozen en nu kon verwijderen. Dit kwam niet meer goed.

Denk na!

Bram: nee ik bedoel voor kim.
Bram: anders was ik toch ook niet met Linda gegaan als ik homo was.
Julia: misschien om te verbergen dat je homo bent?
Bram: hahah ik ben echt geen homo hoor.

Alles wat ik zei maakte het alleen maar erger. Ik was in een vlek op mijn favoriete T-shirt aan het wrijven, waardoor deze alleen maar groter werd. Ze roken bloed. Ze hadden mijn borstkas al opengesneden en mijn hart al in hun handen. Het enige wat ze nu nog hoefden te doen was net iets harder knijpen tot ik zou breken.

Ik had het verpest, blijkbaar had ik ergens een steek laten vallen. Ik had niet goed genoeg opgelet, me niet stoer genoeg gedragen. Had ik de verkeerde muziek geluisterd? Had ik te veel mijn best gedaan met handenarbeid? Had ik misschien toch te veel naar Tom gestaard?

Ik bleef de rest van de dag op mijn kamer om na te denken. De sneeuw begon langzaam te smelten. De witte massa vermengde zich met modder, en werd een bruine pap die mijn ziel bedekte.

15.

Ik voel me beter. Ik had afgelopen nacht goed geslapen en was maar één keer wakker geworden van een nachtmerrie. Het is een mooie dag. De zon schijnt fel, maar door de sluierende wolken en een zachte oostenwind is het maar een graad of drieëntwintig.

We beginnen de dag met een sportsessie van Dave, die ons vandaag, na de heftige sessie van gister lijkt te sparen. Na het sporten worden we aan het werk gezet in en om het gebouw. Anna en ik krijgen de opdracht het onkruid te wieden tussen de tegels van het terras. Het is eentonig werk, maar met mijn kromme rug, en met mijn knieën op de grond komen mijn gedachten tot rust. De woorden van Anneke blijven in mijn hoofd rondzingen als een aangename melodie: *je angst kan je geen kwaad doen.*

Na de lunch loop ik samen met Louise, Justin en Dylan de rode ruimte binnen. In het midden staat een kring met stoelen, waar Kimberley, Anna en Anneke al op ons zitten te wachten. Een kring kan maar één ding betekenen: er moet gepraat worden.

Als we allemaal een plek hebben gevonden, geeft Anneke aan dat ze vandaag Louise de ruimte wil geven om haar verhaal te doen. Louise glundert.

‘Wil je beginnen met het voorlezen van het doel dat je hebt opgeschreven?’ vraagt Anneke.

Louise haalt een briefje tevoorschijn uit de zak van haar donkerblauwe jumpsuit. Haar blonde haren heeft ze vandaag gestyled, waardoor die soepel over haar schouders vallen.

‘Ik wil graag ontdekken wat mijn core talent is en wat niet, zodat ik beter weet wat ik los moet laten,’ leest ze voor.

‘Zou je dat misschien nog iets verder toe kunnen lichten?’ vraagt Anneke.

Louise lacht. ‘Volgens mij is het vrij duidelijk toch?’ Ze kijkt Dylan aan om bijval te vinden. ‘Ik zou niet weten wat ik hier nog aan toe zou moeten voegen.’

Anneke glimlacht. ‘Ik neem niet aan dat je hier bent om te ontdekken waar je goed in bent? Daarvoor kun je beter terecht bij een coach of een loopbaanbegeleider. Kun je misschien iets meer vertellen over datgene wat je los wilt laten?’

Louise strijkt de haren uit haar gezicht. Voor het eerst lijk ik iets van ongemak bij haar te bespeuren. ‘Misschien de controle?’

Anneke knikt en maakt een aantekening in het boekje dat ze op haar schoot heeft liggen.

‘Het is niet zo dat ik daar écht veel moeite mee heb,’ zegt Louise vlug, als ze ziet dat Anneke wat opschrijft. ‘Ik ben wel een beetje een controlfreak in de zin van dat ik altijd alles goed geregeld wil hebben, maar dat is vaak meer alleen voor anderen dan echt voor mezelf, omdat anderen dat belangrijk vinden.’

‘Hoe bedoel je dat?’ vraagt Anneke. ‘“Omdat anderen dat belangrijk vinden”?’

‘Op mijn werk bijvoorbeeld. Mijn werkgever vindt het belangrijk dat ik alles onder controle heb, en –’

‘Je bedoelt je ouders?’ vraagt Anna met gefronste wenkbrauwen.

'Op het werk zijn zij gewoon de CEO en COO hoor,' zegt Louise lachend. 'Zie je het voor je? Dat ik een vergadering binnenkom en mom en dad begin te roepen? Dan neemt toch niemand mij meer serieus?'

'Maar iedereen weet toch dat het jouw ouders zijn?' vraagt Dylan. 'Zo ben je toch ook aan je baantje gekomen?'

Louise trekt een star gezicht. 'Ik heb mijn baan gekregen omdat ik goed ben in wat ik doe, en omdat ik hard werk. Dat mijn ouders toevallig CEO en COO zijn, heeft daar helemaal niks mee te maken!'

'Vast,' zegt Dylan.

'Geloven jullie lekker wat jullie willen.' Louise klinkt schel. 'Ik weet hoe het zit.'

'Denk je dat dat een rol speelt in de druk die je voelt om de controle te behouden?' vraagt Anneke. 'Het feit dat je ouders je ouders zijn maar ook je werkgevers?'

Louise denkt na. 'Soms kan dat wel eens lastig zijn, ja... Het grootste gedeelte van de dag zijn we met het bedrijf bezig. Ook thuis, of op vakantie. Het werk stopt eigenlijk nooit.'

'Kun je ons misschien eens vertellen hoe een gemiddelde dag er voor jou uitziet? Vanaf het moment dat je opstaat, tot je gaat slapen?'

Louise draait haar zilveren armband nerveus om haar pols. 'Wat is daar precies het nut van?'

'Ik denk dat het ons zal helpen om jou iets beter te begrijpen, het leven dat je leeft is nou niet bepaald doorsnee, denk ik.'

Er verschijnt een glimlach op Louises gezicht. 'Dat is waar, mijn leven is vrij exclusief.'

Anna kucht luid.

Louise negeert haar en begint met vertellen. 'Om zes uur in de ochtend gaat de wekker. Dan check ik eerst mijn socials, het nieuws, mijn privémail en m'n werkmail, om te kijken of er iets urgents is. Dat doe ik ongeveer een half uurtje. Dan heb ik een uurtje de tijd om te douchen, en voor m'n haar en make-up. Mijn outfit leg ik meestal de avond van tevoren al klaar, dat is lekker makkelijk, dan hoef ik daar in elk geval niet over na te denken in de ochtend, en dan weet ik ook gelijk waar ik mijn haar en make-up op aan kan passen. Dan om half acht ontbijten we met zijn allen; mom, dad, my little brother and me, dat doen we elke dag.'

'Werkt je broertje ook in het bedrijf?' vraagt Anneke.

Louise lacht. 'Mijn broertje is acht. Een ongepland nakomertje, die de boel op stelten heeft gezet. Hij kwam absoluut ongelegen, omdat we toen midden in een overname zaten van een ander bedrijf. Gelukkig hebben we een au pair, en zijn we nu heel blij met hem. Het is echt het liefste mannetje ever. We zijn heel close, mijn broertje en ik.' Even is ze stil.

'Dan om acht uur vertrekken we naar kantoor,' gaat ze op opgewekte toon verder, 'zodat we daar vóór half negen zijn. Dad vindt het belangrijk om het juiste voorbeeld te geven qua werkethiek. We zitten vaak de hele dag op kantoor, tenzij we natuurlijk afspraken buiten de deur hebben. Gelukkig is het kantoor heel mooi hoor, veel glas, staal, veel groen ook. Als ik aan het werk ben heb ik het druk met calls, meetings, research, evaluations, zoals dat gaat in een groot, internationaal bedrijf. Meestal eet ik tussen de middag even op mijn kantoor snel een salade, zodat ik ook tijd heb om mijn Instagram te bekijken. Als ik in het bedrijfsrestaurant zit, dan voel ik me net zo'n schietschijf, er is altijd wel iemand die me dan even een compliment wil geven, of even een praatje wil maken.

Zo kabbelt de dag een beetje voort. Ik probeer, en dan leg ik de nadruk op: ik probéér, altijd uiterlijk om zes uur weg te gaan. Op sommige dagen is dat natuurlijk onmogelijk, maar ik moet ook aan mezelf denken. In de avond spreek ik meestal met vriendinnen af, dan gaan we lekker even ergens een vorkje prikken, of soms is er weer een event waar ik heen moet. Qua events kan het echt van alles zijn, een netwerkborrel, een productlancering, premières, ik krijg altijd veel uitnodigingen voor van alles en nog wat. Events doen het ook altijd goed op m'n socials. Meestal neem ik dan een extra setje kleding mee naar kantoor, zodat ik niet eerst langs huis hoef.

's Avonds als ik thuis kom kijk ik altijd nog even bij mijn broertje, die dan vaak al ligt te slapen. Dan haal ik mijn make-up eraf en hoop ik uiterlijk om twaalf uur in bed te liggen, want om zes uur gaat het wekkertje weer. That's it.'

Anneke heeft driftig aantekeningen zitten maken tijdens Louises verhaal en kijkt op uit haar boekje. 'Dat is behoorlijk druk. En in het weekend?'

'Dan heb ik altijd nog wel wat lopende dingetjes die ik moet afronden, en probeer ik nieuwe content te schieten voor m'n Insta, en natuurlijk de gebruikelijke feestjes, verjaardagen, ach, you know the drill.'

Anneke knikt aandachtig. 'En wat doe je om te ontspannen?'

Louise veegt haar haren achter haar oren. 'Zondagavond is mijn avond, die probeer ik altijd zoveel mogelijk vrij te houden. Dan eten we vaak samen met het gezin, ga ik lekker in bad, en heb ik uitgebreid de tijd voor een extra grondige beauty treatment. Dan heb ik ook vaak de beste ideeën, omdat mijn hoofd dan zo lekker leeg is – soms zou ik ook wel willen dat ik wat vaker van die me-time-moments had, maar ik wil gewoon geen dingen missen.'

'FOMO,' zegt Anna.

'Wat?' vraagt Dylan.

'Fear of missing out, dat is echt een ding tegenwoordig.'

'Ik denk niet dat ik dat heb, hoor,' zegt Louise.

'Je bent toch bang om dingen mis te lopen?' vraagt Anna.

Louise begint weer met de armband om haar pols te spelen en knikt afwezig.

Anneke kijkt nog eens naar haar aantekeningen. 'Wanneer ben jij echt gelukkig?'

Louise haalt haar blonde haar weer achter haar oren vandaan. 'Als ik met m'n broertje ben. Het is zo'n leuk mannetje. Soms kijken we samen een film. Liggen we samen onder een kleedje op de bank, dan ben ik wel echt gelukkig.'

'Hoe heet je broertje?'

'Daniel, maar we noemen hem altijd Junior, dad heet ook Daniel.'

Anneke glimlacht. 'Ik zie je ook helemaal stralen als je het over je broertje hebt.'

Louise zucht. 'Hij wordt zo snel groot. De tijd gaat zo snel, daar word ik soms zo onrustig van. Dan wil ik de tijd stilzetten, zodat ik mijn tijd beter kan verdelen.'

'Wat zou je dan willen doen, als je extra tijd had?'

'Meer tijd doorbrengen met Junior. Honderd procent. Ik kom daar nu veel te weinig aan toe.'

'En wat maakt het dat je daar geen tijd voor vrijmaakt?'

'Mijn carrière vind ik ook belangrijk...'

'Belangrijker dan je broertje?'

'Je kunt die twee dingen niet met elkaar vergelijken!'

'En toch besteed je het grootste gedeelte van je tijd aan je carrière, en zou je de extra tijd, mocht die er zijn, besteden aan je broertje.'

Louise is stil, en draait haar armband nog eens onrustig rond haar pols. 'Ik hoor zo vaak van mensen dat ik het leven leid dat zij willen... Ik doe wat mijn ouders van mij verwachten, wat mijn volgers op Instagram van mij verwachten...' Louise legt haar handen in haar schoot.

'Maar maakt het je ook gelukkig?' Zachtjes slaat Anneke haar boekje dicht.

16.

Acht jaar eerder

In de verte klonk een rommelend gedonder. Het regende hard, en de wind sloeg de dikke druppels tegen mijn slaapkamerraam. Een lichtflits verlichtte de hemel. Ik deed mijn nachtlampje uit, kroop onder de dekens en fluisterde mijn gebed, zoals ik elke avond deed.

'Here God, Vader in de hemel, dank U wel voor deze dag.

Heer, wilt U de goede dingen die ik vandaag gedaan heb zegenen, en de slechte dingen vergeven? Dank U wel dat ik vanochtend gezond op mocht staan en nu weer veilig in mijn bed lig. Dank U wel voor de verjaardag van Ruben, dat het gezellig mocht zijn.

Heer, wilt U zorgen dat ik verliefd mag worden op Linda? Zodat ik met Linda kan trouwen en kinderen kan krijgen tot eer van U? Dat is toch wat U wilt? Dat is toch hoe U het bedoeld heeft? Ik weet dat ik het al heel vaak heb gevraagd. En waarschijnlijk zult U wel gek van me worden, maar het is toch ook beter voor U?

Ik weet dat ik eigenlijk niet mag klagen en dat er mensen zijn die het veel zwaarder hebben dan ik. Kinderen in Afrika. Kinderen zonder huis, zonder eten en drinken. Misschien is een van die kinderen ook wel homo. Dát is pas zwaar. Maar toch... Heer, U begrijpt het toch wel? U wilt toch ook niet dat ik naar de hel ga?

Heer wilt U mij alstublieft beter maken? Wilt U mij genezen? Dat ik morgenochtend wakker word en dat ik dan verliefd ben op Linda, of anders op het gala? Dan kus ik Linda en dan ben ik genezen. Eén kus kan zorgen voor vuurwerk. Heer laat het zo zijn, alstublieft... Alstublieft?

Heer, wilt U bij de arme en zieke mensen zijn en zorgen dat we morgen weer gezond op mogen staan?

Om Jezus' wil.

Amen.'

17.

Ik begin in het ritme te komen. Vroeg opstaan, sporten, praten, corvee en weer op tijd naar bed. Het Baken begint langzaamaan een thuis voor me te worden. Ik loop dan ook zonder te kloppen het kantoor van Judith binnen. Vrolijk kijkt ze op van haar computer.

'Hoi, Bram.'

'Hoi, ik wou vragen of het goed is als ik even met Roger ga wandelen?'

Judith kijkt naar de hond die voor pampus ligt in zijn kanariegele mand. 'Als hij zin heeft,' zegt ze lachend.

'Roger, ga je mee?' vraag ik. Zijn staart begint te kwispelen. Langzaam rekt hij zich uit, hobbelt dan in een drafje naar mij toe en gaat voor me op de grond zitten.

'Ik denk dat dat een ja is,' zegt Judith.

Ik lach, en klik de hond aan de lijn. 'Ik zal op tijd terug zijn.'

Judith knikt. 'Veel plezier.'

Roger staat al bijna bij de voordeur als ik het kantoor van Judith verlaat.

'Ga je wandelen?'

Ik draai me om, en een warme gloed trekt door mijn lichaam. Dave komt de trap afgelopen in een donkerblauwe spijkerbroek en een wit T-shirt. Ik wrijf over mijn gezicht om een rode blos te verbergen.

'Even lekker naar buiten,' zeg ik, omdat ik niks gevats kan bedenken.

Dave kijkt op zijn smartwatch. 'Ik heb wel even tijd. Zal ik anders met je meegaan?'

Ik knik, woorden heb ik niet meer.

Hij wil met je wandelen.

Ik ben blij, maar merk dat mijn gevoel overschaduwd wordt door de wetenschap dat dit een illusie is. Dave wil niet bij mij zijn, hij laat me uit, net zoals ik voor Roger zorg.

'Zullen we door het bos lopen?' vraagt hij, als we buiten staan.

'Ja, prima,' zeg ik. 'Ik ben daar nog helemaal niet geweest.'

'Ik weet wel een leuke route, is ook niet té ver.'

Niet té ver. Dan heeft hij het maar snel gehad.

We slaan links af, lopen langs het terras, de serre, over het grasveld naar de bomen die het einde van het terrein markeren. Rechts begint een wandelroute, die wordt aangegeven door een klein rood paaltje.

Het bos is honderden verschillende kleuren groen en de oostenwind laat de bladeren in de bomen ritselen als oude kranten in een konijnenhok. Het zandpad ligt bezaaid met gebroken takjes en dennennaalden. In de struiken langs het pad zitten kleine dieren verstopt die de bosjes zo nu en dan zachtjes laten kraken. Ik laat Roger vrij, zodat hij het bos, dat hij beter kent dan ik, kan verkennen. Zijn riem sla ik om mijn nek.

'Hoe vind je het tot nu toe?' vraagt Dave.

'Het is een mooi bos,' antwoord ik.

'Ik bedoelde eigenlijk de therapie...'

Ik voel dat ik rood word. Natuurlijk bedoelde hij de therapie. Hij is tenslotte door Anneke gestuurd om met mij te praten. Ineens ben ik me bewust van mijn bewegingen, mijn gezichtsuitdrukkingen en de woorden die ik kies.

'Ik vind het erg leerzaam,' zeg ik.

Dave knikt. Zijn blauwe ogen staan een beetje glazig, minder helder dan normaal. 'Ik heb er destijds ook veel aan gehad,' zegt hij.

'Waaraan?'

'Therapie.'

Verbaasd kijk ik hem aan. 'Ben jij in therapie geweest?'

Dave knikt. Ik wil vragen waarom, maar bijt op mijn lip en doe het niet.

Als het zwijgen bijna ongemakkelijk begint te worden, doorbreekt Dave de stilte. 'Ik vertel dit niet zo snel aan mensen.' Zijn blik is ernstig. Ademloos wacht ik op de volgende woorden. 'Ik denk dat het nu zes of zeven jaar geleden is, ik was net klaar met het vwo. Ik was in die tijd erg onzeker over alles. Mijn ouders waren net gescheiden, en ik dacht dat het mijn schuld was.'

'Denken alle kinderen van gescheiden ouders niet dat het hun schuld is?' vraag ik.

Dave glimlacht. 'Waarschijnlijk, maar in mijn geval ligt het een beetje anders. Het jaar daarvoor was ik namelijk uit de kast gekomen.'

Ik verstap me, maar kan mezelf corrigeren met een klein hupje dat er belachelijk uitgezien moet hebben. Een kleine grijns krult om Dave zijn mond, waarna zijn blik weer serieus wordt.

'In twee vwo was ik verliefd geworden op een vriend van mij. Ik had het eerst niet eens in de gaten. Ik dacht gewoon dat we vrienden waren, tot ik hem tijdens een logeerpartij welterusten kuste toen we samen in mijn tweepersoonsbed lagen. Hij sprong verschrikt op, en vroeg of ik een homo ben. Ik zei van niet, en dat ik gewoon van hem hield, als vrienden. Het zal raar geklonken hebben. Hij heeft die nacht op de vloer van mijn kamer geslapen en wou me daarna niet meer zien...

Ik merkte dat ik hem miste. Ik miste de gesprekken, zijn lach, zijn vriendschappelijke omhelzingen. Hij had mij iets laten voelen wat ik nooit eerder had gevoeld. Ik dacht dat het vriendschap was en dat ik dat gevoel wel weer zou krijgen als ik nieuwe vrienden had, maar niemand kon mij dat gevoel geven dat ik van hem had gekregen.

De jaren erna begon ik steeds meer naar jongens te kijken en ik merkte dat ik niet op die manier naar meisjes keek. Uiteindelijk kon ik mezelf niet langer voor de gek houden, maar ik wilde niet anders zijn. Dus ik zei niets, en hield het voor iedereen verborgen.

Mijn moeder merkte dat er iets met mij aan de hand was. Ik zat veel thuis, sportte bijna niet meer en mijn cijfers op school zakten ook steeds verder omlaag. Uiteindelijk ging ik maar net over naar 5 vwo. Toen ik weer eens op mijn kamer zat, en ze de was kwam brengen, vroeg ze wat er met me aan de hand was. Ik kon het niet langer voor me houden en vertelde haar dat ik dacht dat ik homo was... Ze begon te huilen, sloot me in haar armen, zei dat ze van me hield en dat ik het maar beter niet tegen mijn vader kon vertellen. Het was ons geheim.

Ik zocht een uitweg, ik moest er met iemand over praten. Ik ging online en kwam op allerlei foute fora, websites en chats terecht.'

Er komt een vrouw aangelopen in tegenstelde richting met een paar stevige wandelschoenen aan haar voeten. 'Dag!' zegt ze opgewekt, terwijl ze ons voorbij draaft.

Ik lach een beetje ongemakkelijk naar haar. Als ze buiten gehoorafstand is gaat Dave verder met zijn verhaal.

‘Ik leerde online een jongen kennen, hij was een paar jaar ouder dan ik. Hij was zorgzaam, lief, sportief. We praatten steeds vaker en langer met elkaar, ik kon met al mijn zorgen bij hem terecht. Het duurde niet lang voordat we gesprekken hadden over hoe fijn het zou zijn als we samen zouden zijn... én seks zouden hebben... Toen hij mij een keer een naaktfoto van zichzelf stuurde, dacht ik daar geen moment over na, en toen hij daarom vroeg stuurde ik meteen een foto terug.

Na een paar weken vroeg hij of ik een keer bij hem langs wilde komen. Ik was zo gelukkig en wou niets liever dan die leuke, lieve, knappe jongen in mijn armen sluiten. Ik had een romantisch beeld van mijn eerste zoen met hem, met een jongen, en wie weet wat er verder nog kon gebeuren...’ Dave zucht.

‘Toen de dag eindelijk was aangebroken dat ik hem ging ontmoeten, was ik bloednerveus. Ik vond het leuk, spannend, trok mijn beste kleren aan en nam de trein naar Amsterdam.

Hij woonde in een zijstraat van de Dappermarkt, in Oost, op de tweede etage. Hij had de voordeur opengedaan via de intercom, en mijn hart raasde in mijn keel toen ik de trap opliep.

In de deuropening stond een oudere man, van een jaar of vijfendertig, die direct begon te smeken dat ik niet gelijk weg moest gaan. Hij leek wel op de jongen van de foto’s, maar was zo’n tien jaar ouder, tien kilo zwaarder en had tien keer zoveel rimpels.

Ik was met stomheid geslagen.

Hij vertelde me dat hij oude foto’s van zichzelf had gebruikt, omdat anders niemand met hem wilde praten, dat hij niet tevreden was met hoe hij er nu uitzag, maar dat hij recent weer was begonnen met sporten en al vijf kilo was afgevallen. “We hebben het toch leuk samen?” vroeg hij. “We hebben toch een bijzondere klik?”

Ik besloot hem een kans te geven, omdat hij er voor mij was geweest toen ik het moeilijk had.

Zijn huis was een rommel, overal lagen spullen en het behang bladderde van de muren. In zijn slaapkamer lag alleen een matras op de grond en de ramen waren geblindeerd met vuilniszakken. De woonkamer was niet veel beter. Er stond een bruine bank met scheuren in het leer, een tafel met twee stoelen en in de hoek stonden een paar volle vuilniszakken en lagen lege wijnflessen. In de vensterbank een overvolle asbak die nog smeulde door de laatste sigaret.

"Ik ga binnenkort verhuizen naar West," verontschuldigde hij zich. "Vandaar dat ik het hier niet echt heb opgeknapt."

Ik voelde me ongemakkelijk. Ik had op dat moment gewoon meteen weg moeten gaan. Ik had direct moeten bedenken dat als hij had gelogen over zijn leeftijd, de rest ook weleens een leugen zou kunnen zijn, maar ik gaf hem het voordeel van de twijfel. We dronken wat, praatten wat, lachten wat, en toen werd hij handtastelijk.' Dave slikt.

'Hij legde zijn hand op mijn been, ik schoof wat verder bij hem vandaan, maar hij schoof met mij mee. Ik wist niet wat ik moest doen. Zijn hand gleed naar de binnenkant van mijn dij, ik zag dat hij een stijve had, en voordat ik het doorhad kuste hij mij. Mijn allereerste zoen met een man. Zijn adem rook naar drank, en zijn lippen smaakten naar rook. Ik draaide mijn hoofd weg.

"Wat doe je?" vroeg hij.

"Sorry," zei ik, "ik moet gaan."

Zijn hand lag nog steeds aan de binnenkant van mijn dij en zijn greep verstevigde. Hij drukte zijn hand tegen mijn kruis aan. "Dit is toch wat je wilt?" vroeg hij.

Ik voelde hoe mijn lichaam reageerde op zijn aanraking, ik wilde het niet, maar ik kon geen woord meer uitbrengen.

"Zie je wel dat je het lekker vindt!" Hij wreef met zijn hand op en neer over mijn kruis. Ik duwde zijn hand weg, maar hij pakte me stevig vast. "Al die tijd heb je me lopen opgeilen met je praatjes en foto's, nu gaan we er eindelijk van genieten. Je wilt tenslotte niet dat je familie en vrienden die naaktfoto's van jou te zien krijgen!"

Ik wilde opstaan, maar ik kon het niet. Hij had mijn foto's en was bereid ze tegen mij te gebruiken. Mijn knieën waren zwak. Ik kon niet meer bewegen en zat daar maar.

Hij maakte mijn broek los en nam mijn pik in zijn mond...

Hij maakte zijn eigen broek los en begon met zichzelf te spelen, tot hij zijn zaad tegen de bank spoot...

"Ik had er meer van verwacht," zei hij, voordat hij de kamer uitliep naar het toilet.

Mijn hele lichaam beefde. Zo snel als ik kon maakte ik mijn broek dicht en ben ik het huis uit gerend. Ik rende, en rende, tot ik niet meer wist waar ik was.

Vanaf toen ging het bergafwaarts met me. Mijn gedachten werden steeds donkerder, maar ik kon er met niemand over praten. Ik was zo ontzettend stom geweest, en het was allemaal mijn eigen schuld. En zelfs mijn onlinevriend, die ik alles had toevertrouwd, kon ik nu niet meer vertrouwen. Ik besloot dat ik nog twee opties had: 1. Ik maakte er direct een eind aan. 2. Ik ging er tóch met iemand over praten, en mocht het dan alsnog allemaal misgaan, dan kon ik altijd nog kiezen voor optie nummer één.

Het was een zondag, dat weet ik nog, en ik liep 's avonds, na het tandenpoetsen, naar beneden. Mijn moeder zat op de bank en mijn vader zat in zijn luie stoel bij de open haard, allebei verdiept in hun boek.

"Ik moet met jullie praten," zei ik, en ik barstte in huilen uit. Ik vertelde het hele verhaal. Dat ik online een jongen had ontmoet, dat ik naar Amsterdam was geweest, en dat hij tegen mijn wil aan mij had gezeten.

"Waar woont die flikker?" Mijn vader smeet zijn boek met een klap op de grond. "Die vieze homo's moeten met hun gore poten van anderen afblijven."

Mijn moeder probeerde hem te kalmeren. Het gedeelte dat ik ook homo was, had hij niet begrepen.

Hij wilde haar niet geloven. "Ik heb geen nicht op de wereld gezet," zei hij. En hij bleef het maar herhalen. "Mijn zoon is geen nicht!"

We hebben er daarna nooit meer over gesproken. Mijn ouders kregen steeds vaker ruzie, en een jaar later zijn mijn moeder en ik het huis uit gegaan. Dus ja, dat mijn ouders zijn gescheiden was echt mijn schuld. Althans, het was de aanleiding, het zat natuurlijk al langer niet goed tussen die twee.'

Ik heb ademloos geluisterd naar Dave. Mijn gedachten draaien als duizenden radertjes door elkaar. Als een fabriek waar de productie is opgeschroefd, en de machines oververhit beginnen te raken. Piepend, krakend en fluitend van de stoom.

Dave valt op jongens. Dave is misbruikt.

Ik heb duizend vragen en weet niet waar ik moet beginnen. Takjes kraken onder onze voeten en Roger laat de bladeren in de bosjes ritselen met zijn snuit.

'Waarom vertel je dit allemaal?' Ik schrik van mijn vraag. Van alle vragen die ik had kunnen stellen is dit waarschijnlijk de meest ongevoelige en ontactische en het meest onbeschoft.

'Ik dacht dat je er misschien wat aan zou hebben.'

Hij weet hét.

Natuurlijk weet hij het. Ik had naar hem gestaard alsof hij een pasgeboren pandabeer was in een dierentuin.

'Heb je aangifte gedaan?' vraag ik.

Dave schudt zijn hoofd. 'Nee, dat heb ik nooit durven doen... Ik schaamde me zo...'

'En hoe gaat het nu tussen jou en je vader?'

Hij slikt. 'Die zie ik niet meer... Daar heb ik het heel moeilijk mee gehad, maar het gevoel slijt. Ik ben gelukkig samen met mijn moeder, en ik heb het idee dat zij gelukkiger is dan dat ze ooit met mijn vader is geweest. Dat is me heel veel waard, Bram.'

Ik merk dat mijn stappen lichter zijn, takjes kraken niet meer en mijn knieën voelen soepeler aan, en toch kan ik het gevoel niet van me afschudden. Dit moment is niet oprecht. Geënsceneerd, bedacht op de tekentafel van Anneke.

Ik kijk naar Dave, de blik in zijn ogen is kwetsbaar. Het is de blik waar ik naar op zoek was toen hij schuin tegenover mij zat in de kring.

'Bedankt dat je het me hebt verteld,' zeg ik.

Dave glimlacht. 'Ik heb inmiddels wel geleerd dat je het beste eerlijk kunt zijn in het leven. Dingen die je verbergt, of wegstopt, komen vanzelf weer naar boven en dan vaak op de momenten dat je het niet verwacht – of als het niet uitkomt.'

Ik heb het idee dat Dave mij écht ziet en begrijpt.

'Ik ben ook homo,' gooi ik eruit als een oncontroleerbare golf woorden.

Daves ogen fonkelen kort, alsof de zon op het glas van een horloge wordt gereflecteerd.

'Er zijn al wel een paar mensen die het weten,' zeg ik, 'maar ik ben gewoon bang dat mensen mij zullen veroordelen, of dat ze me niet meer willen kennen...'

'Dat snap ik wel,' zegt Dave, 'maar uiteindelijk kun je niet iedereen te vriend houden. Al lijkt dat tegenwoordig wel het doel: dat iedereen je maar leuk moet vinden, maar het is onrealistisch. Je zult altijd mensen tegenkomen met wie het niet klikt – dat is niet erg, maar het is zonde om daar je energie aan te verspillen. Mensen komen en gaan in je leven, maar jij zult er altijd zijn, tot het eind. Dus je kunt maar beter jezelf te vriend houden.' De blik in zijn ogen is weer zelfverzekerd.

Roger komt op me afgerend met een grote stok in zijn bek die hij nauwelijks dragen kan. Trots legt hij het stuk hout voor mijn voeten op de grond. Wat kan het leven toch eenvoudig zijn.

18.

Acht jaar eerder

Ik had mijn vlassige snorretje weggeschoren met het scheermes van mijn vader. Mijn hand ging in de pot met kleverige, gele, geleiachtige gel, die ik vervolgens in een goede hoeveelheid over mijn haar verspreidde. Ik boetseerde snel een kuif, want als de gel eenmaal uitgehard was kon ik mijn haar met geen mogelijkheid meer bewegen.

Kira bonkte op de deur van de badkamer. 'Bram, schiet op! Je zit er al bijna een uur in!'

'Ja-ha! Bijna klaar,' antwoordde ik geïrriteerd.

Vanavond was het gala; ze moest maar begrijpen dat het nu even wat langer duurde. Toen zij naar een gala ging had ze met haar vriendinnen bijna de hele middag de badkamer geconfisqueerd.

Ik keek in de spiegel en draaide mijn hoofd rond tot ik tevreden was met het resultaat vanuit alle hoeken. Voor de zekerheid spoot ik – wellicht iets te overdadig – wat haarlak van Kira in mijn haar. En, omdat het een speciale gelegenheid was, ook nog wat aftershave van papa in mijn nek.

Ik draaide de badkamerdeur van het slot, die direct met veel kracht werd opengetrokken. 'Hè hè! Dát duurde lang.' Kira bekeek me van top tot teen. 'Wat ruik je vreemd? Heb je papa's dure aftershave gebruikt?' Haar stem klonk beschuldigend.

'Hou je bek,' was het enige wat ik zei. Ik duwde haar opzij om naar mijn kamer te gaan.

Mijn witte overhemd was gister al door mama gestreken en hing naast het marineblauwe krijtstreeppak aan de kastdeur. Mama had het pak kunnen lenen van een collega. Zijn zoon had ongeveer dezelfde maat als ik en had dit pak vorig jaar gedragen bij zijn diploma-uitreiking.

Ik knoopte het overhemd dicht, vouwde de witte stof in de pantalon, en trok de donkerbruine riem strak aan, zodat de broek niet naar beneden zou zakken. Ik probeerde het haakje van mijn vlinderdas om mijn nek te klikken, zonder succes, en dus liep ik naar beneden, naar mama, die net stond te koken. Haar kookschort zat vol vlekken en de lucht van de bolognesesaus maakte me misselijk.

'Ik krijg het strikje niet vast,' zei ik geïrriteerd, alsof het haar schuld was.

Mama veegde haar handen af aan een theedoek en kwam naar me toegelopen. 'Je ziet er prachtig uit.' Met één klik zat het groene vlinderstrikje vast.

'Ja, bedankt,' zei ik kort, voordat ik de trap weer opstormde naar mijn kamer.

Ik haalde mijn nieuwe, bruinleren All Stars uit de doos en perste mijn voeten erin. Ik had ze misschien net een half maatje groter kunnen hebben, maar die waren niet op voorraad. Bovendien had de vrouw in de winkel gezegd dat ik ze nog wel een beetje uit zou lopen. Ik trok de veters van mijn schoenen aan, haalde het jasje van de hanger en trok het met een zwiep aan.

In de kamer van mijn ouders bekeek ik mezelf in de grote passpiegel. Mijn haar glom door de gel en haarlak, en mijn gezicht was een beetje bleek van de spanning. Het jasje zat bijna als gegoten, en met het jasje aan viel het helemaal niet zo op dat de broek veel te ruim zat. Mijn overhemd was smetteloos wit, en het groene propellertje om mijn nek matchte mooi met de pochet in mijn revers. En mijn schoenen: mijn schoenen waren fantastisch. Met deze schoenen kon ik rennen, dansen, springen. Ze gaven kleur aan mijn kleurloze karakter, ze maakten me anders dan de rest.

Ik pakte mijn portemonnee en telefoon, keek voor de zekerheid nog één keer in de spiegel, en liep de trap af naar beneden.

Kira zat op de bank voor de televisie te sms'en op haar telefoon. 'Leuk, hoor,' zei ze kort, zonder ook maar één seconde op te kijken.

'Prachtig!' riep mama vanuit de keuken, voordat ze me überhaupt had gezien.

'Deftig hoor,' zei papa. Toch kon hij de afkeuring in zijn ogen niet verbergen toen hij naar mijn schoenen keek.

Om vijf over acht liep ik met Linda aan mijn arm over de rode loper de school binnen.

Linda zag er mooi uit. Ze droeg een blauwe jurk, die qua kleur verassend goed bij mijn pak paste. Haar blonde krullen had ze opgestoken, versierd met sierlijke madeliefjes die uit haar hoofd leken te groeien. Linda straalde. Ze keek me aan en ik zou zweren dat haar ogen licht gaven.

Ik was nerveus, hoopvol. Vanavond zou het gebeuren. Vanavond zouden mijn gebeden worden verhoord: ik zou genezen door mijn eerste zoen.

De gymzaal was omgetoverd tot balzaal. Er hingen slingers van crêpepapier, sfeerlampen en de discobal aan het plafond verspreidde kleine, warme lichtvlekjes door de ruimte. Achterin, tegen de korte muur, was een podium gebouwd waar een deejay uit havo 4 plaatjes stond te draaien. Links voor de berging was met tafels een lange bar gemaakt, waar frisdrank werd verkocht voor één euro.

Linda en ik liepen de zaal binnen die al goed was gevuld, bijna iedereen was er. Ik kocht een cola voor Linda – want dat is wat een goede date doet – waarna Ruben onze drankjes opleukte met een scheut rum.

Het feest was geweldig. Iedereen danste uitgelaten en de sfeer was opperbest. Ruben werd halverwege de avond naar huis gestuurd, omdat mevrouw Bamberg ontdekte dat hij drank had meegesmokkeld. Gelukkig had ik toen al genoeg gedronken om mijn zenuwen te onderdrukken.

Tegen het eind van de avond stond ik samen met Linda op de dansvloer. De dreunende popnummers waren vervangen door langzame pianomuziek. Linda had haar armen om mijn nek geslagen. Mijn handen rustten wat onwennig op haar heupen.

In mijn ooghoeken zag ik Tom. Hij stond niet ver bij mij vandaan te dansen met een meisje uit de andere vmbo-klas. Hij droeg een witte bloes en een zwarte spijkerbroek. Zijn kaken macho op elkaar geklemd en zijn handen om het middel van het meisje geslagen. Klemmend, alsof hij haar écht vast wilde houden. Ze stonden dicht tegen elkaar en deinden zachtjes mee op de maat van de muziek. Ze keken elkaar aan, er was een blik in zijn ogen, en hij kuste haar.

Hij kuste haar.

Mijn handen werden koud als ijs en de grond leek onder mijn voeten te verdwijnen. Het leven was veranderd in een nietsbetekenende droom.

Linda keek me vragend in mijn ogen. Haar warme handen om mijn nek geslagen.

Kus haar.

Ik sloot mijn ogen, ging met mijn hoofd naar voren en

voelde hoe onze lippen elkaar raakten. Ik wachtte op een donderslag, een bliksemflits, een warm gevoel dat door mijn lichaam zou trekken en mij zou veranderen. Drie, vier seconden, ik telde tot vijf. Toen ik mijn ogen opendeed was er maar één ding waaraan ik kon denken: Tom had zojuist een meisje gekust.

19.

'Het was gezellig,' zegt Dave. Hij duwt de kersenhoutendeur open. 'Het lijkt me leuk nog eens met je te lopen.'

Ik voel dat ik bloos en durf geen oogcontact met hem te maken. 'Ja, was leuk,' probeer ik zo nonchalant mogelijk te zeggen, maar ik klink ongeïnteresseerd.

We zeggen elkaar gedag. Dave loopt de eetzaal in en ik loop achter Roger aan naar Judiths kantoor. Ze is er niet. Roger drinkt wat water uit zijn bak en duikt dan in zijn kanariegele mand om uit te rusten. Ik kniel naast de hond neer en laat mijn handen door zijn gouden vacht glijden.

'Deed ik het goed?' Roger begint aan mijn hand te likken. 'Jij vindt mij wel lief, hè,' zeg ik lachend.

Vrolijk loop ik naar de rode ruimte. Voorin zit Anneke in kleermakerszit op de grond. Ze draagt comfortabele kleding en haar bruine haar zit in een knot op haar hoofd. Voor haar liggen twee rijen met blauwe yogamatjes uitgerold. Ik ben de laatste en alleen het matje vooraan in het midden is nog vrij. Normaal had ik me ongemakkelijk gevoeld in het midden, maar nu lijkt niemand mij iets te kunnen maken. Snel trek ik mijn schoenen uit en ga op het matje zitten. Anneke begroet me met een vriendelijke glimlach, die ik beantwoord met een glinstering in mijn ogen.

Haar plannetje heeft gewerkt.

Als Anneke van iedereen de aandacht heeft begint ze met kalme stem te praten: 'Vorige keer hebben we het gehad over het je bewust worden van je lichaam: van je ademhaling, je hartslag en de dingen die je waarneemt, zoals kou, warmte, tintelingen, kriebels. We hebben het gehad over de dingen die we geleerd hebben om met ons lichaam te doen, zoals staan, lopen en kauwen. Handelingen die zo alledaags zijn dat we ze verrichten zonder dat ze onze volledige aandacht hebben.

Vandaag wil ik het met jullie hebben over het je bewust worden van je gedachten. Ook in ons hoofd hebben we vaste patronen. Gedachten die zo alledaags zijn dat we ons er misschien helemaal niet meer bewust van zijn. Terwijl het juist vaak die gedachten zijn die ons tegenhouden, ervoor zorgen dat we ons minder waard voelen, of die zelfs de reden zijn dat we ongelukkig zijn.

Sommige gedachten kunnen een kettingreactie veroorzaken in ons hoofd, zoals een trein die begint te rijden en verschillende stations passeert. Een gedachtereeks die zo vaak wordt herhaald dat we ons er vertrouwd mee voelen, zonder dat deze gedachten waar hoeven te zijn of passen bij de situatie. Het is de kunst om deze gedachten te herkennen, te erkennen dat ze er zijn, maar niet mee te gaan in de gedachtereeks: dat wil zeggen de trein te laten vertrekken, zonder dat je aan boord stapt.

Ik hoop het iets duidelijker te kunnen maken aan de hand van een voorbeeld.

Stel, je krijgt een onvoldoende voor een werkstuk dat je hebt gemaakt op school. Een automatische gedachtereeks zou dan kunnen zijn: een onvoldoende – ik heb weer gefaald – ik kan ook helemaal niks – ik ben helemaal niks – het zal ook nooit wat met mij worden.

Eén onvoldoende zet een kettingreactie van gedachten in werking die niets meer te maken hebben met die onvoldoende. Dat jij één onvoldoende hebt gehaald, betekent nog niet dat je nóóit iets zult bereiken. Als je je niet bewust bent van dit patroon, dit treintje, kan een onvoldoende het begin worden van iets heel groots. Daarom is het belangrijk om deze gedachte op te merken, te erkennen dat hij er is, maar niet mee te gaan in de gedachtereeks. In plaats daarvan kun je stellen: ik heb een onvoldoende. Vervelend, ik zal de volgende keer beter mijn best doen, of om hulp vragen als ik dat nodig heb. Dat is een gedachte die veel beter past bij de situatie.

In dit voorbeeld is er een bewuste aanleiding tot de gedachtereeks, maar in het dagelijks leven kan dit ook iets heel kleins zijn: een woord, een geur of een herinnering.

Ik wil jullie de komende dagen vragen om een paar keer per dag bewust stil te staan bij je gedachten. Om als het ware uit je hoofd te stappen en je gedachten te observeren, zonder dat je meegaat in de gedachtereeks, en gewoon alleen constateren dat een bepaalde gedachte er is. Zie de gedachte, en laat hem dan los, laat je gedachten voorbijglijden als wolken in de lucht.

Dit is ook een mooie oefening voor tijdens de meditatie. Leg de focus op je ademhaling, volg elke in- en uitademing, en als er een gedachte opkomt, dan constateer je alleen dat die er is en richt je je aandacht meteen weer op je ademhaling.'

Annekes gezicht staat vriendelijk, licht. Alle woorden die haar mond verlaten klinken logisch, hoe verwarrend ze soms ook kunnen zijn.

Ik ga op mijn rug liggen, probeer me te ontspannen, concentreer me op mijn ademhaling en probeer mijn gedachten los te laten.

Adem in, adem uit.

Ik moet zo niet vergeten Anneke te bedanken, omdat ze Dave naar me heeft gestuurd –

Wat zou het leven toch anders zijn gelopen als ik gewoon een normale jongen was geweest –

O ja, loslaten –

Adem in, adem uit.

Gek eigenlijk, dat als je stopt met ademhalen dat je dan doodgaat –

Hoe zal ik doodgaan? Misschien krijg ik wel kanker, of een andere erge ziekte. Misschien word ik wel vermoord, of krijg ik een auto-ongeluk waarbij mijn slagader scheurt, dan bloed ik dood terwijl ik met mijn kop op het asfalt lig met de geur van verbrand rubber in mijn neus, waardoor ik het vagevuur al praktisch ruiken kan –

Uit de trein stappen! –

Adem in, adem uit.

Hoe zou het nu met Jet gaan? –

Ik snap wel dat mensen mij niet aardig vinden –

Het zijn wolken in de lucht –

Adem in, adem uit.

Adem in, adem uit.

Adem in, adem uit.

20.

Zeven jaar eerder

Ik werd bestookt met berichten van Linda. Omdat we samen naar het gala waren geweest én ik haar had gekust waren we nu een soort van setje.

'Gefeliciteerd met je nieuwe vriendin,' zei Kira, toen ik later die week thuis de trap op kwam gelopen. Ik hoorde aan haar toon dat ze niet kon wachten dit nieuws tégen mij te gebruiken.

'Wat bedoel je?'

'Ik hoorde dat je hebt gezoend.'

'Ja, dus?'

'Is ze nu niet je vriendin dan?'

Ik haalde mijn schouders op. 'Gaat jou dat wat aan?'

'Ik vind het alleen maar leuk, hoor!' Haar stem klonk zo verontwaardigd dat ik haar bijna geloofde.

'Rot op.' Ik gooide mijn kamerdeur met een klap dicht, en hoopte dat de ruis in de vorm van mijn zus, Linda, Tom, en de rest van de wereld zou verdwijnen.

Ik ging achter mijn bureau zitten met mijn telefoon in mijn handen. Ik moest Linda sms'en; vragen of ze op MSN kwam. Dumpen via sms kon echt niet... Toch?

Je hebt het verpest.

Ik ging op bed liggen en dacht aan Tom. Aan zijn zachte

lippen die hij teder tegen de mond van die trut had gedrukt. De beelden bleven maar terugkomen als een boemerang in mijn hoofd. Het was zo oneerlijk. Mijn geheimen en mijn verdriet maakten me eenzaam. Ik bloedde langzaam dood, maar kon niemand om hulp vragen, niemand mocht weten wat er was. Als ik iemand zou vertellen dat ik op jongens viel, dan werd het echt en zou het nooit meer overgaan. Dan zouden mensen niets meer met mij te maken willen hebben, want in de Bijbel staat duidelijk dat je niet met zondaars om mag gaan.

De laatste berichten op mijn telefoon waren allemaal van Linda: Ik mis je. Kom je zo naar het plein? Hoe gaat je dag?

Ik kon niet geloven dat ze me écht leuk vond. Wat moest ze toch met een jongen zoals ik? Waarom zat ze niet achter Tom aan, zag ze dan niet hoe leuk hij was? Misschien moest ik Linda toch verkering vragen. Het zou helpen mijn imago te verbeteren, misschien dachten Lisa en Kim dan ook niet meer dat ik homo was...

De negatieve gedachten draaiden als een wervelwind door mijn hoofd, en beschadigden alle mooie momenten die er ooit waren geweest. Ik moest dit hoofdstuk afsluiten; deze warboel aan gedachten, gevoelens en emoties. Er was maar één mogelijke oplossing, zoals de dominee had verteld in de kerk: 'We moeten ons verstand gebruiken als kompas in het leven. Als we ons gevoel gaan volgen, gaan we dwalen, zonder richting.'

Ik moest stoppen met het spelen van spelletjes en Linda dumpen, zij verdiende ook een eerlijke kans om gelukkig te worden. Ik moest mijn gevoel uitschakelen en mijn verstand gebruiken. Niet alleen nu, maar altijd.

Ik stelde een berichtje op: Het spijt me, Linda. Ik denk dat we moeten praten. Kom je vanavond online?

21.

Ik loop samen met Dave het terrein af. De temperatuur is verder gezakt tot negentien graden. De lucht is niet meer blauw, maar grijs, wit en zwart, en hangt dreigend boven het eiland. De wind is aangetrokken, waardoor de zee schuimbekkend zijn golven uitkotst op het strand.

Exposure therapie. Zo had Anneke het genoemd. Het uitlokken van angst om ermee om te leren gaan. Ze heeft Dave gevraagd om mij te ondersteunen. Wat me aan de ene kant gelukkig maakt, maar aan de andere kant wil ik niet dat hij dit deel van mij ziet: het zielige mannetje, dat als een vis op het land naar lucht ligt te happen.

We lopen door het bos richting de vuurtoren. Ik probeer me te concentreren op het gesprek, maar de woorden lijken langs me heen te suizen met de wind.

'Als ik afgestudeerd ben, hoop ik wel te verhuizen,' zegt Dave.

'Waar wil je dan heen?'

'Amsterdam, of zo.'

Er trekt een windvlaag door mijn haar. Met mijn hand probeer ik mijn wilde lokken een beetje terug te vegen in model.

'Zal het druk zijn?' vraag ik.

'In Amsterdam?'

'Nee, straks in de bus.'

Dave haalt zijn schouders op. 'Durf ik niet te zeggen. Vanwege het mindere weer is de kans wel groter dat veel mensen naar Nes gaan om te winkelen...'

Ik vervloek Anneke in stilte om de opdracht die ze mij gegeven heeft: met de bus naar Nes, daar een souvenir kopen, iets eten en dan weer met de bus terug naar Het Baken.

Ik haat het openbaar vervoer; de bus, trein of tram die als een ijzeren dwangbuis om mijn schouders valt. Opgesloten met de andere passagiers, zonder dat iemand ontsnappen kan. Ik ben bang voor hun kwetsende oordeel, en ik wil mensen niet tot last zijn, dus zeg ik altijd netjes 'u,' vermijd ik zoveel mogelijk oogcontact en sta ik op voor oudere mensen of zwangere vrouwen. Altijd alert, zodat niemand het blinkende staal ziet van de boeien die ik om mijn polsen draag en mij herkent als de gevangene die de dagen aftelt tot zijn executie.

Mijn hand begint te trillen. We zijn bijna bij de vuurtoren, die ongeveer honderd meter bij de bushalte vandaan staat. Ik kijk op mijn horloge, misschien als ik een beetje treuzel missen we de bus en hoef ik niet meer te gaan...

'Kom je?' vraagt Dave, als ik een beetje achterblijf.

'Ja, ja,' mompel ik.

Het is druk bij de bushalte. Er staat een groepje van vijf vrouwen te wachten. Ze zijn gekleed in kleurige vesten die als wapperende gewaden hun volslanke lijven verbergen, alle vijf geknipt volgens de laatste trend: lekker kort en pittig.

'Wat stom dat die toren dicht is,' zegt kort pittig blond.

Kort pittig bruin zucht. 'We hadden vooraf even op internet moeten kijken wanneer die open is.'

'Jij hebt dit uitje geregeld, Karin.'

Kort pittig bruin trekt een verbaasd gezicht. 'Ho, ho. Ik heb het bedácht, maar niemand verwacht toch dat een vuurtoren dicht is?'

Ik erger me aan de onbenulligheid van hun gesprek. Alles in mij schreeuwt om hulp, brand, gevaar, dood. De kalmte waarmee zij staan te wachten op de bus, alsof het de normaalste zaak van de wereld is, kan ik bijna niet verdragen.

'Bram?' Dave knijpt zacht in mijn arm.

'Wat?'

'Ik vroeg hoe het met je gaat...'

'Goed, prima,' lieg ik.

Ik ben misselijk, mijn hart klopt onnatuurlijk hard en ik ben bang dat ik straks in de bus flauwval, alles onderkots óf een hartaanval krijg.

Je angst kan je geen kwaad doen.

De angst kan me geen kwaad doen. Ik ben gestrest. Stress is slecht voor je, het beschadigt je organen, er zijn mensen doodgegaan aan stress. De angst kan me wél kwaad doen. Mijn longen lijken zich niet meer te vullen met zuurstof, maar met leegte. Ik adem diep in om de laatste restjes zuurstof uit de lege lucht te zuigen.

Er draait een groengele bus de hoek om: 1 Nes.

'Miriam, steek jij je hand even op! Anders stopt hij niet!' roept kort pittig blond.

Miriam doet braaf wat er van haar wordt gevraagd en hangt daarbij half over de weg, om er zeker van te zijn dat de buschauffeur haar niet missen zal.

De vrouwen stappen de bus in en worden begroet door een vrolijke chauffeur. Ze gaan druk pratend op de eerste rijen stoelen zitten. De bus is voor de rest leeg. De laatste passagiers waren net uitgestapt, omdat de vuurtoren zowel de laatste als de eerste halte is.

Dave laat mij voorgaan, zodat ik een plek kan zoeken waar ik me enigszins comfortabel voel. Ik loop door naar achteren, en ga bij de eerste stoelen voorbij de achterdeur zitten. In het geval van nood, rampspoed of andere ellende kan ik dan in elk geval snel de bus verlaten. Dave komt naast me zitten. Nerveus tik ik met mijn voet op en neer. De opdracht van Anneke zet alles op scherp. Mijn hart ligt in de magnetron en wordt opgewarmd door de straling van de angst. Het is wachten tot mijn hart ontploft en het raampje van de magnetron wordt besmeurd.

De bus rijdt zijn route. We rijden langs een vakantiepark, een camping, een fietsverhuur en een supermarkt. Gespannen kijk ik naar de mensen die de bus in- en uitstappen. Ik wacht tot ik het bekende gezicht van de paniek herken, die mij dan aan zal vallen en met een mes mijn ogen uit zal steken.

De kort pittige vrouwen stappen uit. Een moeder met twee kleine kinderen stappen in. Dave helpt haar om de kinderwagen de bus in te tillen.

Wij rijden door een klein dorpje met oude huisjes, een kippenren, een kerk, een jeugdherberg, ik laat het passeren als een reclameblok op tv. Ik ben bijna door mijn reserves heen en heb het gevoel dat ik elk moment kan breken. Dat ik elk moment uit elkaar kan vallen in duizend stukjes, omdat ik het beklemmende gevoel niet meer verdragen kan.

De bus stopt, de deur gaat open en twee blonde, zongebruinde mannen, met halflang haar stappen de bus in. Ze dragen slippers onder hun baggy broeken, en hun losse hemden lijken me niet warm genoeg voor deze dag. Ze gaan een paar rijen voor ons zitten, ik kan elk woord van hun gesprek verstaan.

'Dude, Lindsay vraagt of we vanavond naar de barbecue komen.'

'Doen,' zegt de ander. 'Ik heb wel zin in een feestje. Vraag gelijk of Dani er ook is.'

Feestje. Mijn hoofd begint te draaien.

'Geregeld man. Dani is er ook, zegt ze. Lief, ze vraagt of ze nog rekening met je moet houden, omdat je vega bent.'

Feestje. Barbecue. Rekening houden met.

'Nee man, ze hoeft geen vegaburgers of zo te halen voor mij. Er is vast wel salade, brood of groente.'

'Ik moet weg,' mompel ik.

'Wat?' Dave kijkt me aan.

Een warme gloed trekt vanuit mijn tenen naar mijn hoofd. Mijn hart. Mijn hoofd – ik word misselijk. Angst. Ik moet eruit – Ik word niet goed – Ik krijg geen lucht –

Er wordt in mijn hand geknepen. Ik voel de tinteling vanuit mijn hand door mijn hele lichaam glijden.

Je gaat flauwvallen.

'Ik ben bij je.' Dave kijkt me aan. Zijn blauwe ogen lijken oneindig. 'Dit was te verwachten, toch? Dit is waarom we hier zijn. Dit gevoel wat je nu hebt, dat is angst, Bram.'

Je angst kan je geen kwaad doen. Vaste patronen.

'Ik moet mijn patronen doorbreken,' stamel ik.

'Wat?' vraagt Dave, met zijn hand nog steeds om die van mij geklemd.

'Ik moet mijn patronen doorbreken. Ik moet – Dit is – Dit is wat ik altijd doe. Ik moet uit de trein stappen.'

'Ik volg je niet, Bram.'

'Ik moet uit de trein stappen. Mijn angst kan mij geen kwaad doen. Dit moment gaat voorbij.'

Dave knijpt nog eens zachtjes in mijn hand en een ander gevoel verspreidt zich door mijn lichaam, een gevoel dat ik niet herken, maar dat ik wel wil onderzoeken.

De bus rijdt langs een weiland waar wat paarden staan te

grazen. Ik voel hoe mijn hart kalmeert en hoe mijn hand, die nog steeds in die van Dave zit geklemd, stopt met trillen. De bus stopt, de deur gaat open en de paniek stapt uit.

Als de buschauffeur weer optrekt neemt de angst langzaam af en zitten Dave en ik, als twee normale jongens, gewoon hand in hand naast elkaar.

Die avond staar ik naar het plafond. Ik lig op bed met mijn handen achter mijn hoofd, en durf bijna aan mezelf toe te geven dat het een goede dag is geweest. Ik ben gesloopt.

Ik hoor mijn monsters bonken tegen de deur van mijn kast. Hun nagels schrapen tegen het hout, en hun scheldwoorden klinken gedempt door de gesloten deur. Op het bureau ligt een vlieger. Mijn trofee, mijn aanwinst van de dag, met de belofte van Dave dat we morgen samen gaan vliegeren.

Eenmaal terug in Het Baken had Anneke me meteen even apart genomen en gevraagd hoe het was gegaan.

'Ik vond het zwaar,' zei ik. 'Ik vind het stom dat ik van zoiets simpels als met de bus gaan al een paniekaanval krijg. Ik had me juist voorgenomen om de angst te accepteren, zodat ik niet in paniek zou raken. De terugweg ging gelukkig wel beter.'

Anneke vond dat het heel goed was gegaan. 'Een oefening is geslaagd als je rampgedachten niet zijn uitgekomen: je bent niet flauwgevallen, je hart doet het nog en je hebt niet gespuugd. De oefening was niet dat je niet bang mocht zijn. Als je geen angst had ervaren, dan was het ook geen goede oefening geweest.'

De klok boven de deur geeft aan dat het net middernacht is geweest. Ik probeer afstand te nemen van mijn zorgen en angsten, door ze toe te dekken voor de nacht. Ik denk aan Dave zijn blauwe ogen. Samen zwemmen we in de azuurblauwe zee, die schittert in de zon. Het duurt niet lang voordat Dave verdrinkt, voordat hij uit het water wordt getild door de reddingsbrigade en zijn levenloze lichaam wordt gereanimeerd op het strand.

Je zit weer in de trein!

Ik zit weer in de trein. In die achterlijke klotetrein met vaste patronen waardoor mijn gedachten ontsporen. Ik probeer mijn gedachten vanaf een afstand te bekijken, om ze te laten passeren als wolken in de lucht, maar ze verstikken me tot ik bijna niet meer ademen kan.

Adem in, adem uit.

22.

Zes jaar eerder

'Bram Janssen!'

Het uitroepen van mijn naam werd gevolgd door een luid applaus uit een goedgevulde aula. Papa schoot overeind met de videocamera in zijn hand om dit moment vast te leggen. Mama glunderde. Ze had speciaal haar nieuwe blauwe jurk aan met een zijden sjaal, waardoor ze er chiquer uitzag dan de andere moeders.

Ik liep naar voren, het podium op.

'Gefeliciteerd, Bram.' De rector gaf mij een hand en overhandigde mijn diploma. Mijn vader stond inmiddels helemaal vooraan met zijn camera, om er zeker van te zijn dat hij het beste shot had. 'Wat zijn jouw plannen nu?' vroeg de rector. Die vraag stelde hij aan alle leerlingen.

'Middelbare Hotelschool,' zei ik.

Hij fronste zijn wenkbrauwen. 'Dat had ik niet verwacht, Bram. Ik dacht altijd dat jij wel iets in de media zou gaan doen. Iets met televisie, bijvoorbeeld.'

'Nee hoor,' zei ik beleefd. 'Niets voor mij.' Ik lachte nog even vakkundig in de camera van mijn vader en liep het podium af.

Poppenkast.

Er hing een uitgelaten sfeer. Iedereen was blij, trots, alsof we een prestatie hadden geleverd. Ik had dat nooit zo gezien. Eén meisje was gezakt, drie leerlingen hadden een herkansing. Hoe dat mogelijk was, begreep ik niet: je ging naar school, volgde de regels, en als je dan je tijd had uitgezeten kreeg je een diploma. Dat was hoe het ging.

Straal keer straal keer pi. Geen idee meer wat ik ermee kan, maar ik moest het leren, dus het zal belangrijk zijn geweest. Net als: die der das, de tien geboden van Luther, de industrialisatie van het naoorlogse Nederland en – mijn persoonlijke favoriet – de stelling van Pythagoras.

De echte lessen leerde ik achter de schermen. Als de poppen van de handen af werden gerukt, en je naar de personen in de kast keek.

Niemand is te vertrouwen. Dat was denk ik de belangrijkste les. Het was te zien in de eenvoud waarmee mensen elkaar verraadden als het hun uitkwam – of de daaruit volgende wraak om het weer gelijkspel te maken. Toiletten die werden opengebroken op het moment dat ze bezet waren, sneeuwbalgevechten met in sneeuw gerolde stenen, en kluisjes met wiet die werden opengemaakt door de conciërge na anonieme tips. Leerlingen die belachelijk werden gemaakt om hun kleding, uiterlijk of accent, terwijl hun vrienden in een hoekje mee stonden te grinniken, om vervolgens te beweren dat wat er gezegd was echt niet waar was.

Het was voorbij, het waren nu alleen nog maar herinneringen.

Ik denk aan meneer Mol, die altijd boos was op iedereen 'omdat nooit eens iemand zijn huiswerk maakt!!' Aan de sportleraar die tijdens het schoolzwemmen, in een Speedo, een handstand maakte op de zeven-meterduikplank en vervolgens als een jonge god het water in dook – het was weer zo'n bevestiging waardoor ik zeker wist dat ik homo was – en aan meneer De Jong, de geschiedenisleraar, die ons oprecht iets wilde leren en ons vertelde dat we moesten luisteren met ons hart; misschien wel de meest waardevolle les ooit. Alleen niet voor mij, natuurlijk. Ik moest mijn verstand gebruiken, mijn hart leidde mij in verzoeking.

Tom was in de derde verhuisd. Van de ene op de andere dag was hij verdwenen en liep hij niet meer door de gangen op onze school. Hij was nog slechts een spook in mijn gedachten, die alle herinneringen aan de eerste middelbare schooljaren kleurden. Zijn vertrek maakte mijn leven makkelijker. Ik kon me beter concentreren op mijn ingestudeerde woorden en op het vertonen van gewenst gedrag: net iets te lang naar de borsten van Chantal kijken, flirten met Lisa en bovenal nooit laten merken dat ik elke dag, als ik uit school kwam, naar *Oprah* keek. '*If a man hits you once, he will do it again.*' Het was een kijkje in de echte wereld dat ze ons op school niet gaven.

Tijdens het vak Verzorging werd een keer het thema seksualiteit behandeld. Een beladen onderwerp, met name voor de docente, die rood was aangelopen. Volgens haar was seks niets meer dan een zakelijke transactie binnen het huwelijk: een penis die een vagina penetreert. Punt. Een bijdehand klasgenootje vroeg in zijn oprechte verbazing hoe twee mannen of twee vrouwen dan seks konden hebben. Ze was nog roder geworden dan ze al was. 'Eruit! Ga je maar melden.'

'Hoezo? Ik stel toch gewoon een vraag?'

'Zulk soort rare dingen wil ik hier niet horen!'

Je bent raar.

De CKV-bonnen – eigenlijk bedoeld voor leerlingen om een culturele activiteit naar keuze te bezoeken – werden gebruikt om met de hele school in een afgehuurde bioscoop naar een verantwoorde film te kijken. Een soort van christelijke

Disneyfilm, zonder schieten, vechten, vloeken, drugs of een aanstootgevende moraal. Een film die geen gesprek op gang zou helpen en geen oorlog zou ontketenen.

De excursie naar het Anne Frank Huis in Amsterdam werd afgesloten met twee uur vrije tijd om de stad te verkennen. 'Wie op de Wallen óf in de Reguliersdwarsstraat komt wordt geschorst,' had de rector gezegd. De rauwe werkelijkheid van de wereld paste niet bij ons afgeschermde bestaan. De ware ik paste niet binnen dat bestaan.

Mijn diploma was voor mij een bevestiging dat ik geslaagd was in het creëren van een goedgekeurde persoonlijkheid, geheel volgens de regels van de kerk. Het was die prestatie waarvoor ik het applaus in ontvangst nam toen ik van het podium terugliep naar mijn stoel. Ik had netjes binnen de lijntjes gekleurd, had met de juiste intonatie voorgelezen en de bal met een voltreffer in de kruising getrapt. Het jongetje met zijn verkleedkleren zat thuis opgesloten in zijn kamer, onder de dekens, te wachten op de dood.

23.

Iemand klopt op mijn deur. 'Goedemorgen, Bram!'

Het is zeven uur, we worden één voor één gewekt. Ik wil mijn ogen opendoen, maar mijn oogleden zijn nog zwaar van de slaap. Omdat het echt moet stap ik mijn bed uit, trek mijn badjas aan, en loop met mijn toilettas en een handdoek naar de badkamer, in de hoop dat er nog een douche vrij is. Ik heb geluk.

Ik was de slaap uit mijn ogen, het zand – dat zelfs zonder strandbezoek overal zit – uit mijn haar, en gebruik wat extra douchegel, zodat ik er zeker van ben dat ik vandaag lekker ruik.

Als ik de douche uit stap staat Justin met een handdoek over zijn arm te wachten.

'Moggûh,' bromt hij.

'Goedemorgen!' zeg ik enthousiast, en ik zet mijn toilettas op het plankje bij de wastafel. Ik veeg de condens van de spiegel, smeer wat wax in mijn haar en blijf net zolang boetseren tot ik echt tevreden ben met het resultaat. Het is tenslotte een bijzondere dag vandaag.

Beneden, in de eetzaal, loop ik Dave tegen het lijf, die mij met een brede glimlach begroet.

'Vanmiddag na de lunch?' vraagt hij.

'Lijkt me prima.' Ik voel een tinteling door mijn lichaam trekken.

'Het is perfect vliegerweer vandaag; lekker veel wind!'

Dave loopt de eetzaal uit en ik pak een bord bij het buffet. Ik voel een energie door mijn lichaam stromen die alle zenuwen prikkelt. Het maakt dat ik wil schreeuwen, dansen, huilen, lachen. Is dit hoe een gelukkig mens zich voelt?

Ik eet een bruine boterham met chocoladepasta en een banaan. Ik drink een kop thee en loop dan naar de rode ruimte, waar een kring met stoelen staat. Ik baal, ik had eigenlijk op iets simpelers gehoopt. Gewoon even iets luchtigs om de dag mee te beginnen, een activiteit die me afleidt van de spanning voor mijn date – nee, afspraak – vanmiddag met Dave.

Anneke zit op haar vaste plek. Ze slaat haar boekje met aantekeningen open op haar schoot. 'Goedemorgen allemaal,' zegt ze, en ze kijkt ons allemaal even kort aan. Bij Justin laat ze haar blik rusten. 'Aan jou de eer vandaag, Justin.'

Justin gromt ongemakkelijk. Hij ziet er verzorgder uit dan normaal. Zijn haar is gewassen en zijn zwarte T-shirt en blauwe spijkerbroek zijn vlekvrij, alsof hij wist dat hij vandaag in het middelpunt van de belangstelling zou staan.

'Wil je beginnen met het voorlezen van je doel?' vraagt Anneke.

'Ik heb niet echt een doel opgeschreven...' antwoordt hij.

Anneke kijkt hem vragend aan. 'Niets wat je wilt bereiken hier?'

Justin haalt zijn schouders op. 'Ik moest hier van mijn vader naartoe, omdat hij vindt dat ik een probleem heb.'

Anneke kijkt in haar boekje. 'Dus jij was eigenlijk wel tevreden met je leven, zoals het ging?'

Justin kijkt naar de grond en haalt zijn schouders nog eens op. 'Ik kan toch niks anders doen.'

‘Hoe bedoel je dat?’

‘Nee niks, laat maar.’

Anneke gaat verder. ‘Hoeveel uur zit je gemiddeld per dag achter de computer?’

‘Gemiddeld?’ vraag Justin met een flauwe glimlach. ‘Uurtje of tien, gok ik.’

‘Dan heb je toch helemaal geen tijd meer voor je vrienden?’ vraagt Dylan.

‘Ik heb al mijn vrienden online. Op het internet zijn mensen tenminste eerlijk, en zeggen ze wat ze denken. In het echt zijn mensen alleen maar schijnheilig en zeggen ze wat je wilt horen.’

Dylan krabt achter zijn oor. ‘Het is toch juist andersom? Doet niet iedereen zich op internet juist beter voor?’

Justin schudt zijn hoofd. ‘Toen mijn moeder was overleden werd iedereen om ons heen ongemakkelijk, zagen we mensen minder, terwijl ik met mijn vrienden overal over kon praten.’

‘Je onlinevrienden bedoel je dan?’ vraagt Anneke.

Justin knikt.

‘Hoelang is het geleden dat je moeder is overleden?

‘Drie jaar.’

‘Dat moet enorm moeilijk zijn geweest?’ Anneke toont compassie met haar blik.

‘Ik kan er toch niets aan veranderen,’ antwoordt Justin nors.

‘Is je moeder plotseling overleden?’ vraagt Dylan. ‘Of was ze al ziek, of zo?’

‘Kanker,’ bromt Justin.

Ik zie een twijfeling bij Dylan, maar hij vraagt toch verder. ‘Is ze… lang ziek geweest?’

Justin knijpt zijn ogen samen. ‘Kunnen we het misschien over iets anders hebben?’

Anneke stopt met schrijven in haar boekje. ‘Vind je het moeilijk om daarover te praten?’

'Ik wil het er gewoon niet over hebben.' De woorden verlaten zijn mond in een zucht.

'Het is juist goed om erover te praten, om de pijn –'

'Ik zeg toch dat ik het er niet over wil hebben! Dan kun je wel door blijven zeuren, Anneke, maar nee is nee.'

Anneke denkt na. Ik zie dat ze haar volgende woorden met zorg probeert te kiezen. 'Ik snap dat er nog steeds erg veel pijn zit bij je, maar ik denk ook dat –'

'Ik heb hier geen zin in.' Justin staat op en loopt richting de deur.

'Justin, ga even zitten,' zeg Anneke met kalme, maar dwingende stem.

Justin gooit de deur met een klap dicht. Even twijfelt Anneke, maar dan staat ze toch op om achter hem aan te lopen. 'Ik ben zo terug,' zegt ze.

Kimberley, Louise, Anna, Dylan en ik blijven in stilte achter.

'Wat zielig voor hem,' zegt Kimberley als de stilte bijna hoorbaar wordt.

'Heel heftig,' zegt Louise. 'Ik zou me niet voor kunnen stellen dat ik zonder mom verder zou moeten leven.'

Zonder moeder die zegt dat alles goedkomt.

'Ik snap alleen niet dat hij daarom zijn hele leven vergooit,' gaat ze verder. 'Je wilt dan toch júíst dat je moeder trots op je kan zijn?'

'Time you love wasting, is never wasted time,' zegt Dylan lachend.

'Dat is makkelijk voor jou om te zeggen, ík kan me dat echt niet veroorloven, hoor.'

'Waarom niet?' vraagt Dylan.

'Ik heb natuurlijk een veeleisende baan, en mijn Instagramvolgers verwachten toch minimaal één keer in de twee dagen een post, en het liefst zoveel mogelijk stories op een dag.'

'Boeiend, dan post je toch een keer niets?'

Louise veegt haar haren onrustig achter haar oor. 'Dat kan niet. Het hele algoritme van Instagram is daarop ingesteld: als ik niets post, krijg ik geen likes, en zonder likes is mijn profiel niet zichtbaar bij de voorgestelde berichten en dan val ik stil. Het gaat allemaal om engagement, om de betrokkenheid.'

'Je bent nu toch ook drie weken offline?' zegt Anna.

Louise kijkt haar breed lachend aan. 'Ik ben een professional, Anna. Ik heb vooruitgewerkt. Mijn assistente zal foto's plaatsen en af en toe een story erop knallen als ze in een leuk restaurantje zit. Het is niet de bedoeling dat iemand weet dat ik hier ben.'

Anna's ogen worden groot van verontwaardiging. 'Hoezo niet?'

Louise wordt rood, alsof ze te veel heeft gezegd. 'Niet dat niemand het mag weten, maar – het past gewoon niet echt bij mijn imago, oké? Online laat ik natuurlijk maar één kant van mezelf zien. De échte Louise heeft veel meer diepte, maar dat ga ik natuurlijk niet met iedereen delen.'

'Hoezo, "natuurlijk niet"?!' Anna gaat rechtop zitten. 'Je verkoopt je leven online toch als waarheid? Je doet net of alles koek-en-ei is, terwijl je in fokking therapie zit!'

Louise grijpt dramatisch naar haar keel. 'Excuse me, maar ik probeer vrouwen te inspireren. Het enige wat ik wil is andere meiden en vrouwen kracht geven om de beste versie van zichzelf te worden.'

'Geloof je het zelf? Denk je echt dat je mensen inspireert door foto's van je zogenaamde perfecte leven online te plaatsen met een of andere slappe tekst eronder?'

'Dat is wel waar ik het allemaal voor doe. Bij social media gaat het om het delen van positivity, het delen van mooie momenten en dingen die je bereikt hebt, het is een bron van inspiratie.'

'Het is gewoon bewezen dat mensen na het bezoeken van social media juist ongelukkiger zijn en een lager cijfer geven aan hun eigen leven, hoor,' zegt Anna.

Louise kijkt haar aan alsof ze iets heel vies heeft gezegd. 'Dat weet ik niet,' zegt ze. 'Maar ik zal je een mooi voorbeeld geven: Toen ik cum laude was afgestudeerd aan de UvA, kreeg ik een paar maanden later een berichtje van een meisje; ze was net begonnen aan haar studie. Ze stuurde me dat ze door mijn prestatie ook graag cum laude af wilde studeren en nu nét de motivatie had om dat stapje extra te zetten tijdens haar studie. Dat is toch mooi?'

'En over anderhalf jaar krijg je nog een berichtje van haar dat ze in groepstherapie zit met een burn-out, omdat ze het allemaal niet meer aankan,' beantwoordt Anna haar retorische vraag.

Louise strijkt haar haren los over haar schouder. 'Ik geloof niet dat ik ooit zo'n negatieve personality heb ontmoet zoals jij, Anna.'

'Ergens heeft ze wel een punt, toch?' vraag ik. 'Tenminste, ik herken het wel bij mezelf... Door social media ben je jezelf de hele dag aan het vergelijken met anderen en met de dingen die zij hebben bereikt. Ik voel me soms wel mislukt, omdat ik nergens echt in uitblink, of zo...'

'Maar dat heeft toch meer te maken met jouw eigen onzekerheid?' vraagt Louise. 'Uiteindelijk zijn we allemaal uniek. Je moet vinden wát het is dat jou uniek maakt, dat kun je dan vervolgens inzetten om de beste versie van jezelf te worden.'

'Louise heeft gelijk,' zegt Kimberley. Ze schuifelt wat ongemakkelijk heen en weer op haar stoel, terwijl iedereen wacht op haar volgende woorden. 'Ja, kijk, ik bedoel zeg maar, als ik op social media kijk, dan zie ik al die meiden die allemaal leuke dingen doen en dan denk ik ook van, ja dat wil ik ook wel, zo zou ik ook wel willen zijn, zeg maar.'

'Maar dat is toch ook precies het probleem?!' Anna lijkt gefrustreerd. 'Je kunt niemand anders worden dan de persoon die je bent. Natuurlijk kun je je eigen talenten verder ontwikkelen, maar die talenten kun je vinden in jezelf, niet op Instagram. Het is precies zoals Louise zegt: het gaat alleen maar om het verzamelen van likes, volgers en DM's om je account te pushen. En ondertussen roepen al die Instagram-snollen maar dat ze zo betrokken zijn bij hun volgers en dat ze die willen "inspireren".'

'Je klinkt behoorlijk jaloers,' zegt Louise.

'Jaloers waarop?'

'Mijn leven.'

'Dat is zo typisch aan jouw soort! Jullie denken dat de hele wereld om jullie draait, dat jullie leven meer waard is, en dat jullie mensen helpen door in te spelen op hun onzekerheid, om zo je shit-producten te verkopen en heel veel geld te verdienen, terwijl je ondertussen niets meer bent dan een fake, plastic stuk speelgoed dat wordt gebruikt en uiteindelijk zal worden uitgekotst en vergeten!'

'Lekker blijven haten, meid, dat maakt mij alleen maar populairder.' Louise gooit haar haar zelfverzekerd over haar schouder. 'Ik ben er klaar mee. Zouden Anneke en Justin nog terugkomen denken jullie? Anders ga ik even een peukje doen. Ga je mee Dylan?'

'Je was toch gestopt?' vraagt Anna. 'Of is dat ook onderdeel van je toneelstuk?'

'Fack jou, bitch.' Louise steekt haar middelvinger op richting Anna, terwijl ze samen met Dylan de ruimte uitloopt.

'Plastic hoer!' roept Anna haar na. Gefrustreerd slaat ze

haar armen over elkaar. 'Ik snap echt niet waarom zoveel mensen haar willen volgen!'

'Het is soms toch fijn om een beetje weg te dromen, om te zien hoe het leven ook zou kunnen zijn?' zegt Kimberley.

Anna gooit haar armen moedeloos in de lucht. 'Het is allemaal nep! Alles aan haar is nep. Heb je dat nou nog niet door?!'

24.

Zes jaar eerder

Met een klap ging mijn kamerdeur open en de gordijnen werden opengetrokken.

'Over vijf minuten gaan we weg, Bram, dan zit je in de auto.' Papa trok de dekens van mij af, waardoor ik gelijk klaarwakker was. Het was elke zondagochtend hetzelfde ritueel.

'Ik heb hoofdpijn!' riep ik.

''s Avonds een vent, 's ochtends een vent! Nu je bed uit.'

Zuchtend en steunend kwam ik overeind. Ik rook aan het bloesje dat over mijn stoel hing – die kon nog wel een keer, poetste mijn tanden en strompelde de trap af om in de auto naast Kira plaats te nemen.

'Goedemorgen, Bram!' Mama stiftte haar lippen in het spiegeltje van de bijrijdersstoel.

'Ik voel me niet lekker,' mompelde ik.

'Je hebt gewoon geen zin,' zei Kira, zonder op te kijken van haar telefoon.

Mama borg haar lipstick op in haar tasje, en controleerde of er genoeg collectemunten in zaten. 'God zorgt ook elke dag voor jou, die zegt ook niet dat Hij geen zin heeft.'

Papa kwam in een drafje naar de auto toegelopen, en startte snel de motor. 'Het is alweer veel te laat. Als we niet op tijd zijn zit de familie Luiting straks op onze plek.'

Mama schudde haar hoofd. 'Ik ga niet wéér vlak bij het orgel zitten. Als Kees speelt word je daar gewoon weggeblazen.'

De kerk was nog half leeg toen we ruim op tijd binnenliepen. Papa voorop, mama daarachter, vriendelijk lachend naar alle mensen die hun plek al hadden gevonden. Kira liep altijd door het gangpad alsof het een catwalk was, waar ze haar nieuwste kleding kon showen. Ik liep achteraan, en zette een lege glimlach op.

God zorgt ook elke dag voor jou.

Ik wilde best voor God leven, maar snapte niet zo goed waarom dat dan zondagochtend om 09:00 uur moest zijn. Eén keer naar de kerk op zondagmiddag vond ik meer dan genoeg.

We gingen zitten op onze vaste plek. Niet veel later kwam de familie Luiting binnengelopen. Vader en moeder voorop, met daarachter hun drie zoons.

'Wat zien die jongens eruit,' fluisterde mama. 'Had ze niet op z'n minst even een kam door hun haar kunnen halen? We zijn wel in het huis van God.'

Het was de laatste week van de zomervakantie. Mama zat in de hoek van de kamer een boek te lezen, papa zat tegenover mij aan tafel. Hij dacht na over zijn volgende zet op het schaakbord, terwijl ik het juiste moment probeerde te vinden om mijn ouders te vertellen dat ik komende zondag moest werken. Mijn hart klopte in mijn keel.

Nadat ik die ochtend het schap met kokosmakronen, bokkenpoten en mergpijpen had bijgevuld, reed ik met een voldaan gevoel de lege rolcontainer het magazijn binnen.

'Ik heb jou zondagochtend van negen tot twaalf op het rooster gezet, Bram.'

Verbaasd keek ik de supermarktmanager aan. 'Ik werk eigenlijk niet op zondag,' zei ik.

'Het is maar voor één keer,' zuchtte hij geïrriteerd. 'Een paar uurtjes.'

Onrustig verdeelde ik mijn gewicht van links naar rechts. 'Ik kan echt niet,' zei ik onzeker.

'Je hebt gewoon een contract, Bram, daarin staat dat je beschikbaar moet zijn.'

Ik durfde hem niet aan te kijken, en speelde nerveus met het draadje dat aan de mouw van mijn werkbloes hing. 'Maar ik had al met mijn sollicitatie aangegeven dat ik niet op zondag kan werken.'

'Ik ga deze discussie niet met je aan! Je collega's willen ook wel eens vrij zijn, als je er zondag niet bent hoef je voor mij helemaal niet meer te komen!'

'Oké, voor één keer dan,' zei ik vlug, voordat hij écht boos zou worden.

Sindsdien voelde ik een druk op mijn borst, alsof ik klemzat tussen twee rolcontainers gevuld met diepvriesproducten. Het maakte niet uit welk vak ik als eerste zou vullen, één container met ijs zou smelten en was niet meer te redden. Hoe moest ik dit aan mijn ouders uitleggen? Ik moest het ze maar gewoon vertellen.

'Ik moet zondagochtend een paar uurtjes werken…' zei ik voorzichtig. Papa en mama keken me aan alsof ik een paar gruwelijke vloeken had uitgeslagen. 'Het is een noodgeval,' voegde ik daar vlug aan toe.

'Een noodgeval?' herhaalde papa. 'In een supermarkt?' Hij verplaatste zijn loper over het bord. 'Schaak.'

Ik wist dat het belachelijk klonk, en voelde hoe mijn hart sneller begon te kloppen. 'Het is maar voor een keertje,' zei ik. 'M'n manager zei ook dat het gewoon in mijn contract staat…'

Papa schudde zijn hoofd. 'Moet ik anders even naar de supermarkt bellen?'

'Nee, dat hoeft niet!' zei ik vlug. Ik verplaatste mijn koning een vlak naar rechts, en had een onbestemd gevoel in mijn maag, alsof mijn ingewanden elk moment naar buiten konden komen. 'Het is écht maar voor een keertje,' herhaalde ik nog eens.

Mama nam een slokje wijn. 'Je bent inmiddels oud en wijs genoeg om je eigen keuzes te maken, om zelf te bepalen wat het juiste is.'

'Ik had het vroeger niet in mijn hoofd durven halen,' zei papa. Hij bewoog zijn hand richting zijn paard. 'Je opa had me een draai om m'n oren gegeven, als ik was gaan werken. "Op zondagswerk rust geen zegen," zei hij altijd, maar tegenwoordig kan dat blijkbaar wel...' Hij tilde zijn paard op en zette me schaakmat.

De dagen erna liet het me maar niet los. Ik had het gevoel dat ik op het punt stond om iets heel ergs te gaan doen, alsof ik de portemonnee ging stelen van een oud en weerloos vrouwtje. Ik wilde mijn ouders niet teleurstellen, en het was wel duidelijk wat zij ervan vonden.

Je bent inmiddels oud en wijs genoeg om je eigen keuzes te maken.

Mama had gelijk. Ik had inmiddels genoeg preken gehoord om de stem van God zelf te kunnen verstaan. Jezus is de weg, de waarheid en het leven, de begeerte van de wereld leidt naar de dood.

Ik voelde een steek in mijn borst, want waarom was ik dan nog steeds niet genezen? De consequenties waren duidelijk. Verdiende ik het dan om dood te gaan? Ik moest in elk geval doen wat er binnen mijn macht lag om te leven als een goed mens, en dus tegen de manager zeggen dat ik zondag niet zou komen.

Toen ik de volgende ochtend op mijn werk kwam had het

probleem zichzelf al opgelost. Mark kon werken, en de supermarktmanager had mij van het rooster gehaald.

God zorgt elke dag voor jou.

Het was een knipoog uit de hemel, alles zou goedkomen, zolang ik maar op God zou vertrouwen.

Die zondag zat ik als eerste in de auto. Toen papa in de achteruitkijkspiegel keek, zag ik zijn ogen glimmen.

'Ik ben trots op je, jongen, dat je zelf de juiste beslissing hebt genomen.'

25.

Ik heb mijn tanden gepoetst, extra deodorant opgedaan, en daarna alles nog een keer voor de zekerheid herhaald. Ik bekijk mezelf in de spiegel van de kastdeur. Ik heb wallen onder mijn ogen en een ingevallen gezicht. Het bordeauxrode T-shirt geeft nog een beetje kleur aan mijn grauwe huid. Mijn zwarte korte broek en blauwe gympen zijn altijd goed, lekker neutraal.

Wat heeft het voor zin?

Dat Dave homo is betekent helemaal niets. Een jongen zoals hij, die heeft toch niks te zoeken bij een loser zoals ik.

Vergeet het.

De zee is wild. De wind raast over de golven het strand op, waardoor het zand zich verplaatst en alle voetsporen uit het verleden worden gewist. Schaapachtige wolken laten zich opgejaagd voortdrijven, onthullen zo nu en dan de blauwe hemel, en geven de zon de kans om zijn gezicht te laten zien. Ik sta ongeveer twintig meter bij Dave vandaan en word met de wind in mijn rug zijn kant op geduwd.

'Klaar?!' roept hij.

De touwen in mijn handen staan strak en eindigen bij de vlieger die Dave vasthoudt. Een matrasvlieger van bijna drie meter breed, in alle kleuren van de regenboog. In de winkel leek het een goed idee, maar nu de woeste wind langzaam zijn weerstand grijpt, ben ik daar niet meer zo zeker van.

'Ja?!'

Dave laat de vlieger los. Gevangen door de wind schiet de vlieger direct omhoog naar de hemel, waar hij roerloos in de lucht blijft hangen.

Dave komt naar me toegerend. 'Mooi, man!'

'En nu?' Ik probeer balans te houden door mijn hakken in het zand te zetten.

'Bochtjes maken,' zegt Dave lachend.

Ik kijk hem vragend aan.

'Aan een van je lijnen trekken.'

Ik trek aan de rechter lijn, de vlieger maakt een scherpe draai naar rechts en stort direct richting de aarde.

'Aan de andere lijn trekken!'

Ik geef een ruk aan de andere lijn, waardoor de vlieger een bocht naar links maakt. De weerstand is zo groot dat ik een meter vooruitspring en op mijn knieën in het zand val. De vlieger stort met een klap op de grond.

'Lekker bezig, Bram,' zegt Dave plagend.

'Doe jij het dan, als je het zo goed kan,' zeg ik lachend, terwijl ik het zand van mijn knieën veeg.

'Ik hoef niet meer te oefenen!' Dave is al richting de vlieger gerend en tilt deze op uit het zand. Als ik de lijnen weer in mijn handen heb, gooit hij de vlieger omhoog de lucht in. Een windvlaag pakt de vlieger weer op en ik zoek opnieuw naar mijn balans.

'Het is veel te zwaar!' roep ik.

Dave komt naar mij toe gerend. Mijn ademhaling stokt in mijn keel als hij achter me komt staan en zijn handen over die van mij legt, zodat we samen de vlieger in bedwang kunnen houden.

Mijn huid gloeit, en een tinteling verspreidt zich door mijn lichaam. Ik voel Daves borst tegen mijn rug, zijn warme armen langs die van mij en zijn eeltige handen om mijn handen geklemd. Hij legt zijn kin op mijn schouder.

'Oké,' zegt hij. 'Nou trekken we heel zachtjes aan het rechter touw.' Hij trekt het touw beheerst naar zich toe, en ik laat mijn hand die van hem volgen. De vlieger maakt een kleine bocht naar rechts. 'Nu een bochtje naar links.' Hij trekt aan het andere touw en de vlieger maakt een voorzichtige bocht de andere kant op. We maken de bochten steeds groter, met zijn tweeën kunnen we de weerstand van de wind makkelijk aan.

Na een tijdje krijg ik het trucje onder de knie en laat Dave mijn handen los. Ik voel me krachtig en stoer, terwijl ik de kleurrijke vlieger door de lucht laat dansen. Zo nu en dan maak ik een sprong, waardoor ik loskom van de grond en de vlieger me een klein stukje mee laat vliegen op de wind.

Ik laat het witte zand door mijn vingers glijden. De losse korrels zijn speelgoed voor de wind, en bieden geen weerstand tegen zijn spel. In de verte vaart een groot containerschip de horizon tegemoet. De mensen op het strand lijken klein en nietig, vanaf de hoogste duin die we vinden konden. Half verborgen tussen de lange sprieten van het gras voel ik me veilig en geborgen, en door de aanwezigheid van Dave is de wereld mooier dan normaal.

Een vlinder fladdert voorbij. Zijn kleurrijke vleugels, dun als papier, zijn kwetsbaar in de wind, maar onbeschadigd. Twee konijnen huppen door het duinlandschap. Nieuwsgierig, maar op hun hoede, komen ze steeds dichterbij. Als ik Dave aantik, en hij zich net iets te snel omdraait, rennen ze vlug terug naar hun schuilplaats.

Dave gaat op zijn rug liggen. Ik volg zijn voorbeeld en kijk naar de wolken die voorbijdrijven als gedachten. Ik probeer ze te laten passeren.

'Dave?'

'Ja?'

'Wat denk jij dat er gebeurt als we doodgaan?'

Het is even stil.

'Geen idee,' zegt hij dan.

'Denk je dat er leven is na de dood?'

'Misschien.'

Ik laat zijn antwoord op mij inwerken. 'Maar wil je dan niet weten hoe het zit?'

Dave draait zich op zijn zij en kijkt me aan. Ik durf hem niet in zijn ogen te kijken en houd mijn blik gericht op de wolken. Hij legt zijn hand op mijn borst, mijn hartslag schiet omhoog en een gevoel van warmte wordt vanuit mijn borst door mijn lichaam gepompt.

'Voel je dat? Dat is jouw hart. Het klopt. Je bent begin twintig, waarom ben je nu al bezig met de dood? Waarom begin je niet eerst met de vraag: wat gebeurt er als ik leef?'

'Maar wat nou als ik morgen doodga? Dan is er geen tijd meer om er over na te denken.'

'Statistisch gezien ga jij morgen echt nog niet dood. En als je dood bent, dan ben je dood, dan kun je ook geen spijt hebben van de dingen die je nooit hebt gedaan. Ik denk altijd maar: een mens is gemaakt om te leven, niet om te sterven.'

Zuchtend kom ik overeind. 'Het is zo oneerlijk dat je de keuze niet krijgt of je geboren wilt worden. Nu zit ik gevangen in het leven, met de dood als onvermijdelijk dieptepunt. Als ik kon kiezen, was ik er nooit geweest.'

'Dat moet je niet zeggen.' Dave legt zijn hand op mijn gezicht. 'Er zijn zoveel mensen die blij met je zijn.'

'Hoe weet jij dat nou?'

'Goed. Laat ik het dan anders zeggen: ik ben blij met je.'

'Hoezo dat?' vraag ik verrast.

Dave grinnikt. 'Ik vind het stom om te zeggen, maar ik weet dat men mij over het algemeen wel knap kan vinden. Op een of andere manier denkt iedereen daardoor dat het mij altijd voor de wind gaat. Mensen hebben echt geen idee hoe hard ik heb moeten werken om te komen waar ik nu ben, maar jij – toen we op de eerste dag in de kring zaten en jij naar me keek, zag ik in jouw blik dat je probeerde te zien wie ik écht was, je keek door de buitenkant heen.'

'Ik probeerde te ontdekken waarom je daar zat,' beken ik. 'Om te ontdekken wat er mis met je zou zijn.'

'Precies dat maakt het verschil, jij geeft me het gevoel dat er iets mis mág zijn met mij.'

'Voor mij ben jij perfect,' flap ik eruit.

Dave krult een glimlach rond zijn lippen, komt met zijn hoofd dichterbij en drukt zijn mond dan tegen die van mij. Ik voel een bliksemschicht, een tinteling, het warme gevoel waar ik al die jaren naar op zoek was geweest. Alles is nog gewoon zoals het was, en tegelijk zoals het zou moeten zijn. Daves lippen tegen die van mij, onze tongen die elkaar vriendelijk verkennen, een moment dat niet gebonden is door tijd, waardoor ik het eeuwige leven ineens begrijp. Ik ben genezen.

Als ik mijn ogen opendoe kijk ik in de diepte van Daves zeeën. Zijn wangen gloeien van opwinding. Hij trekt mij tegen zich aan en we laten ons achterovervallen in het zand. Ik leg mijn hoofd op zijn borst en hoor zijn hart een natuurlijk ritme slaan.

Ik vlieg.

26.

Vijf jaar eerder

Buiten sneeuwde het, eindelijk. Het was begin februari en de winter was tot nu toe erg mild.

Het was mijn eerste stagedag en ik was op van de zenuwen.

Via via had ik een stageplaats kunnen regelen bij Landgoed Het Zwanendal. Ik kon daar in de keuken aan de slag, elke donderdag en vrijdag, tot het einde van het schooljaar. Ik had een grafhekel aan koken, dat wist ik al direct na de eerste praktijkles. Ik hield er niet van om in de keuken te staan. Het kille licht, de rauwe stukken vlees en het lawaai van de grote afzuigkappen. Aan het eind van de avond voelde ik me altijd vies, was mijn huid vet en rook ik naar knoflook en frituurvet.

Het was onderdeel van de middelbare hotelschool: het eerste jaar vijf maanden stage in de bediening, het tweede jaar vijf maanden stage in de keuken.

Mijn eerste stage, in de bediening, was bij een grand café. Mijn manager was erg tevreden over mij geweest en had mijn stage beoordeeld met een acht. 'Bram, ik had je ook een negen kunnen geven, maar je zit nog maar in je eerste jaar, anders is er bijna geen ruimte meer om te groeien.' Ik vond dat echt een dom excuus, maar wist ook dat dit cijfer er later toch nooit meer toe zou doen.

Ik had sinds kort een vriendin. Een knap, lief meisje uit

de kerk dat ik bijzonder vond. Ik hoopte dat dat gevoel uit zou groeien tot liefde. Ik was tenslotte al zeventien en de tijd begon te dringen. Seks was gelukkig nog geen issue, want uit den boze voor het huwelijk.

Mijn eerste stagedag begon om 11:00 uur, en ik stond net op tijd, omgekleed en wel, met het zweet nog op mijn voorhoofd, in de keuken. De bus had vanwege de sneeuw langzaam gereden, waardoor ik slechts vijf minuten had om me van de bushalte naar het landgoed te haasten. Een wandeling die normaal vijftien minuten duurde.

Het landgoed had een reputatie hoog te houden. De bediening liep in smetteloos witte overhemden, de chef-kok droeg een hoge koksmuts en het bestek blonk als echt zilver. Ik wist dat de verwachtingen hoog waren, en dat ik er alles aan zou moeten doen om mijn stage te halen, ook al was koken niet mijn sterkste punt. Maar ik was expert op het gebied van doen alsof, dus dat zou vast goed komen.

Na een voorstelrondje werd ik in de achterkeuken gezet met een leerling-kok. Hij was bijna klaar met de opleiding en had, anders dan ik, wél een passie voor koken.

In de achterkeuken stonden twee roestvrijstalen werkbanken, een grote wasbak en twee snijmachines. Aangrenzend was het kantoortje van de chef, met daarnaast een grote koelcel en vriezer. Aan de andere kant was de doorgang naar de voorkeuken, waar het echte werk plaatsvond.

'Ze hebben je al leren snijden op school, toch?' vroeg de leerling-kok aan mij.

Ik knikte. 'Ja, dat was geloof ik een van de eerste lessen die we hebben gehad, ook welke snijplanken je moet gebruiken, en zo.'

'We hebben vanavond een groot feest in de bijzaal, boven, driehonderd man. Je mag wel vast de worst snijden voor op tafel. We hebben chorizo en salami piccante, allebei echt topkwaliteit. Zal ik het eerst even voordoen?'

Ik knikte nogmaals. Het was niet dat ik aan mezelf twijfelde of ik die worst wel zou kunnen snijden, maar meer dat ik niet durfde te vragen of ik het velletje ervan af moest halen, of dat je dat gewoon met worst en al op kon eten.

De jongen sneed de bovenkant van de worst open, maakte een klein sneetje aan de zijkant om vervolgens het velletje van de worst te trekken. 'Velletje eraf,' zei hij. 'Dat kun je niet eten. En dan gewoon mooie, dunne plakjes snijden.' Hij liet het mes soepel een paar keer door de salami glijden. 'Gaat dat lukken?'

'Dat lukt wel,' antwoordde ik. 'Moet ik alle worsten snijden?'

'Ja, doe alles maar, dat moet wel genoeg zijn.' De jongen liep naar de werkbank voor mij en begon met het fileren van een zalm.

Ik pakte het mes op en begon geconcentreerd met het snijden van de worsten. Plakje na plakje liet ik het mes voorzichtig zakken naar de snijplank.

Toen ik bijna halverwege was liep Chef langs, met een plastic bak onder zijn arm, op weg naar de koelcel. Zijn muts liet zijn hoofd groter lijken dan het in werkelijkheid was.

'Lukt het een beetje?' vroeg hij, en hij pakte een plakje worst uit de bak waar ik alle gesneden worsten in verzamelde. 'Nondeju, wat een dikke plakken! Heeft Duif je het wel voorgedaan? Duif!'

De leerling draaide zich om en kwam snel naar ons toe gelopen. 'Ja, Chef?'

'Heb je wel laten zien hoe die worst gesneden moest worden? Dit is veel te dik!' Hij stopte de te dikke plak in zijn mond.

De leerling, die door collega's blijkbaar Duif werd genoemd, pakte ook een plakje uit de bak. 'Maar dit is niet zoals ik het heb voorgedaan!' Hij keek me geïrriteerd aan. Hij werd nu op het matje geroepen, omdat ik een debiel was die niet eens een worst in normale plakjes kon snijden.

Chef zette de plastic bak op de werkbank neer en wenkte dat ik het mes aan hem moest geven. Vakkundig liet hij het mes door de worst glijden. 'Is bot,' mompelde hij, en hij liep naar de voorkeuken om snel daarna terug te komen met een aanzetstaal. 'Met een bot mes kun je niet snijden,' zei hij, terwijl hij het mes ritmisch over het staal liet glijden.

Ik knikte alleen maar, en Duif stond stil te wachten tot hij toestemming zou krijgen van Chef om weer verder te gaan met zijn werk.

'Kijk, zie je?' vroeg Chef, toen hij het aangescherpte mes opnieuw door het vlees liet glijden. 'Dit gaat stukken beter zo. Nu jij.'

Ik kreeg het mes weer in mijn hand – die inmiddels licht trilde – gedrukt. Nerveus sneed ik een klein stukje van de worst af. Nogmaals liet ik het mes door het vlees heen glijden richting de snijplank.

'Zie je,' zei Chef. 'Dat lijkt er meer op.' Ik knikte. Hij pakte zijn bak weer op en vervolgde zijn weg naar de koeling. 'Met een bot mes kun je niet snijden, Duif!' riep hij, voordat hij de koelcel inliep.

Duif en ik bleven alleen achter. Ik probeerde vriendelijk naar hem te lachen om de spanning te breken.

'Doe het de volgende keer meteen goed als ik je iets laat zien,' zei Duif. Hij liep weer terug naar zijn werkbank om verder te gaan met het fileren van de zalm. 'O ja,' hij draaide zich om. 'En een beetje doorsnijden, want je moet straks ook nog de kaas en komkommer doen.'

Ik knikte en liet mijn trillende hand zorgvuldig het mes bedienen. Niet te dik. Niet te dik, bleef ik als een mantra herhalen, tot ik onzorgvuldig werd en weer een te dikke plak had gesneden. Shit.

Sukkel!

Snel keek ik om me heen of iemand het had gezien. Niemand had aandacht voor wat ik deed en ik stopte de te dikke plak onder in de bak bij de andere te dik gesneden plakken worst, om te verbergen dat ik niet aan hun verwachtingen kon voldoen.

Ineens prikte de geur van het vlees als een gifgas in mijn neus. Ik werd misselijk, en het zweet brak me uit. Mijn hoofd begon te draaien en ik dacht dat ik elk moment flauw kon vallen.

Nee! Niet ziek worden, dat kan niet, niet nu, niet op je eerste dag.

Ik was bang. Ik moest nog worst snijden, kaas en komkommer. Mijn maag kwam in opstand en ik voelde het zuur branden in mijn keel. Ik legde het mes neer op de werkbank, vluchtte naar het toilet en ging boven de pot hangen, klaar om te kotsen. Ik sloot mijn ogen, haalde diep adem en voelde hoe het zweet op mijn voorhoofd mijn lichaam verkoelde en hoe ik langzaam weer tot rust kwam. Het misselijke gevoel zakte weg en mijn hand stopte met trillen.

Na een paar minuten haalde ik nog een paar keer diep adem, en toen ik er zeker van was dat ik was hersteld liep ik terug de keuken in, alsof er niks was gebeurd.

27.

De dag lijkt perfect, misschien zelfs te mooi om waar te zijn. De hemel is strak blauw, en de zon geeft zijn warmte in een aangename hoeveelheid af aan de aarde. Samen met Justin ben ik een van de picknickbankjes in de achtertuin opnieuw aan het schilderen. 'Geef je creativiteit lekker de vrije loop,' had Judith gezegd. 'Het mag alles worden, laat die innerlijke Picasso maar lekker vrij.' Justin zou de kleuren uitkiezen en kwam terug met een blik zwarte verf.

Terwijl ik de kwast op en neer beweeg over de bank, dwalen mijn gedachten af. Dave vliegt rond in mijn hoofd met een rode cape, die dramatisch wappert in de wind. De herinneringen aan gisteravond zijn levendig, vol kleur: de zoen boven op de duinen, de romantische wandeling terug naar Het Baken, de stiekeme kus welterusten in de gang bij mijn kamer –

'Bram, kan ik jou even spreken?' Ik draai me om. Een zwarte druppel druipt van mijn kwast af en valt in het gras. Anneke staat in de deuropening, haar blik is ernstig. Angst slaat om mijn hart en ik ben bang dat er iets met mijn ouders is gebeurd.

'Is er iets ergs?' vraag ik.

Ze heeft een vertwijfelde blik op haar gezicht. 'Het is niet iets ernstigs, maar ik wil je wel vragen om nu even mee te komen naar mijn kantoor.'

Ik steek de kwast in het verfblik en werp een vragende blik richting Justin, om aan te geven dat ik ook geen idee heb waar dit over gaat. Ik loop achter Anneke aan naar binnen, door de bibliotheek, de wenteltrap op naar de eerste etage, waar we links afslaan. Aan het einde van de gang hangt naast de deur een gouden bordje met de naam van Anneke erop.

We lopen naar binnen, en ik kijk tegen het achterhoofd van Dave aan. Zijn blonde haar zit springerig rond zijn kruin. Hij zit op een van de leren chesterfieldstoelen, die voor het bureau staan. Anneke biedt mij de andere stoel aan, waarna ze zelf op haar comfortabele bureaustoel gaat zitten, en haar handen gevouwen voor zich legt op het tafelblad.

Ik kijk naar Dave, zijn ogen zijn rood, hij heeft gehuild. Vragend kijk ik hem aan, maar dit keer is hij degene die mijn blik vermijdt.

'Wil je het zelf vertellen?' vraagt Anneke aan Dave. Hij schudt zijn hoofd en een traan glijdt over zijn wang naar beneden.

Ik wil dat iemand mij vertelt wat er aan de hand is, ik wil het nu weten. Het is vast iets ergs, iets waardoor de grond onder mijn voeten vandaan zal worden geslagen.

Anneke knikt. 'Goed. Bram. Aan het begin van je behandeling hebben we de regels doorgenomen die gelden binnen Het Baken. Er zijn bepaalde regels voor deelnemers, maar ook voor het personeel.'

Ik snap het niet.

'Een van die regels is dat er geen intieme relaties aangegaan dienen te worden met de deelnemers. Judith liep gister haar ronde met Roger door de duinen en werd toen geconfronteerd met jou en Dave, en jullie omgang ging verder dan professioneel verantwoord is.'

De woorden van Anneke vullen mijn longen met water. Ik

heb het gevoel dat ik verdrink in de woorden die ze spreekt. Ik ben bang dat haar volgende zinnen als een tsunami over mij heen zullen spoelen en me weg zullen vagen van deze aarde.

'Daarom hebben wij Dave helaas, per direct, op non-actief moeten zetten en zal hij zijn stage hier niet af kunnen ronden.'

'Nee,' zeg ik. 'Het is mijn schuld. Ik kuste hem, hij wou het niet, en –'

'Bram...' Daves stem trilt. 'Ik heb alles al aan Anneke verteld. Ik vind het lief dat je voor me opkomt, maar het gaat nu om jou. Om jouw leven en jouw toekomst.'

Anneke houdt haar hoofd schuin. 'Het is precies zoals Dave zegt, Bram. Het gaat hier om jou. Dat is ook de reden dat deze regels zijn opgesteld... Dave heeft zijn spullen al gepakt, hij gaat over een uur met de boot.'

Met de boot.

Een gevoel van paniek overvalt me. Ik wil niet zonder – nee, ik kan niet zonder Dave verder. Hij is mijn Superman, mijn Clark Kent, mijn redding. Mijn wenkbrauwen zijn in een smekende frons geperst. Ik kijk van Anneke naar Dave, en weer terug, tot alles duizelt. 'Er moet toch wel iets mogelijk zijn?'

'Ik laat jullie even alleen,' zegt Anneke. Ze staat op en loopt het kantoor uit.

Als de deur dichtvalt met een zachte klik, rollen mijn tranen als zwarte verf naar beneden. 'Je moet blijven,' zeg ik.

Dave glimlacht, troostend. Met zijn duim veegt hij een traan van mijn wang. 'Niet huilen. Ik ben gewoon ontzettend stom geweest, ik had beter moeten weten.'

'Nee, je hebt me geholpen! Ik heb je nodig, ik ben een beter mens geworden dankzij jou.'

Daves lach verandert van troostend naar een lach doordrenkt met medelijden. 'Je ziet het niet, Bram. Daarom is het zo belangrijk dat ik nu wegga. Jij hebt zoveel mogelijkheden.

Je bent slim, creatief, lief, jij hebt helemaal niemand nodig. Je moet jezelf vinden, daarbij sta ik alleen maar in de weg.' Dave staat op, pakt mijn handen en trekt mij overeind uit de stoel. 'Als dit straks allemaal voorbij is spreken we een keer af, goed? Dan gaan we elkaar écht leren kennen, als twee normale jongens.'

Ik knik. Mijn ogen gericht op de grond. Dave pakt mijn kin vast en trekt mijn gezicht omhoog, totdat onze ogen elkaar vinden. Dan slaat hij zijn armen om me heen en trekt me dicht tegen zich aan. Ik voel zijn hart kloppen tegen mijn borst. Ik leg mijn hoofd op zijn schouder en snuif zijn warme geur nog één keer op.

Als ik het kantoor uitloop staat Anneke op de gang te wachten. 'Het spijt me, Bram, maar het is echt het beste zo.'

Ik negeer haar en loop terug naar de tuin, waar Justin nog bezig is met het bankje. Ik pak mijn kwast uit het blik en begin de zwarte verf met lange halen op de bank te smeren. Slordig, lelijk, ik wil dat het mislukt.

Schijt, Anneke.

Eerst Dave naar mij toesturen en hem vervolgens ontslaan! Hypocriete trut! Ik pak het verfblik van de grond en gooi het hard tegen het bankje aan. De zwarte verf spettert alle kanten op en belandt deels op mijn kleding.

Justin springt van schrik achteruit. 'Wat doe je?!'

Zonder een woord te zeggen loop ik als een driftige kleuter stampvoetend het bos in. Als de zwarte woede is opgedroogd en ik het resultaat zie van mijn geklieder, barst ik in huilen uit.

Het was een valse start. Ik ben weer terug bij af, en zet me schrap voor een noodlanding.

28.

Vijf jaar eerder

Duif mocht mij niet. Begrijpelijk, hij zat met mij opgescheept. Ik was een waardeloze leerling. Ik vond Duif op mijn beurt ook een kneus. Ik kon zien dat hij onzeker was en nét iets te hard zijn best deed om leuk gevonden te worden. De rest had dit niet in de gaten, waardoor hij goed in het team lag.

Ik was anders dan de rest van de mannen (en vrouw) in de keuken. Ik had geen interesse in auto's of het eindresultaat van een kalfswang die vier uur lang had staan pruttelen. En de uitslag van de wedstrijd tussen PEC-Zwolle en FC Utrecht kon me al helemaal niets interesseren. Meer dan de helft van de witte brigade was single. Logisch natuurlijk, want ze stonden vijf dagen per week, twaalf uur per dag, in een tl-verlichte ruimte in pannen te roeren, ruikend naar knoflook en frituurvet.

Een hoogtepunt van de dag was het moment waarop rond het middaguur de bediening binnenkwam, helemaal op de dagen dat Suzan moest werken. Suzan was een leuke, blonde meid met een staartje dat altijd op en neer wiebelde als ze lachte. Als Suzan de keuken binnenkwam lieten alle koks zichzelf van hun beste kant zien, ook al hadden de meesten geen idee hoe ze dat precies moesten doen. 'Hé Suus, ik heb een nieuwe uitlaat onder mijn auto gezet. Maakt een geluid, joh! Zal ik je het vanavond even laten zien?' Suzan lachte vriendelijk, maar haar ogen bleven mat.

'Vanavond eten we boerenkool als personeelseten, Suus! Dat vind je toch zo lekker?'

'Heerlijk!' antwoordde ze.

Direct nadat ze door de klapdeuren het restaurant in was verdwenen werd er geroepen: 'Ik heb er een speciale worst voor je bij, die je vast ook wel lekker vindt!' Een grap waar dan hartelijk om werd gelachen in de keuken. Wat een humor.

Ik kon het goed vinden met Suzan en ze kwam regelmatig een praatje met mij maken. Duif keek dan jaloers vanuit zijn ooghoeken naar Suzan, die voorovergebogen op mijn werkbank leunde.

Zoals met alles had Duif het hoogste woord en de overtreffende trap. Het verbaasde mij dan ook niets toen hij bij de restaurantmanager op kantoor moest komen voor een gesprek. Zoals dat gaat binnen een klein bedrijf bleven er maar weinig dingen geheim, en dus was iedereen geïnformeerd over wat er gebeurd was, toen hij na het gesprek met zijn staart tussen zijn benen nogal stilletjes de keuken binnenkwam. Hij was voor Suzan gaan staan, toen ze op haar knieën onder de wijnkoeling aan het schoonmaken was, en had gezegd dat ze precies op de goede hoogte zat.

Aan het eind van de middag kreeg Duif weer praatjes, en tijdens het eten kwam hij tegenover mij zitten in de kantine.

'Hoe kan het eigenlijk dat een knappe jongen als jij geen vriendin heeft?' vroeg hij.

Ik had net een hap boerenkool genomen en keek hem verbaasd aan. 'Wie zegt dat ik geen vriendin heb dan?' vroeg ik, nadat ik mijn mond had leeggegeten.

Hij haalde zijn schouders op. 'Ben je geen homo dan?'

Shit.

Ik wist niet waar dit ineens vandaan kwam, maar ik had het gevoel dat hij wat te compenseren had na het gedoe met Suzan.

'Nee,' antwoordde ik. 'Waarom zou ik anders een vriendin hebben?'

'Misschien om te verbergen dat je homo bent?'

Ik nam nog een hap van mijn boerenkool. Ik voelde me opgelaten, ongemakkelijk en had het idee dat wat ik ook zou zeggen het Duif alleen maar feller zou maken. 'Ik ben erg blij met mijn vriendin,' zei ik uiteindelijk zo neutraal mogelijk.

Duif trok een verrast gezicht alsof hij niet geloofde wat ik zei, en schoof nog een paar happen boerenkool naar binnen, zonder zijn eten echt te proeven.

Suzan kwam de kantine binnen. 'Twee amuses voor tafel vijf!' riep ze.

'Duif!' zei Chef.

Duif stond op van zijn plaats en liep naar de keuken om de amuses mee te geven. Ik zuchtte. Daar was ik goed mee weggekomen.

Die donderdag daarna moest ik samen met De Bolle een buffet voorbereiden in de bijzaal. De Bolle was aan zijn bijnaam gekomen omdat het leek of zijn kale knar elk moment uit elkaar kon klappen. Zijn lippen waren dik en zijn ogen puilden net iets verder uit zijn oogkassen dan gezond kon zijn.

'Hé, Bram,' zei hij, toen ik binnen kwam lopen met vers afgebakken stokbroden. 'Al uit de kast?'

Ik keek hem verbaasd aan terwijl ik de stokbroden in de rieten mand aan het begin van het buffet zette. 'Uit de kast?' herhaalde ik.

'Ja, je bent toch homo?' Dat kon alleen maar van Duif komen.

'Ik heb een vriendin,' antwoordde ik.

‘Een homo met een vriendin? Dat is toch een beetje gek...’ De Bolle zette een schaal met krabsalade op het buffet zonder op of om te kijken.

‘Ik ben even de kruidenboter halen,’ zei ik, en ik liep weg. Op de gang bleef ik staan. Ik voelde mijn lichaam trillen en begon te zweten alsof ik een acute koortsaanval had gekregen. Ik zette mijn handen tegen de muur, zodat die zou stoppen met draaien.

Na een minuut of twee, die een eeuwigheid leken te duren, herstelde mijn lichaam zich weer en vervolgde ik mijn weg naar de keuken.

De Bolle en Duif hadden zich tegen mij gekeerd. Ze hadden constant commentaar op mijn werk en De Bolle begroette mij standaard elke dag met de vraag of ik al uit de kast was gekomen.

Toen ik aan Suzan had verteld dat mijn vriendin het had uitgemaakt, vroeg Duif of ze er eindelijk achter was gekomen dat ik een flikkertje was.

Langzaam voelde ik mijn imago, waar ik jaren aan had gewerkt, afbrokkelen. De hoge muur die ik om mezelf heen had gebouwd, stortte langzaam in. Ik had geen controle over hun kwetsende woorden. Ik had geen controle over mijn lichaam, dat me in de steek begon te laten.

Het linnen bij Landgoed Het Zwanendal was niet meer wit. De smetteloze uniformen van het personeel zaten vol vlekken, die ze verborgen door het bloesje in hun broek te vouwen of te verbergen achter hun schort. Het bestek was mat en werd opgepoetst met heet water en een flinke scheut spiritus om het nog een beetje glans te geven. Er braken hoekjes van het servies af, dat vervolgens zonder genade kapot werd gegooid bij het grofvuil. Verspild eten ging met bakken tegelijk de groencontainer in, en gasten kregen bijnamen als ‘vieze hoer,’ 'vetklep' of 'die schele aan tafel zes'. Met blancheren liet ik de sperziebonen te ver doorgaren, ik serveerde de soep lauw en sneed met een te groot mes in mijn vinger.

Hoe kon ik nog perfect zijn in een wereld die allesbehalve volmaakt was. Dit was de wereld waar ze ons in de kerk voor waarschuwden, de wereld waartegen ze ons wilden beschermen op school. De wereld die God niet kende, en waar duisternis heersen zal.

29.

Ik volg het gesprek als een stomme film. In zwart-wit, zonder geluid. Hun uitdrukkingen zijn typerend, maar onscherp, en de ondertiteling ontbreekt. Ik probeer positieve gedachten te vinden in de donkere hoeken van mijn hoofd, maar het lijkt zinloos. Dave heeft met zijn vertrek het licht uitgedaan, waarna de duisternis alles heeft overgenomen.

Elkaar écht leren kennen, als twee normale jongens. Als alles straks voorbij is.

Een golf van paniek spoelt door mijn lichaam; als hij de tijd heeft om na te denken komt hij erachter dat ik helemaal niet leuk ben. Misschien wil hij mij straks wel helemaal niet meer zien? Wat als hij iemand anders vindt in de tussentijd?

Kimberley huilt. Mijn hart huilt. Haar gesnik zorgt ervoor dat ik weer land. We zitten in de kring en Anneke heeft Kimberley het woord gegeven, maar volgens mij heeft ze nog geen zinnig woord gezegd.

'Ik snap dat dit erg moeilijk voor je is,' zegt Anneke. 'Maar geloof me dat het belangrijk is om erover te praten, om het een plek te kunnen geven.'

Ik erger me aan de woorden van Anneke. Wat snapt zij nou van ons? Als ze ook maar iets van mij had begrepen, dan had ze Dave gewoon laten blijven.

Kimberley propt een verfrommeld zakdoekje onder haar ronde brilletje door om de tranen uit haar rode ogen te vegen. Louise draait haar blonde lokken verveeld om haar vingers, terwijl Justin aan een korstje op zijn elleboog zit te pulken.

'Ik weet niet zo goed, waar ik moet be-beginnen,' snikt Kimberley.

'Begin bij het begin,' zegt Anneke met een zachte glimlach rond haar lippen.

'Mij-mijn ouders hebben een melkveehouderij in een klein dorpje in Drenthe. Ik woon daar samen met mijn ouders en drie oudere broers. Op de ba-basisschool had ik het erg naar mijn zin. Er waren veel kinderen die van een boerderij kwamen, zeg maar, waardoor, ja, alles gewoon prima was, omdat we elkaar begrepen.

Toen ik naar de middelbare school ging veranderde dat. Ik kwam in een klas met kinderen uit de stad, die niet zo gewend waren aan het boerenleven, zeg maar... Ze vonden dat ik rare kleren aanhad, en dat ik er niet verzorgd genoeg uitzag... Ik was toen ook nog iets dikker, en ja, toen begonnen ze me te pesten... Het begon met kleine grapjes, maar het werd steeds erger. Uiteindelijk was het zo erg dat ik naar een andere school moest.' Haar schouders zakken iets omlaag.

'Zou je iets meer kunnen vertellen over wat er dan op school gebeurde?' vraagt Anneke.

Kimberleys ogen staan angstig. 'Nou, ja, ze maakten dan een knorrend geluid als ik een broodje zat te eten in de pauze, of ze gooiden koekjes naar me, alsof ze me moesten voeren...'

Louise gniffelt ondoordacht, maar herstelt zich snel als Anneke haar streng aankijkt.

'Eén keer hadden ze me staan opwachten. Het regende die dag heel erg hard en overal lagen grote plassen op de weg. Ik liep naar de bushalte, zoals ik dat elke dag deed. Ineens stonden Nathalie en Manon tegenover mij. Ik denk dat ze me opwachtten, want normaal fietsten zij altijd de andere kant op.

"Kijk eens wie we daar hebben," zei Nathalie. Ze droeg zo'n lange zwarte jas, en had haar capuchon met bontkraag over haar hoofd getrokken. Manon stond naast haar. Haar geblondeerde haar was zeiknat en hing om haar gezicht heen. Ik had een roze paraplu met witte stippen tegen de regen. Zo één die je kunt uitvouwen, zeg maar, zo'n kleintje.

Ik schrok van ze, en zei "hoi", daarna wou ik snel doorlopen, maar Manon hield me tegen.

"Wat heb jij een haast? Is het bijna voedertijd?" vroeg ze.

Nathalie moest lachen. "Miss Piggy mist natuurlijk nooit een maaltijd."

Ik wist niet wat ik moest doen. Als ik door zou lopen zouden ze waarschijnlijk boos op me worden, maar als ik bleef staan zouden ze blijven doorgaan met het maken van gemene opmerkingen.

"Wat moet jij eigenlijk met een paraplu?" vroeg Nathalie. "Een varkentje zoals jij speelt toch altijd graag in de modder?" Ze trok de paraplu uit mijn handen, gooide hem op de grond en trapte de baleinen kapot. Toen hij helemaal onbruikbaar was gooide ze hem in de grote plas op straat, naast de stoep.

Ik stond daar maar, omdat ik wist dat ik toch niets kon doen. Ik deed de capuchon van mijn jas over mijn hoofd, omdat het nog steeds regende.

Toen werd Manon boos. "Wat doe je nou, dikke? Een beetje regen is goed voor je, dan wordt die ranzige geur die altijd om jou heen hangt misschien ook eens weggespoeld."

Met een ruk trok ze de capuchon van mijn hoofd. Ze deed dit zo hard dat ze ook aan mijn haar trok. In een reflex riep ik hard "au!"

"Stel je niet zo aan, vieze hoer." Nathalie stond dreigend tegenover me.

Ik kreeg een trap tegen mijn knie, waardoor ik mijn evenwicht verloor en keihard op de grond viel. Mijn arm kwam in de plas terecht en de mouw van mijn jas was helemaal doorweekt. Nathalie en Manon moesten allebei erg hard lachen.

"Lekker hè, Knorrie!" riep Nathalie, en ze gaf me een trap in mijn buik, richting de plas. Ze begon me te duwen. "Manon, help even. Ze is te dik."

Samen duwden ze me de plas in. Ik was kletsnat... Ik dacht dat ik het toen gehad had, maar Manon ritste mijn rugtas open, zodat al mijn boeken en schriften ook in de plas terechtkwamen... Daarna liepen ze weg. Ik bleef in de plas liggen... In het koude water... Pas toen ik zeker wist dat ze weg waren kwam ik overeind. Ik probeerde mijn schrift met aantekeningen en huiswerk nog te redden, maar de inkt was al helemaal uitgelopen. Ik heb een paar rondjes door de stad gelopen, en toen het gestopt was met regenen even gewacht tot ik een beetje was opgedroogd, want ik durfde niet in de bus te stappen als ik nog helemaal druipend nat was van het water...

O ja, en toen ik 's avonds thuiskwam kreeg ik een foto doorgestuurd. Nathalie en Manon hadden een foto van mij gemaakt toen ik in de plas lag, en een varkensneus op mijn gezicht gefotoshopt... Die foto hadden ze naar de hele klas gestuurd.' Kimberley veegt het verfrommelde zakdoekje nog eens langs haar ogen.

'My goodness, dat gaat wel erg ver.' Louise had met grote ogen naar het verhaal van Kimberley zitten luisteren. 'Die bitches vragen nu alleen nog maar aan mensen of ze daar extra fritessaus bij willen. Die gaan echt niks bereiken in hun leven.'

'Ik heb ook in een patatzaak gewerkt, hoor,' zegt Kimberley bijna onverstaanbaar.

'Praatte je wel eens met iemand over het pesten?' Anneke heeft haar pen stevig tussen haar vingers geklemd.

'Soms praatte ik erover met mijn ouders, die zeiden dan dat ik met een leraar moest gaan praten, maar die deden niks. Als ze hoorden dat er een gemene opmerking werd gemaakt in de klas, dan negeerden ze dat gewoon.'

'En je klasgenoten?' vraagt Dylan.

Kimberley schudt haar hoofd. 'Er was wel één jongen, Daan, die kwam soms wel voor me op. Hij was ook aardig tegen mij, maar ik denk dat hij bang was dat hij zelf gepest zou worden als hij mij te veel zou helpen. Nathalie had een keer tegen hem gezegd dat hij mij altijd hielp omdat hij verliefd op mij was.'

'Dit is echt messed up,' zegt Dylan. 'Mensen hebben het leven echt opgefokt. Waarom doen ze elkaar zulke dingen aan? Het lijkt wel alsof niemand in de gaten heeft dat hun woorden en daden impact hebben op de wereld om hen heen.'

'Uiteindelijk zijn we allemaal schuldig,' zegt Anna.

Dylan kijkt haar vragend aan.

'Niets doen is net zo erg als het pesten zelf, hoor,' zegt ze. 'Als je iets ziet gebeuren waarvan je denkt: dit kan niet, en je doet niks, dan ben je gewoon medeplichtig.'

'Zo zwart-wit is het nou toch ook weer niet?' vraag ik. 'Je kunt in je eentje toch niet alle problemen in de wereld oplossen? En als iemand niet bereid is voor zichzelf op te komen, waarom zou ik dat dan wel moeten doen?'

'Sommige mensen kúnnen niet voor zichzelf opkomen, Bram, omdat ze te bang zijn of hun vechtlust zijn verloren; dan moet je ze helpen!'

'Je behaalt altijd het beste resultaat als je elkaar helpt,' zegt Justin. 'Zo doen we dat in World of Warcraft ook altijd. Als je samen op een quest gaat, dan hoeft iedereen maar een minimale inspanning te leveren om een maximaal resultaat te behalen. Als iedereen tegen die pesters zou zeggen dat ze even normaal moeten doen, dan houden ze er snel genoeg mee op.'

'Alleen houdt iedereen zijn mond,' zegt Dylan, 'waardoor dit soort klotesituaties blijven bestaan.'

Kimberley schuift nerveus heen en weer op haar stoel.

'Mensen zijn gewoon klootzakken,' zegt Anna.

'Ontzettend grote klootzakken,' zeg ik, terwijl ik Anneke recht in haar ogen kijk.

30.

Drie jaar eerder

Ik had mijn stage gehaald met een paar zessen en een zeven. Nadat Chef mijn beoordelingsformulieren had ondertekend, was ik in de bus gestapt met de belofte aan mezelf dat ik daar nooit meer terug zou keren. Hun woorden hadden me diep geraakt en mijn hart bleef bloeden in de jaren erna. Mijn lichaam had zo nu en dan een stuiptrekking die ik negeerde, want het zou vanzelf wel weer overgaan.

Tijdens mijn afstudeerstage in het vierde jaar – in het restaurant van een welnessresort – diende zich een nieuw probleem aan: mijn supervisor Sam. Elke keer als hij de ruimte binnenkwam begonnen mijn handen te zweten alsof ik een nat konijn had geaaid.

Sam was een paar jaar ouder dan ik en studeerde bedrijfskunde. Zijn bruine haar golfde nonchalant over zijn voorhoofd en zat altijd perfect, zelfs op de meest onstuimige dagen. Met zijn donkere ogen keek hij dromerig de wereld in. Zijn tanden waren natuurlijk wit en onnatuurlijk recht, waarschijnlijk had hij vroeger een beugel gehad. Als hij lachte begonnen zijn ogen te twinkelen. Als hij echt hard moest lachen kwam er een ader op zijn voorhoofd tevoorschijn. Zijn lichaam was slank en sportief. Zijn bloesjes zaten altijd strak om zijn borst, waardoor zijn tepels met enige regelmaat zichtbaar waren door het dunne katoen.

Als ik hem onverwachts tegenkwam werd ik misselijk en voelde het alsof ik elk moment uit elkaar kon klappen. Mijn hart begon te kloppen als een monster, en zette alles in mijn lichaam en ziel op scherp.

Zijn vriendin was blond. Een dertien-in-een-dozijn-meisje. Onzeker, omdat ze vond dat ze anders was dan de andere meiden die precies zo waren zoals zij. Hij was lief voor haar. 'Hé schat, voel je je al wat beter?' Zijn stem werd zachter, en rustig van toon als hij tegen haar sprak. Ik wou dat hij zo tegen mij zou praten, dat ik zijn schat was, zijn alles.

Ik koesterde de momenten waarop we alleen waren. Het waren momenten van hooguit vijf minuten waarin ik mezelf moest presenteren als de vriend die ik kon zijn. Ik hoopte dat hij zou zien hoe leuk ik was, en dat hij meer tijd met mij door zou willen brengen.

Sam was een jongen met stoere verhalen als hij met zijn vrienden was, maar zacht en lief als de situatie daarom vroeg. Er was niemand zoals hij. Hij was Tom keer tien, keer twintig.

Voor hem was ik de stagiair met de klunzige acties die niet uit zijn woorden kon komen. Onzeker, net als zijn vriendin. Ik hoopte dat hij ook mij zou redden.

'Bram, jij bent zo'n krachtpatser, wil jij me even helpen met de emballage?' Uit zijn mond klonk mijn naam als een compliment.

Mijn hart beantwoordde zijn vraag met een onritmisch ja. Ik liep achter hem aan richting de kelder, probeerde rustig adem te halen en mijn zenuwen onder controle te krijgen. Mijn wangen gloeiden en ik was er vrijwel zeker van dat ze rood waren uitgeslagen.

Voor het eerst in mijn leven was ik blij dat er veel kratjes, glaswerk en lege flessen in het emballagehok stonden. Hier waren we minimaal een half uur mee bezig.

Sam zuchtte diep. 'Jemig, wat een teringzooi hebben ze er weer van gemaakt.' Hij knoopte zijn giletje open en hing het over een stapel lege kratjes. Hij trok zijn stropdas los en knoopte de twee bovenste knoopjes van zijn overhemd open.

Ik stond aan de grond genageld. Inmiddels was al mijn bloed naar mijn hoofd en kruis gepompt door mijn hart, dat overuren maakte. In mijn gedachten had Sam al zo vaak zijn kleren voor mij uitgetrokken, waarna ik met mijn handen zijn lichaam had verkend. Hij kuste mij dan in mijn nek en beet zachtjes en speels in mijn oor –

Ik probeerde het misselijke gevoel te onderdrukken en volgde Sams voorbeeld door mijn giletje en stropdas op te hangen. Ongemakkelijk zat ik met mijn hand in mijn broekzak in de hoop dat ik mijn erectie voor hem zou kunnen verbergen.

'Het is goed warm hier,' stotterde ik, om mijn rode hoofd te verklaren. Sam lachte zijn witte tanden bloot en het voelde alsof ik even loskwam van de grond. Zijn witte T-shirt met ronde hals dat hij altijd onder zijn bloesjes droeg gaf hem een preutse aanblik; zachtaardig, als de ideale schoonzoon.

We begonnen allebei in een andere hoek met het sorteren van de flesjes. Het was eigenlijk de bedoeling dat dit direct werd gedaan, maar door het gros van de medewerkers werden de flessen en kratjes hier gewoon gedumpt, waarna de deur dicht ging en het niet meer hun probleem was.

Af en toe keek ik stiekem achterom naar Sam die druk bezig was met het reorganiseren van de kratjes. Ik probeerde een goede vraag te bedenken waarmee ik een leuk gesprekje zou kunnen beginnen.

'Hoe was je vakantie, eigenlijk?' vroeg ik zo nonchalant mogelijk. Ik had dit twee weken geleden ook gevraagd, maar toen was het gesprek niet verder gekomen dan: 'Ja, lekker.'

'Ja, lekker,' antwoordde Sam, zonder op te kijken van zijn werk.

'Thailand, toch?' Mijn stem sloeg over.

Sam stopte even met de kratjes en keek in mijn richting. 'Klopt! We hebben een kleine rondreis gemaakt. In Bangkok begonnen, toen richting het noorden gegaan en vervolgens met een binnenlandse vlucht verder naar het zuiden afgereisd. Daar hebben we op een van die eilanden gezeten, dat was echt heel bijzonder.'

Onverstoorbaar ging ik verder met het uitzoeken van de bierflesjes. 'En sliep je daar dan in een hostel of een hotel, of zo?' Mijn hand trilde.

'We sliepen daar in een hutje op het strand, dat was echt heel mooi! 's Ochtends daar naar een zonsopgang gekeken – je hebt mij toch op Facebook?'

'Ja, ik geloof het wel...'

Natuurlijk had ik hem op Facebook. Ik had alle foto's van zijn vakantie gezien. Van zijn vriendin op het bedje bij het strand, van de zonsopgang bij het hutje, tot en met het laatste biertje op het vliegveld. Jammer genoeg was Sam degene die bijna alle foto's had genomen, waardoor hij zelf vrijwel nooit in beeld was.

Sam haalde zijn telefoon uit zijn broekzak en scrolde door de afbeeldingen. 'Ik heb hier nog wel een foto, denk ik.'

Ik zette het flesje dat ik in mijn hand had terug in de stelling en keek met Sam mee over zijn schouder. Ik rook zijn parfum, die ik niet herkende, en een voorzichtige rilling trok door mijn lichaam.

'Dit was het eiland.' Sam liet mij een foto zien van een prachtige rotspartij, begroeid met groene planten en hier en daar een kleurige, exotische bloem. Hij scrolde verder. 'Dit was ook leuk.' Op het scherm was de voorkant van een vissersbootje te zien. Voor op de boot zat een klein aapje met een oranje vrucht in zijn handen. 'Die apen sprongen daar bij alle bootjes aan boord, omdat ze dan vaak eten kregen van toeristen,' vertelde Sam lachend.

We maakten even oogcontact. Onze gezichten waren zo dicht bij elkaar, dat ik kleine barstjes in zijn lippen kon zien.

Sam scrolde verder door de foto's. 'Ik had ook nog een foto van dat hutje, maar die staat waarschijnlijk bij mijn vriendin op d'r telefoon – o nee, hier is-ie!' Hij klikte op een kleine foto die hij vervolgens vergrootte tot het hele scherm was gevuld.

Mijn hart begon harder te kloppen, zo hard dat ik bang was dat Sam het zou horen. Op het scherm stond Sam, bij het hutje, tijdens zonsopkomst, in een zwarte zwembroek. Zijn slanke benen staken als twee rietjes uit zijn short. Zijn buik was plat en zijn spieren redelijk zichtbaar, zijn borst was rond en zijn tepels waren helder roze van kleur. Zijn armen golfden van zijn spieren en zijn haar zat ongelofelijk wild door een verse duik in de paradijselijke zee. Zijn gezicht was ontspannen, hij was duidelijk aan het genieten van de eerste zonnestralen op zijn zongebruinde huid.

Mijn hart maakte overuren, mijn pik was keihard en mijn handen trilden van opwinding. 'Zo! Wat een afgetraind lijf!' bracht ik lachend uit.

'Tarzan in de jungle!' Sam lachte, en de ader op zijn voorhoofd was even zichtbaar. Hij vergrendelde zijn telefoon, en ging verder met het sorteren van de kratjes alsof er niets was gebeurd.

Mijn lichaam trilde en ik probeerde het moment in mijn geheugen te graveren. Sam, zonder shirt, op een eiland. Ik heb niks meer gezegd. Ik wist niet wat ik nog zou kunnen zeggen zonder dat ik mezelf te veel zou laten gaan. Ik had hem willen bespringen, zijn droge lippen willen kussen, om vervolgens met hem alle grenzen voorbij te gaan.

Na twintig minuten waren we klaar. 'Bedankt, Bram!' zei hij, en hij legde even zijn hand op mijn schouder. Zijn stem was laag en oprecht, alsof hij mij echt dankbaar was. Zijn aanraking was vriendelijk, alsof hij dacht dat hij mij zou kunnen breken.

Toen ik die avond thuiskwam ben ik meteen naar mijn kamer gegaan. Ik heb nog even voor de zekerheid op Sams Facebook en op die van zijn vriendin gekeken, op zoek naar dé foto, maar hij stond niet online. Hij stond in mijn geheugen gegrift. Ik maakte een stevige vuist en het duurde niet lang voordat mijn lichaam ontplofte over mijn buik en borst.

Ik had mijn trein gemist en dwaalde doelloos rond op Utrecht Centraal. We hadden met school een rondleiding gehad door de Jaarbeurs, waarna we nog op werkbezoek zouden gaan bij een hotel. Ik had geen zin meer, en had me onopvallend teruggetrokken uit de groep om naar huis te gaan. Net toen ik het juiste spoor had gevonden hoorde ik het fluitje van de conducteur en zag ik de deuren van de trein voor mijn neus dichtgaan.

Karma.

In de stationshal keek ik gefascineerd naar het oude vertrekbord dat ratelend de nieuwe vertrektijden onthulde. Mijn trein ging pas over een half uur. Ik kocht een hamburger, bladerde wat door een tijdschrift in een boekwinkel en ging toen op een bankje zitten naast de trap naar het perron. Sam speelde als een irritant zomerhitje door mijn hoofd. Ik haatte het, maar tegelijk stond het nummer non-stop op repeat.

De spits kwam langzaam op gang. Drommen mensen passeerden mijn bankje om zich vervolgens in overvolle treinen en bussen te persen. Hoe kon het toch dat er zoveel verschillende mensen op de wereld waren? Ieder mens met een uniek uiterlijk en een unieke persoonlijkheid; allemaal gemaakt naar het evenbeeld van God.

Een vrouw in een lange suède jas, op hoge hakken en haar bruine haar opgedraaid in een chique rol.

Een onverzorgde man in een versleten spijkerbroek en een legergroene jas vol vlekken.

Een meisje met een sportief staartje in een blauw trainingspak, dat een veel te grote sporttas over haar schouder droeg en zich gehaast door de mensenmassa bewoog.

Twee mannen, strak in pak, druk bellend.

Een jongen in een korte broek met een skateboard in zijn hand.

Op het bankje tegenover mij ging een stelletje zitten. De man was knap, en ik was direct jaloers op zijn vriendin. Hij had halflang, donkerblond haar dat over zijn voorhoofd viel. Een strakke kaaklijn, en priemende ogen die als knoopjes in zijn gezicht waren gedrukt. Hij trok zijn vriendin dicht tegen zich aan, zodat heel de wereld kon zien dat zij bij hem hoorde, en hij bij haar.

Het geluk dat ze uitstraalden maakte me misselijk. Even zag ik mezelf op het bankje zitten samen met Sam, maar ik kon het beeld niet kloppend krijgen. Ik zou nooit op dat bankje kunnen zitten met Sam. Nooit –

Je bent een vieze homo.

Ik was een homo, een flikker, een gay, een homofiel, een homoseksueel, een nicht, een poot, een bruinwerker, een relnicht, een kontneuker. De realiteit trapte me met volle kracht in mijn gezicht. Ik kon het niet langer negeren. De waarheid was helder, kalm en schel, en resoneerde na in mijn bestaan. Mijn hand begon te trillen.

Je bent een zondaar!

Al die keren dat ik mezelf had gestreeld, dromend over de hete adem van Tom in mijn nek. Al die keren dat ik gefantaseerd had over hoe ik met mijn tong de lijnen op Sams buik zou volgen. Alle loze gedachten die ik had besteed aan Clark Kent.

Je zult moeten boeten!

Hoe had ik ooit kunnen denken dat ik het zou redden door te doen alsof het niet bestond en het vanzelf over zou gaan.

Je zult branden in de hel!

Ik begon te zweten. De hamburger in mijn maag begon te gisten, en mijn mond vulde zich met slijm. Het station begon te draaien. Ik stond op van het bankje en liep tegen de mensenstroom in. Hun gezichten waren schimmen, maar hun ogen waren helder en fel. Ik probeerde te ontsnappen aan hun blikken vol oordeel. Het was alsof iedereen kon zien dat ik homo was, en dat ze allemaal vonden dat ik daarvoor moest worden gestraft. Ik liep een trap op, en botste tegen een vrouw aan in een marineblauw mantelpakje. *Van haar moest ik dood –*

Twee mannen met lange baarden liepen druk pratend langs me heen. Ze hadden geen aandacht voor mij, voor hen was ik niets waard –

Een knappe jongen met een leren jasje –

Een moeder met een tweeling in een kinderwagen, de één huilend, de ander lachend –

Je moet dood!

Ik kreeg geen adem. Ik liep door de schuifdeuren, de trap af bij het busstation. Mijn lichaam schokte. Ik kotste op straat.

'Gaat het jongen?' Een kalende buschauffeur in een groene bloes keek me bezorgd aan.

'Het is oké,' zei ik. Een leugen waarmee ik mezelf probeerde te kalmeren.

Ik moest weg.

Lopen, lopen, gewoon blijven lopen.

Ik liep, en liep tot mijn benen mij niet meer konden dragen en ik mezelf uitgeput op een bankje liet vallen. Ik wist niet waar ik was. Ik was ergens alleen in een universum, tussen hemel en aarde, op een plek waar ik niet thuishoorde en waar ik geen recht had om te bestaan.

31.

Ik ben klaar met het therapeutische gezeik. Ik mis de afleiding van de buitenwereld die normaal binnen handbereik ligt naast mij op de bank, op mijn nachtkastje of verstopt zit in de binnenzak van mijn jas. Ik heb nog niemand gebeld met de vaste telefoonlijn van Het Baken, omdat ik geen zin heb om te praten over hoe het met me gaat. En wie belt er nou nog tegenwoordig?

Ik ben veroordeeld tot mijn eigen leven, waardoor alles onder een vergrootglas ligt. Door het geconcentreerde licht zijn al mijn emoties, die zich als pallets hebben opgestapeld in mijn leven, ontstoken in een enorm vuur waar ze in Duindorp jaloers op zouden zijn. Ik wil schreeuwen, vloeken en tieren. Ik ben boos op de wereld, boos op Anneke en Judith, ik ben boos op de angst, die onredelijke, onrechtvaardige pleurisangst, die alles in zijn macht heeft. Mijn handen jeuken en ik moet me inhouden als ik een glas of een stuk aardewerk vasthoud om het niet in duizend stukjes kapot te gooien tegen de muur van frustratie, die me tegenhoudt om mezelf te zijn.

Van Anneke moet ik met de bus. Om de dag. Heen en terug naar Nes. Het begint een routine te worden en ik begin mijn patronen te herkennen: dodelijke gedachten, trillende handen, zweten en het misselijke gevoel dat voorspelt dat ik elk moment neer kan gaan. Het komt allemaal voorbij, elke keer weer, in dezelfde volgorde waarop ook de winter, lente, zomer en herfst elkaar opvolgen.

We hebben van Anneke weer een schilderopdracht gekregen. Mijn doek ligt op de eikenhouten tafel, en met mijn penseel probeer ik de lijnen te volgen die ik heb uitgezet. Als ik voor de zoveelste keer uitschiet ben ik er klaar mee en zet ik met rode verf een groot kruis door het mislukte zelfportret.

'Wat doe je?' vraagt Anna. 'Het zag er toch goed uit?'

Ik haal mijn schouders op, en begin met het opruimen van de verfspullen.

'Zou je zo nog even kunnen blijven, Bram?' Anneke kijkt me vragend aan.

Ik zet de tubes verf in de kast en probeer mijn ongenoegen te verbergen. 'Ja, hoor.'

Als alles is opgeruimd, en onze schilderijen staan te drogen op het aanrecht, gaat de rest van de groep naar beneden om te lunchen.

'Ga even zitten,' zegt Anneke. Ze gebaart naar de stoelen bij de tafel. 'Ik heb het idee dat ik de afgelopen dagen enige weerstand bij je voel. Heb ik iets verkeerds tegen je gezegd, of gedaan?'

Ik lach schamper. 'Serieus?'

Anneke trekt een vragend gezicht. 'Heeft dit nog iets met Dave te maken?'

'Zou je denken?'

'Ik vind het ook een vervelende situatie, maar ik geloof echt dat deze beslissing de juiste is geweest.'

Mijn hand begint te trillen. 'Wat moet het toch heerlijk voor jou zijn. Lekker met het gevoel van andere mensen spelen, zonder zelf ook maar een beetje verantwoordelijkheid te nemen!'

'Ik heb mijn verantwoordelijkheid juist genomen door Dave weg te sturen.'

'Terwijl je hem eerst naar mij toe hebt gestuurd!' Ik spring overeind en de stoel valt met een klap op de grond. Ik zet mijn handen trillend op tafel.

Anneke lijkt niet onder de indruk. 'Kun je mij uitleggen wat je daarmee bedoelt: dat ik hem eerst naar jou heb toegestuurd?'

'Hou op met je therapeutische gelul! Je weet donders goed wat ik bedoel!'

'Kennelijk heb jij het idee dat ik iets te maken heb met de relatie die Dave en jij hebben ontwikkeld?'

'Mijn hele fokking leven wordt mij al verteld wat ik moet doen. Iedereen bemoeit zich ermee met wie ik wel of geen relatie mag hebben! Waarom heb je tegen Dave gezegd dat hij met mij moest praten?'

'Ik heb dat nooit aan Dave gevraagd.'

'Hij moest toch van jou met mij mee naar Nes?!' Ik begin langs de tafel te ijsberen.

'Bram, ga nog even zitten.'

Ik probeer de onrust in mijn lijf te accepteren, zet de stoel weer op zijn poten en ga zitten. Met mijn voet tik ik een onregelmatig ritme op de vloer.

'Ik heb Dave nóóit gevraagd om met jou te gaan praten. Dat Dave met jou mee ging naar Nes was puur toeval, omdat hij iets voor mij moest ophalen. Die busreis was jouw oefening, die is vaak het effectiefst op het moment dat je alleen gaat, zonder hulp.'

'Maar alles wat hij vertelde...'

'Ik ben bekend met het verleden van Dave, en ben me ervan bewust dat jullie raakvlakken hebben, maar je moet me geloven dat ik nooit aan Dave heb gevraagd om daar met jou over te praten. Dat is niet waarvoor hij hier was.'

'Maar...' Mijn gedachten gaan sneller dan ik zinnen formuleren kan. 'Bedoel je dan dat – heeft Dave zelf...'

Het was zíjn idee.

Als bij een lekgeprikte ballon loopt de woede uit mijn lijf. Ik voel me slap, weerloos en laat me onderuitzakken in de stoel.

'Ik mis hem,' zeg ik dan.

Anneke forceert een lachje. 'Probeer het voor nu even te parkeren. Je zou jezelf ernstig tekort doen als je je tijd hier niet optimaal zou benutten door een verliefdheid.'

Ik kijk Anneke in haar ogen, en zie dat ze het niet begrijpt. Ik kan het haar niet kwalijk nemen. Wat is liefde waard als deze zo vanzelfsprekend is als water uit de kraan? Je verlangt alleen naar water als je lippen zijn gebarsten, je ogen branden door de felle zon en de dood verschijnt als een fata morgana in de woestijn.

Later die middag klop ik aan bij het kantoor van Judith. Ze hangt voorovergebogen boven een boek dat op haar bureau ligt. Haar blond-grijze lokken worden enigszins op hun plek gehouden door een rode haarband. Als Roger me ziet komt hij kwispelend overeind uit zijn mand. Ik geef hem een aai over zijn kop.

'Bram,' zegt Judith verrast, 'jou hebben we al een tijdje niet meer gezien. Roger vroeg zich al af waar je was.'

Ik leg mijn hand in mijn nek. 'Waarom heb je Anneke verteld dat je mij en Dave hebt gezien?'

Judiths blik wordt zacht. Ze gaat rechtop zitten in haar stoel en legt haar armen rustig in haar schoot. 'Het spijt me, Bram, maar het zijn de regels. Het leek me het beste.'

De regels.

'Ik vind hem echt leuk,' zeg ik.

'Daar twijfelt niemand aan. Ik zag het gebeuren, en ik denk Anneke ook, maar op dit moment ben jij hier voor jezelf. Als je je nu in een relatie zou storten zou je daar nu even gelukkig mee zijn, maar op de lange termijn is dat geen gezonde situatie.' Haar lach wordt ondeugend. 'En als Dave en jij echt bij elkaar horen, dan is hij er straks ook nog wel.' Ze knipoogt.

'Wie weet...' zeg ik. 'Vind je het goed als ik even met Roger ga wandelen?'

Judith knikt. Roger is al voor me op de grond gaan zitten, zijn staart schuurt kwispelend over het tapijt.

Als we Het Baken uitlopen slaan we links af. Ik wil door het bos lopen: de route van Dave en mij.

De dag is grijs. Een frisse wind schuurt langs mijn blote armen en geeft me kippenvel. Het bos lijkt donkerder groen zonder het directe licht van de zon op de bladeren.

Ik laat Roger los. De herinneringen aan Dave, die als blaadjes door mijn hoofd dwarrelen, bezorgen me opnieuw kippenvel: zijn zachte lach, zijn warme geur, zijn eeltige handen.

Aan het einde van het pad besluit ik in plaats van naar links naar rechts te gaan. Misschien hebben ze gelijk en moet ik nieuwe herinneringen maken, zonder Dave. Ik loop het hobbelige bospad af, en al snel maken de bomen van het bos plaats voor het helmgras van de duinen. Aan het begin van het pad naar het strand staat een bordje van Staatsbosbeheer: *Honden aan de lijn.*

Ik roep Roger en klik hem vast. Tegelijk klikt er iets in mijn hoofd, en ik vraag me af van wíé de honden aan de lijn moeten. Eigenlijk is het heel raar dat op de aarde, die van niemand is, bordjes staan met regels die zijn opgesteld door andere mensen.

Het zijn de regels.

Ik heb altijd geprobeerd om te leven volgens de regels. Ik

gebruik de regels om mijn perfectionisme te bevredigen, zodat ik zeker weet dat ik de juiste keuzes maak en leef als een goed mens. Maar wat nou als de regels van het leven me verkeerd zijn uitgelegd? Dan is alles waarvan ik dacht dat het waar was een leugen. Dan is niet alles per definitie goed of fout, maar een grijs gebied. Wat blijft er dan nog over van de jongen die ik ben? Hoe weet ik dan wie ik moet zijn? Het is donker in mijn hoofd, maar een gedachte gloort als een nieuwe dag aan de horizon. Ik kan hem nog niet vastpakken, nog niet zien, maar de oranjegekleurde lucht verraadt dat hij er bijna is.

Je kunt alles zijn wat je maar wilt.

32.

Twee jaar eerder

Ik legde mijn vingers in mijn hals om te controleren of ik nog een stabiele hartslag had. Ademhalen ging moeilijk door duizenden elastiekjes die mijn longen omklemden, waardoor ik de zuurstof piepend uit de lucht zoog. Ik hield mijn blik star naar voren gericht en deed alsof er niks aan de hand was. Gewoon, zoals altijd.

De mensen om me heen werkten beklemmend. Mama zat rechts van me en keek met afwezige ogen naar de man op de preekstoel. Links van mij zat een vrouw in een zwarte jurk en een zwart hoedje op druk aantekeningen te maken in een aftands schriftje. Haar dochter had precies zo'n schriftje, maar had meer aandacht voor haar pen die van kleur kon veranderen. Iemand hoestte, er viel een pepermuntje op de grond en er werd luid ritselend door een bijbel gebladerd om de woorden van de dominee op waarheid te kunnen controleren.

Ik keek op mijn horloge, de preek duurde lang. Als je mijn mening had gevraagd, dan had ik gezegd dat hij zijn punt allang had gemaakt. Maar deze kerk was geen plek voor meningen. Het was een plek voor koude feiten, zonder gevoel.

Elke zondag, twee keer per dag, kwamen we samen om te luisteren naar een monoloog van een man in een pak, dat vaak met weinig gevoel voor smaak was uitgekozen.

Op sommige dagen was de kerk een plek om te dromen. De stem van de dominee veranderde dan in een monotoon geluid dat de ruimte vulde, maar geen weg naar binnen vond. Ik droomde dan over hoe mijn leven zou zijn als ik geen foutje was geweest en mijn bestaan gewenst was door de Heer. Hoe gelukkig ik zou zijn als ik hand in hand met míjn man in de kerk zou zitten. Hoe de mensen dan afgunstig naar ons zouden gluren, omdat ze gevangen zaten in een liefdeloos huwelijk dat wel was gezegend door de Almachtige Vader.

Soms keek ik om me heen naar de mensen die aandachtig luisterden naar de dominee, of heel hard hun best deden alsof. Ik vroeg me dan af wat ze dachten; of ze het eens waren met wat hij zei of dat ze in hun hoofd met hem in discussie gingen en zijn argumenten van tafel veegden.

Iedereen haat zondaars. Iedereen haat jou.

Op andere dagen dacht ik na over de vraag of ik geloofde wat de dominee zei. Of ik inderdaad dacht dat de aarde geschapen was in zes dagen, en dat Hij op de zevende dag rustte, terwijl Hij zag dat het goed was. Bloemen die voorzichtig ontkiemden bij de eerste stralen zon. Vogels die vrij en zorgeloos door de lucht vlogen. Water dat zich zonder regels over de aarde bewoog en met geweld neerstortte uit de hemel. Alle bomen met hun eigen, unieke bladpatroon dat meekleurde met de seizoenen, en hoe die bomen, als de tijd daar was, de aarde voedden met hun levenloze bast. De dood als onvermijdelijk onderdeel van het leven, maar tegelijk de basis voor een nieuw begin.

Jezus had de dood overwonnen. Maar als de dood onderdeel is van het bestaan, wat moest er dan overwonnen worden? Ik weet het niet. Er móést meer zijn, daarvoor was het leven te ongrijpbaar. Dat we leven op een zwevende planeet in een oneindig heelal klinkt al als een sprookje.

En ze leefden nog lang en gelukkig.

Kaïn sloeg Abel dood, Jozef werd in elkaar geslagen door zijn broers, hele volken werden uitgemoord, Jezus werd genageld aan het kruis. Allesbehalve een gelukkig eind –

Mijn gedachten begonnen te dwalen, ik begon te denken als een heiden, een heiden die vrij was op deze zondagmiddag –

Zo mag je niet denken.

Maar als God mij had gemaakt naar Zijn evenbeeld, zoals klei in de hand van de pottenbakker. Was ik dan een misbaksel? Een asbak gemaakt door een kleuter voor Vaderdag? Een cadeau dat op de bovenste plank achter in de kast moest verdwijnen? Nee. Die mislukte asbakken werden juist midden op tafel gezet! Iedereen zou dat lelijke ding zien! Het ging tenslotte om de intentie waarmee die kloteasbak was gekleid!

Mijn hand trilde. Met mijn voet tikte ik op de grond, tot mama haar hand op mijn been legde om mij te stoppen. Het lichtgevende, groene bordje boven de nooduitgang keek me uitdagend aan.

'Homofilie is een gruwel in Gods ogen.' De woorden uit het verleden dansten door mijn hoofd. 'Het is Adam en Eva, niet Adam en Evert.' Alsof dat een waardevol argument was. 'Ik vind het prima als mensen homo zijn, ze moeten er alleen niks mee doen.'

Mijn trillende hand verslapte en ik liet mijn bijbel met een klap op de grond vallen. Er viel een klein kaartje uit; het doopkaartje van mijn nichtje: Psalm 139:14: U heeft mij gemaakt, mij in de buik van mijn moeder gevormd. Ik prijs U, want het is een wonder hoe U mij heeft gemaakt. Alles wat U heeft gemaakt, is bijzonder.

Het was een knipoog uit de hemel. Ik voelde een oerkracht vanuit mijn hoofd naar mijn ledematen zakken. Mijn spieren waren sterk, mijn zelfvertrouwen torenhoog. Ik liet mijn bijbel op de grond liggen, stond op, voelde meer dan tweehonderd paar ogen priemen in mijn rug door mijn onverwachte beweging. Ik schuifelde voor de vrouw met het zwarte hoedje en haar dochter langs de rij uit, en liep naar de nooduitgang. Ik drukte de hendel omlaag, gooide de deur open, en voelde de zon op mijn huid, die de natuur troostte na een hevige stortbui. Ik rook de bloemen, het gras en mijn angstzweet dat langzaam opdroogde. Ik stond buiten.

Er was niets, maar dan ook echt helemaal niets mis met mij.

33.

De dag is druilerig, normaal gesproken een perfecte dag om in bed te blijven liggen Netflixen. Ik voel me raar; een soort van uitgerust moe. De sessies kosten veel energie, maar mijn geest is vrijer dan ooit. Ik slaap beter, maar heb meer slaap nodig dan ik krijg. De pijn van het er niet meer willen zijn, is veranderd in de pijn van het missen van Dave. Een pijn die ik beter lijk te verdragen, omdat ik weet dat het voorbij zal gaan zodra ik Dave weer zie – als ik hem ooit nog zie.

Gister was ik aan de beurt om mijn verhaal te vertellen. Ik ben grotendeels eerlijk geweest. Dat ik homo ben heb ik voor de groep nog maar even verzwegen, omdat ik nog niet zeker weet hoe ze zullen reageren. Ik heb vooral verteld over de paniekaanvallen en mijn perfectionisme. Dat ik door mijn christelijke opvoeding heel erg in hokjes denk van goed en fout, terwijl het leven vaak lang niet zo zwart-wit is.

Regendruppels tikken aritmisch op het dak van de serre. Ik zit in een comfortabele stoel van bruin leer met een boek uit de bibliotheek op mijn schoot, maar ik heb nog geen bladzijde gelezen. Steeds als ik begin dwalen mijn gedachten af, waardoor de woorden op het papier niet tot me doordringen en ik weer opnieuw moet beginnen.

Er klinkt geschreeuw uit de hal, een woedende stem.

Nieuwsgierig sta ik op om te zien wat er gebeurt en ik loop door de eetzaal naar de hal, waar een klein groepje mensen zich verzamelt die ook op het lawaai zijn afgekomen.

'Geef me gewoon die pleuristelefoon terug. Hij is toch van mij!' Dylan staat tegenover Judith bij haar kantoor, zijn gezicht is rood aangelopen.

'Kom even binnen,' zegt ze kalm.

'Nee! Geef gewoon terug. Ik móét bellen, tyfuszooi!'

'Wat is er aan de hand?' fluistert Justin, die geruisloos achter me is komen staan.

'Geen idee,' zeg ik zacht, zonder mijn ogen van het tafereel af te wenden.

'Kom, Dylan,' Louise staat halverwege de trap, haar handen krachtig om de leuning geklemd. 'Ik regel wel wat.'

'Nee, niks!' Dylans ogen spugen vuur. 'Ik ga nu gewoon weg. En ik wil nu mijn telefoon terug!' Hij maakt zijn lichaam groot en doet dreigend een stap richting Judith.

Ze verroert zich niet en staat stevig met haar beide voeten op de grond. 'Probeer rustig te worden, Dylan, en leg me dan even uit wat er aan de hand is.'

'Ik heb hier geen tijd voor.' Dylan stoot met zijn schouder tegen die van Judith, waardoor ze bijna haar evenwicht verliest, en gaat haar kantoor binnen.

Ik zie niet wat er binnen gebeurt. Ik hoor Judith tegen Dylan zeggen dat hij moet kalmeren, maar zijn gescheld bevestigt dat haar woorden weinig succes hebben.

Dylan komt het kantoor uit gelopen met een plastic opbergbak in zijn handen, en zet deze met een klap op de grond in het midden van de hal. Hij graait wat in de bak, haalt een Samsung tevoorschijn en rent dan door de voordeur naar buiten, de regen in.

Judith staat bellend in haar kantoor, druk pratend, waarschijnlijk vraagt ze Anneke om hulp. De kunststof bak, gevuld met onze telefoons, staat onbewaakt in het midden van de hal. Justin wurmt zich door het groepje mensen heen naar voren, pakt zijn telefoon uit de bak, en loopt snel de trap op naar boven.

Je kunt Dave bellen!

Een stoot adrenaline schiet door mijn lijf, waardoor ik sneller reageer dan ik denk. Nog voor ik er erg in heb draai ik de deur van mijn kamer op slot, en laat ik mezelf op bed vallen met mijn telefoon in mijn handen, die direct begint te trillen en te piepen als ik hem aanzet door alle binnenkomende berichten.

Ik open WhatsApp en scrol door de nieuwe berichten: Lana, Levi, Astrid, Lotte, Sander – het zijn niet de namen die ik wil zien – geen bericht van Dave.

Hij heeft je nummer niet.

Ik open mijn Facebook; geen nieuwe vriendschapsverzoeken.

Instagram; geen nieuwe volgverzoeken.

Ik heb het warm, mijn hoofd klapt bijna uit elkaar.

Ik bekijk mijn e-mails: nieuw rooster, factuur, 15% korting, updates, reclame; geen Dave.

Hij is je vergeten.

Ik ben hoog in de bergen aan het klimmen. De lucht is klam, de zon brandt op mijn huid. Ik sta in een ongemakkelijke positie met mijn handen ver uit elkaar, en met mijn vingertoppen om uitstekende stukken rots geklemd. Mijn voeten staan op een smalle richel, en de zekering van mijn klimuitrusting kraakt dreigend.

Ik open Instagram en typ Daves naam in, maar durf de zoekresultaten niet te bekijken –

Ik ga op zoek naar Louise. Al haar foto's lijken op elkaar:

Borsten vooruit, billen naar achter en haar ware gezicht verborgen achter een dikke laag make-up –

Ik ga op zoek naar Anna, en even denk ik dat ik me vergis. Ze heeft bijna zesduizend volgers, en veel artistieke foto's. Mijn oog wordt getrokken door haar laatste bericht; een foto in zwart-wit. Anna staat in een dansstudio aan de bar. Haar voet gestrekt over de balk, haar hand sierlijk boven haar hoofd, het natuurlijke licht valt door de ramen en laat haar donkere huid stralen. Deze laatste post is van ruim een jaar geleden –

Erik is op vakantie en geniet op de Malediven van een biertje bij een ondergaande zon.

Met het vliegtuig, ver van huis.

Sanne heeft een keuken laten plaatsen in haar nieuwe huis –

Lianne heeft een dochter gekregen. Like –

Diane heeft een nieuwe baan als interim-manager –

Sander heeft een bericht gedeeld van een homostel dat in elkaar is geslagen is in Amsterdam. Ik open het artikel met de NOS-app.

Twee mannen zijn afgelopen zaterdag zwaar mishandeld in het centrum van Amsterdam. Dit gebeurde net na middernacht op de Middenweg. Het stel was onderweg naar huis, waarna zij ter hoogte van Park Frankendael werden nageroepen. De twee mannen waren gestopt om verhaal te halen, toen zij omsingeld werden door een groep van vijf mannen –

Hongersnood in Jemen neemt grotere vormen aan –

Opnieuw rellen in Parijs –

Seriemoordenaar komt in aanmerking voor vervroegde vrijlating wegens goed gedrag –

De zekering van mijn klimuitrusting schiet los. Mijn handen zijn nat van het zweet, en mijn vingers glijden langzaam van de rand van de rots. Zonder Dave, zonder levenslijn, is de afgrond diep –

Met trillende vingers zet ik vlug mijn telefoon uit, zodat de chaos verdwijnt en alles langzaamaan weer stil wordt.

Adem in, adem uit.

Om 21:00 uur is Dylan weer terug in Het Baken, reden voor Anneke om een extra sessie in te lassen. Ze geeft Dylan even de tijd om de koude regen van zich af te douchen, en dan zitten we met zijn allen, plus Judith, in de kring.

Dylans ogen zijn rood, dit keer van het huilen, vermoed ik. 'Ik wil eerst even mijn excuses aanbieden,' zegt hij. 'Ik had me niet zo moeten laten gaan vanmiddag, maar het ging om mijn zusje en toen werd het gewoon even zwart voor mijn ogen... Echt. Sorry Judith, ik hoop dat je het me kunt vergeven.'

'Bij deze aanvaard,' zegt Judith. Op haar bolle wangen verschijnen tevreden blosjes.

'Kun je ons vertellen wat er precies gebeurde?' vraagt Anneke.

Dylan kijkt even vertwijfeld naar Louise, die nauwelijks merkbaar haar hoofd schudt.

'Mijn stiefvader is geen goeie man. Hij –' Dylan stopt even om na te denken. 'Mijn vader is overleden toen ik acht jaar oud was; een bedrijfsongeval. Hij werkte in de bouw en is daar van een steiger gevallen, omdat een veiligheidspal niet goed gemonteerd was.

Mijn vader was een goede man en had alles goed geregeld, waardoor mijn moeder en ik flink wat geld kregen van de verzekering toen hij overleed, zodat we ons geen zorgen hoefden te maken.

Een collega van mijn vader ontfermde zich over mijn moeder. Hij hielp haar met het regelen van de begrafenis, de financiën en in het huishouden. Twee maanden na het overlijden van mijn vader bleek mijn moeder zwanger. Niet van mijn vader, maar van hém. Het leek hem dan ook beter om snel te trouwen, zodat we een nieuw gezinnetje konden vormen. Zo gezegd, zo gedaan. Twee maanden na de geboorte van Daisy, mijn zusje, stonden we op maandagochtend om 09:00 uur in het stadhuis voor een bruiloft. Om 09:30 uur waren we weer thuis, aten we een stuk slagroomtaart en om 10:00 uur was ik alweer naar school gebracht.'

Dylan haalt zijn neus op.

'Eén ding dat die schoft alleen even vergeten was te vertellen, is dat hij een schuld van € 35.000 had, en omdat hij nu getrouwd was met mijn moeder, was alles van hem ook van haar, en andersom. Dus het geld dat mijn vader ons had nagelaten ging op aan zíjn schuld. En alsof dat nog niet genoeg was heeft hij zich later dat jaar medisch laten afkeuren, omdat werken in de bouw te zwaar voor hem zou zijn; mijn moeder moest maar gaan werken.

Al snel vond ze een baantje in een hotel waar ze kamers schoon kon maken, ze werkte meer dan veertig uur in de week, zodat we de eindjes aan elkaar konden knopen. En denk maar niet dat hij wat deed in het huishouden! Die tyfuslijer ging zogenaamd elke dag op zoek naar werk, maar eindigde al zijn zoektochten in de kroeg! Als hij dan thuiskwam stonden mijn moeder en ik altijd op scherp, omdat we nooit zeker wisten in wat voor een bui hij zou zijn. Als ik 's avonds in mijn bed lag hoorde ik hem schreeuwen en mijn moeder huilen, later kreeg ik pas echt door wat er gebeurde...' Dylans ogen worden waterig, zijn stem is zacht, woorden blijven komen.

'Toen ik vijftien was moest ik maar gaan werken, vond

hij, zodat ik mee kon betalen in het huishouden. “Dat is wat een echte man doet,” zei hij. Ironisch genoeg deed hij dat zelf niet, hij profiteerde alleen maar van mijn moeder, en een uitkering.

Al snel vond ik een baantje in een restaurant, waar ik borden kon wassen in de keuken. Al mijn salaris moest ik bij hem inleveren. Ik werkte veel ’s avonds, zodat ik niet thuis hoefde te zijn. Ik vond het heerlijk en leefde helemaal op!

In het restaurant werden alle fooien verdeeld onder het personeel, ik deelde ook mee. Thuis heb ik dit nooit verteld, omdat ik bang was dat ik dat geld anders ook aan hem moest geven. Maandenlang heb ik gespaard, en toen ik eindelijk genoeg geld had, heb ik een telefoon gekocht. Ik was slim genoeg om deze voor hem te verbergen, omdat ik wist dat er problemen van zouden komen als hij erachter kwam...

Ik heb een zwak voor mijn zusje en liet haar altijd spelletjes spelen op mijn telefoon. Ik zei tegen haar dat het ons geheimpje was en dat ze het nooit tegen haar vader mocht vertellen... Toen hij weer eens een slechte bui had en had besloten dat we die avond allemaal geen tv mochten kijken, vroeg mijn zusje of ze een spelletje mocht doen op mijn telefoon. “Telefoon?” vroeg hij. Ik zag de schrik in haar ogen staan, ze wist dat ze ons geheimpje had verraden.

“Jullie, naar boven,” zei hij kort tegen mijn moeder en zusje. Mijn moeder twijfelde, ze wou mij niet alleen laten met hem.

“Ga maar,” zei ik, omdat ik bang was dat het anders zou escaleren. Mijn moeder pakte Daisy bij haar arm en liep de trap op.

Hij hield zijn hand op. “Geef op.”

Ik voelde mijn hart branden. Ik voelde me sterk en het was alsof mijn vader achter mij stond en in mijn oor fluisterde: “Tot hier en niet verder.”

"Nee." Ik hoorde de klank mijn mond verlaten. Ik klonk sterk en resoluut.

Hij kneep zijn ogen samen. "Wát?" Er zat een lichte trilling in zijn stem. Ik denk door de woede, omdat we hem nooit tegenspraken. "Hoe durf jij zo tegen mij te praten in mijn huis!"

"Het is jouw huis niet! Dit is óns huis, van mijn vader, moeder en mij."

Hij kwam naar me toe gelopen. "Er is helemaal niks van jou bij. Dit huis staat op mijn naam en die van je moeder, maar als zij straks dood is, dan is alles van mij. Van míj." Hij stond nu zo dichtbij dat ik de goedkope alcohol en tabak in zijn adem kon ruiken. "En nu wil ik dat je die telefoon heel snel aan mij geeft, of anders!' Hij hield zijn hand dreigend voor mijn borst.

"Of anders wat?!" Ik was niet meer bang.

Hij haalde uit. Zijn vuist landde op mijn kaak, en ik viel achterover tegen de bank. Even had ik niet door wat er gebeurde. Ik hield mijn armen voor mijn hoofd om mijn gezicht te beschermen. Ik had de smaak van bloed in mijn mond, en hij trapte tegen mijn lichaam tot ik misselijk was en er een rood waas over de wereld lag. Toen stopte het en werd de achterdeur met een klap dichtgeslagen, het glas trilde in de kozijnen. Hij was de achtertuin in gelopen om een sigaret te roken.

Ik had hem voor het eerst écht gezien. De blauwe plekken van mijn moeder, haar huilen in de nacht, zijn overdreven lieve woorden de volgende ochtend, alles viel op zijn plek.

Later die week, toen hij weg was, heb ik een tas gepakt voor mijn moeder, Daisy en mijzelf om te vluchten, maar mijn moeder wou niet bij hem weggaan. Ze wou blijven... Daarmee was mijn lot ook bezegeld, want ik kon mijn moeder en Daisy moeilijk alleen laten bij die klootzak!

Ik hing vaak op straat om maar niet thuis te hoeven zijn, en ging meer werken, zodat mijn moeder het wat rustiger aan kon doen. Die klootzak was gewoon letterlijk een allesverwoestende kanker in ons leven. Ik begon te spijbelen om meer te kunnen werken, had veel ruzie als ik wel op school was, of ik was stoned... Toen ik uiteindelijk van school werd gestuurd maakte het me allemaal niets meer uit – en nu ben ik hier.'

Iedereen zwijgt. De wind giert om het gebouw en slaat de regen tegen de grote ramen in het dak.

'En je moeder zit nu thuis bij die eikel?' Het is Justin die het zwijgen doorbreekt.

Dylan knikt.

'Hoezo ga je niet met haar weg? Je kunt je moeder toch niet laten mishandelen door zo'n hond!'

'Ze wil niet! Hij heeft haar in zijn macht, waardoor ze niet weg wil –'

'Of durft,' vult Anna hem aan. 'Waarschijnlijk is ze als de dood voor die vent...'

'Ik snap het gewoon niet,' zegt Justin. 'Als het mijn moeder was dan –' Hij barst in huilen uit. 'Ik zou die klootzak vermoorden, voordat haar iets overkomt. Je moet haar beschermen! Ik kon alleen maar kijken terwijl mijn moeder doodging, ik had alles gedaan om haar te redden!'

Dylan zakt moedeloos onderuit op zijn stoel. 'Ik weet dat ik het verneukt heb...' Hij veegt zijn tranen af aan zijn mouw. 'Ik weet gewoon niet wat ik wél moet doen...'

Ik herken het gevoel van machteloosheid. Gewoon totaal ontredderd, alsof je na een zwaar ongeluk klemzit in een autowrak, en je alleen maar kunt hopen dat de brandweer snel komt om je los te knippen.

'Er zijn verschillende instanties die jullie kunnen helpen.' Anneke kijkt empathisch naar Dylan. 'Het lijkt me goed als we van de week samen even gaan kijken naar de verschillende mogelijkheden die er zijn om jou, je moeder en zusje te helpen. Ik denk dat iedereen die jouw verhaal hoort, begrijpt dat het erg moeilijk voor jullie is, maar dat er wel iets moet gebeuren.'

'Ik wil er ook niet meer voor weglopen, maar vaak sla ik gewoon dicht, en dan komt alles er later in één keer uit, net zoals vanmiddag.'

'Wat was het dat je triggerde?' vraag Anneke.

Dylan kijkt naar Louise. 'Sorry,' zegt hij, en richt zich weer tot Anneke. 'Ik had op Facebook een foto gezien van mijn zusje met haar arm in het gips en was bang dat híj er iets mee te maken had.'

Louise slaat haar hand voor haar ogen.

'What the hell?' vraagt Anna verbaasd.

'Laten we het vooral niet groter maken dan het is.' Louise maakt een sussend gebaar met haar hand. 'Ik had een reserve iPad achter de hand gehouden, zodat ik af en toe even kon werken.'

Annekes mondhoeken zakken naar beneden. 'Ik baal een beetje van deze situatie, jongens. We hadden een afspraak gemaakt met elkaar, jullie hebben de contracten getekend en beloofd dat jullie dit aan zouden gaan.'

Dylan kijkt schuldbewust naar de vloer, Louise haalt haar schouders op. Ik voel me schuldig. Ik heb het gevoel dat Anneke indirect ook tegen mij spreekt, en dat ze weet dat ik mijn telefoon heb gepakt.

Dylan staat op, haalt zijn telefoon uit zijn broekzak en loopt naar Anneke om hem aan haar te overhandigen. 'Het spijt me. Ik zal proberen om beter mijn best te doen.'

'Ik heb mijn telefoon ook gepakt,' zeg ik. 'Hij ligt op mijn kamer.' Anneke en Judith lijken niet verrast.

'Ik ook,' bromt Justin.

'Het lijkt me eerlijk dat jullie de toestellen zo weer inleveren bij Judith,' zegt Anneke. 'Dat geldt dan ook voor jouw iPad, Louise.'

Louise schrikt, ik zie paniek in haar ogen. Hier had ze duidelijk geen rekening mee gehouden.

'Maar hoe is het nu met je zusje dan?' vraag Kimberley.

'Ik heb mijn moeder gesproken, ze was van de trap gevallen...'

'Geloof je dat?' vraagt Justin.

'Ja,' antwoordt Dylan, maar zijn ogen zeggen nee.

34.

Twee jaar eerder

Zwetend werd ik wakker. Mijn hart klopte zo hard dat het bijna uit mijn borst sprong. Ik greep naar mijn telefoon op het nachtkastje en stond op het punt 112 te bellen toen mijn hart weer wat kalmeerde. Ik was compleet in de war. Sinds ik de kerk uit was gelopen waren mijn dromen donkerder en mijn angsten groter.

'Het spijt me God, ik bedoelde het niet zo, kunt U mij vergeven? Kunt U mij beter maken?' fluisterde ik, maar er kwam geen reactie.

Ik had van Oprah geleerd dat God – of het universum – tegen je praatte. Dat er hints werden gegeven, en als je die hints niet oppakte, dat je dan tegen een muur aan zou lopen. Ik had de hints niet gezien. Ik negeerde mijn angsten, mijn trillende lichaam: ik dacht dat het allemaal vanzelf wel over zou gaan.

Toen ik wegliep uit de kerk dacht ik dat ik eindelijk had gezien wat God van mij vroeg: Hij wilde dat ik mezelf was, en dat ik mezelf liet zien, net zoals de regenboog wanneer het regende en de zon scheen, los van wat de andere gemeenteleden van mij zouden denken.

Dat is niet wat God van je vraagt.

Mijn hart haperde. Als ik daadwerkelijk homo moest zijn, in een wereld waar dat niet werd geaccepteerd, waarom ontbrak het me dan aan kracht en wenste ik elke avond dat ik de volgende ochtend niet meer wakker zou worden?

Ik herinnerende mezelf aan de belofte van God dat een mens nooit méér te verduren krijgt dan hij aankan. Ik moest vertrouwen hebben. Het kon niet erger worden, alleen nog maar beter, ik had tenslotte de bodem bereikt.

Mijn hemelsblauwe Volkswagen polo stak fel af tegen de donkere, aardse kleuren van het bos. De zwarte weg slingerde tussen de bomen door, de zon maakte de lucht boven het asfalt wazig, tegemoetkomend verkeer was er nauwelijks op die benauwde middag.

'Ik vind het wel leuk dat we dit samen gaan doen,' zei Lana.

Ik knikte, hield mijn ogen op de weg gericht en hing met mijn arm uit het raam voor wat verkoeling.

'Heb je de introductieopdracht voorbereid?' vroeg ze.

'Ja,' antwoordde ik, lichtelijk afwezig.

Lana bladerde door het instructieboek. 'Het is volgens mij nog best veel. Maar goed, het is voor een goed doel! Als we straks leermeester zijn, dan kunnen we sowieso wel om opslag vragen.'

'Ik ben allang blij dat ik na het behalen van mijn diploma kon blijven plakken,' zei ik. 'Mijn moeder trouwens ook, die maakt graag gebruik van de personeelskorting voor de wellness.'

Lana lachte. De weg werd smaller, bomen stonden dichter op elkaar, en de lucht was koeler in dit beschutte deel, waar de bladeren een dak boven de weg vormden.

'Ik heb volgende week trouwens een date,' zei Lana.

Ik keek verrast op en merkte dat ik glimlachte. 'Dat meen je?'

Lana knikte en er verscheen een twinkeling in haar ogen.

'Hoe ken je hem?'

'Tinder,' zei ze met een grijns.

'Ken ik hem?'

Ze schudde haar hoofd. 'Nee, hij woont in Rotterdam.'

'Dat is best ver weg...'

'Hij woont in de buurt bij mijn moeder. Hij is echt heel leuk, Bram.'

'Ik ben benieuwd! Het zou leuk zijn als je nu eindelijk eens een leuke jongen zou leren kennen. Ik gun het je zo! Zeker na dat gedoe met die Miguel...'

'Miguel was een klootzak. Ik snap nog steeds niet hoe hij het voor elkaar heeft gekregen. Vreemdgaan, en er vervolgens voor zorgen dat ík degene was die zich daar schuldig over voelde.'

'Je bent te lief, daar maken jongens zoals hij misbruik van.' Ik meende het. Lana was een van de liefste meiden die ik kende. Ik had zoveel bewondering voor haar; hoe zij het huishouden na de scheiding van haar ouders draaiende hield voor haar vader en haar broertje. Ze was een moeder, in hart en nieren. Het enige wat ze nog nodig had was een leuke vent om een gezin mee te stichten. Lana was geboren om moeder te worden, zonder het feministische gezeik dat vrouwen meer moesten zijn dan dat. Het was gewoon wat ze het liefste deed: liefdevol zorgen voor anderen.

De wind was gedraaid, zoals dat gaat in Nederland. Er trok een stortbui over het land toen ik een week later mijn auto voor het huis van Lana parkeerde en op de toeter drukte. Bijna direct ging de voordeur open en kwam Lana, met haar spijkerjas boven haar hoofd als soort van paraplu, het tuinpad afgerend richting de auto.

'En?' vroeg ik toen ze zat.

'Het was zo leuk! Het voelde zo vertrouwd, alsof ik hem al jaren kende.'

Ik zette de ruitenwissers een standje harder en reed weg.

'Ik wil de details,' zei ik met een grijns.

'We hadden bij hem thuis afgesproken. We hebben eerst samen gepizzaret – ken je dat? Dat is best wel leuk, een soort van gourmetten, maar dan met kleine pizza's; dat kunnen wij anders ook wel een keer doen –'

'En toen?'

'Daarna hebben we samen wijn gedronken. Samen nog ontbeten en toen ben ik weggegaan.'

Ik keek opzij en zag dat Lana een rode blos op haar wangen had.

'Jij slet,' zei ik lachend.

'Nee, zo was het niet!' Ze lijkt oprecht. 'Het voelde zo goed, zo vertrouwd... Echt, Bram, ik wist direct dat het goed zat met hem.'

Ik twijfelde wat ik moest zeggen. Ik gunde haar de wereld. Moest ik nou blij zijn voor haar? Of zeggen dat ze het rustig aan moest doen?

'Wanneer zie je hem weer?'

'Morgen.' Ik hoorde een sprankeling in haar stem.

'Leuk, Laan!' zei ik. 'Doe je wel voorzichtig?' Ik kon het niet laten.

'Ik weet dat ik misschien een beetje hard van stapel loop... Maar geloof me, Bram, het zit echt goed met hem.'

Ik geloofde haar, al dacht ze dat eerder van Miguel natuurlijk ook.

De avond was gevallen. Het was gestopt met regenen en mijn koplampen verlichtten de smalle weg. Door de schaduwen leek het bos gevuld met monsters, demonen en andere kwade gedachten. Ik deed mijn deur op slot in de hoop ze buiten te houden.

Lana's gezicht lichtte op door het schermpje van haar mobiel. Ik hoorde haar zacht gniffelen.

'Van hém?' vroeg ik.

'Hij vraagt of ik het hele weekend blijf.'

'Waarom ga je niet gewoon naar je moeder?'

'Dat doe ik ook – tenminste, dat was het plan... Maar m'n moeder heeft ook een date die langskomt dit weekend.'

Ik lachte. 'Die wilde na jouw Tinder-succes natuurlijk ook een leuke man aan de haak slaan!'

'Het is een vrouw.'

'Wat?' Ik wist niet zeker of ik het goed had gehoord.

Lana verstilde. 'Ja, kijk, mijn moeder is dus lesbisch...'

Ik was met stomheid geslagen. 'Echt?' was het enige dat ik uit kon brengen.

'Daarom zijn mijn ouders ook gescheiden,' zei ze. 'Het was niet zo dat ze ruzie met elkaar hadden, of dat ze niet meer van elkaar hielden, maar mama was verliefd geworden op een vrouw.'

Ik voelde dat mijn hart sneller begon te kloppen. Dit was het moment om hét te vertellen. Ik wreef met mijn handen over het stuur en tuurde langs de bosrand op zoek naar oplichtende ogen van eventuele herten die de weg wilden overspringen.

'Kwam ze daar dan pas zo laat achter?' vroeg ik. 'Of durfde ze het nooit te vertellen?'

'Ze was altijd erg gelukkig met mijn vader, maar ze miste wel wat... Ze kon het nooit zo goed plaatsen tot ze verliefd werd op die vrouw, toen viel alles op zijn plek.'

'Ik weet nog niet hoe het bij mij zit.' Het was eruit voordat ik het wist. Ik voelde mijn hart razen in mijn lichaam en hield mijn ogen op de weg gericht, zodat ik Lana niet aan hoefde te kijken.

Ze wist meteen wat ik bedoelde. 'Dan kun je dat toch gewoon uitzoeken? Je hoeft nu toch niet meteen te beslissen?' Haar stem klonk neutraal, zonder oordeel.

Ik had dit moment meer dan duizend keer in mijn hoofd beleefd, en nooit gedacht dat het zo alledaags zou zijn. Ik had een gewichtig moment verwacht, dat tekenend zou zijn voor de rest van mijn leven. Ik had verwacht dat er een last van mijn schouders zou vallen, en dat ik opgelucht zou huilen.

Maar toen we het bos uit reden in het licht van de zilveren maan, hadden de monsters zich al vastgeklampt aan mijn auto. Ik kreeg het benauwd. Dat Lana het nu wist, betekende dat mijn geheim niet meer veilig was en dat ik de controle uit handen had gegeven. Ik was een hert met oplichtende ogen die in de koplampen keek van een te snel naderende auto. De confrontatie was onvermijdelijk en het zou een smerig, bloederig tafereel worden.

Wat heb je gedaan?

35.

Ik heb slecht geslapen. Het verhaal van Dylan bleef zich maar herhalen in mijn hoofd. Hij heeft echte problemen, maar was sterk gebleven. Ik kon niet begrijpen waarom hij niet was ingestort, of zichzelf van een hoog gebouw had laten vallen.

Na mijn banaan, bruine boterham met chocoladepasta en kop thee, loop ik boven de rode ruimte binnen. In het open gedeelte staat nog steeds een kring met stoelen. Ik vraag me af of Anneke die nog niet heeft opgeruimd, of dat ze de stoelen expres heeft laten staan.

'Goedemorgen!' klinkt het vanaf de bank. Anna tilt haar hoofd op. Ze lag zo onderuitgezakt dat ik haar niet had gezien.

'Lekker geslapen?' vraag ik, als ik naast haar neerplof.

Ze knikt matig en tuit haar lippen. 'Wel oké.' Ze bindt haar zwarte krullen vast in een staart op haar hoofd. Haar roze truitje valt nonchalant van haar schouder, maar wordt deels op zijn plek gehouden door haar witte, driekwart tuinbroek.

'Morning!' Louise komt opgewekt binnen. Als ze de kring met stoelen ziet staan, verandert haar humeur met de snelheid waarmee een Ferrari optrekt. 'Hell no... Ik heb echt geen zin in nog meer geouwehoer, hoor. Zeker niet na gisteravond. Je zou denken dat Anneke ons wel even wat rust zou gunnen.'

'Niemand dwingt je om hier te zijn, hoor,' zegt Anna.

Louise trekt een begripvol gezicht. 'Ach, meid! Vandaag is het natuurlijk jouw beurt. Gaan we er eindelijk achter komen waarom jij zo'n verbitterd krengetje bent geworden.'

'Dylan moet officieel ook nog, hoor.'

'Ik mag het hopen van niet! We hebben gister al meer dan een uur naar zijn gezeik geluisterd!'

'Gezeik van wie?' Dylan komt door de deur gelopen.

Louise verschiet van kleur. 'You know. Same shit as usual – iemand thee?' Ze loopt vlug naar de keuken en laat de waterkoker vollopen.

Niet veel later komt ook Anneke binnengelopen. Louise krijgt gelijk, en Anna begint met enige tegenzin haar verhaal te vertellen.

'Toen ik een klein meisje was liep ik met mijn moeder door een cadeauwinkeltje. Volgens mij gingen we een cadeautje halen voor mijn tante – het doet er eigenlijk ook niet toe wat we er deden. Het was zo'n winkeltje met allemaal unieke dingen: antiek, sieraden, kleding, spelletjes, echt van alles en nog wat. Van mijn moeder mocht ik rondkijken met mijn handen op mijn rug. "Kijken doe je met je ogen," zegt ze altijd.

Tussen de spulletjes vond ik een klein houten doosje. Het doosje was bewerkt met allemaal sierlijke krullen en glinsterende steentjes. Stiekem deed ik het dekseltje open en een zacht muziekje begon te spelen, er kwam een kleine, blonde ballerina tevoorschijn die rondjes draaide om haar as op de maat van de muziek. Ik was helemaal onder de indruk van het doosje, het meisje, en gehypnotiseerd door de zacht tingelende melodie. Voorzichtig pakte ik het doosje op, liep ermee naar de kassa en vroeg aan mijn moeder of ik het mocht hebben. Ze keek me aan alsof ik gek geworden was. "Als je het wilt hebben, dan mag je het kopen van je eigen zakgeld."

De weken erna kocht ik geen snoep, geen speelgoed, ik legde al mijn geld opzij tot ik genoeg had gespaard om het magische doosje te kopen. Ik ging samen met mijn moeder naar de winkel, legde trots mijn munten op de toonbank en nam het doosje mee naar huis.

Ik opende het doosje voordat ik ging slapen, of als ik boos of verdrietig was. Ik ging dan op mijn tenen staan en draaide rondjes, net als het meisje in het doosje, en droomde ervan een ballerina te zijn.

Van mijn ouders mocht ik naar een proefles ballet. Ik was gelijk verkocht en wist dat ik dit voor de rest van mijn leven wilde doen, en dus schreven mijn ouders me in bij de balletschool. "Maar," zei mijn moeder, "houd er wel rekening mee dat er waarschijnlijk niet zoveel meisjes als jij zullen zijn." Ik had geen idee wat ze daar precies mee bedoelde, dat begreep ik later pas.

Toen ik twaalf werd mocht ik eindelijk op spitzen gaan dansen. Voor mijn verjaardag kreeg ik een roze paar, met prachtige satijnen linten. De juf op de balletschool zei dat ik talent had. Ik trainde tot mijn tenen bloedden en danste de volgende dag op de blaren.

Het duurde niet lang voordat ik in een speciale showgroep terechtkwam, en al snel waren we aan het repeteren voor mijn eerste echte voorstelling met betalende bezoekers – en dan niet alleen maar vaders en moeders, opa's en oma's, maar echt publiek. Ik kreeg een prachtig kostuum aangemeten; een donkerblauwe tutu, met gouden linten en zwarte stenen die fonkelden in het licht. Ik zou samen met mijn moeder huidkleurige spitzen gaan halen bij een gespecialiseerde danswinkel in Amsterdam. Het is belangrijk dat je benen en spitzen dezelfde kleur hebben, omdat je lijnen dan langer lijken. Als ik geen donkere spitzen had, moest ik als enige een roze legging aan, en dat vond mijn moeder geen gezicht, omdat mijn benen dan vaak een grijzige gloed krijgen.

We gingen naar Amsterdam. Samen liepen we de winkel binnen en werden begroet door een medewerkster. De vrouw had bruine krullen, en een zwarte leesbril die ze op het puntje van haar neus droeg, behalve als ze hem niet nodig had, dan bungelde hij om haar nek aan een rood koord. "Kan ik jullie helpen?" vroeg ze vriendelijk.

"We komen voor een paar huidkleurige spitzen voor mijn dochter," zei mijn moeder. "Ze heeft binnenkort haar eerste optreden in de stadsschouwburg van Utrecht." Mijn moeder was zo trots op mij!

De vrouw glimlachte hartelijk. "Natuurlijk! Wat geweldig meisje, kom maar met me mee, dan gaan we een mooi paar voor je uitzoeken."

We liepen achter de vrouw aan door de winkel; langs tutu's, maillots, maskers en een doolhof vol kostuums waarin je makkelijk verdwalen kon. We kwamen bij een stellingkast uit met allemaal dozen.

De vrouw keek naar mijn voeten. "Met een maatje 36 beginnen?"

"Ze heeft normaal maat 37," antwoordde mijn moeder.

"Ze vallen vaak een beetje ruim, dus met maat 36 beginnen lijkt me beter." De vrouw pakte een doos uit het rek en haalde twee zachtroze spitzen tevoorschijn. "Doe je schoenen maar uit, lieverd, dan gaan we deze even passen."

Ik deed wat ze zei en liet mijn voeten met hulp van de verkoopster in de spitzen glijden.

"We willen graag dat ze huidkleurig zijn," zei mijn moeder nog eens.

De vrouw keek mijn moeder verbaasd aan, alsof ze niet begreep wat ze zei. "Ja, huidkleurig." Ze knikte met haar hoofd naar mijn voeten. Toen ze zag hoe de zachtroze linten afstaken tegen mijn donkere huid viel het kwartje. Ze begon verontschuldigend te lachen. "Huidkleurig. Niet jullie huidskleur natuurlijk, maar deze moet je echt hebben, hoor!"

Ik zag dat mijn moeder de woorden van de vrouw niet kon verwerken. Ze zei het met zo'n vanzelfsprekendheid, alsof mijn moeder degene was die het niet begrepen had.

"Trek je schoenen maar weer aan, schat," zei mijn moeder toen. Ze pakte me bij mijn hand en we liepen snel de winkel uit. Ik was niet zoals het meisje in het muziekdoosje, ik zou haar nooit kunnen worden, omdat de kleur van mijn lichaam niet paste bij de kleur van de schoenen die ik nodig had.

Mijn moeder zou mijn moeder niet zijn als ze het erbij zou laten zitten. Ze belde alle winkels af in Nederland, zocht op het internet, maar zonder resultaat. Er bestonden geen huidkleurige spitzen voor mensen van kleur. Ze las wel dat je de spitzen kon kleuren met foundation, zodat ze zouden passen bij de kleur van je huid; zo deden alle donkere danseressen dat.

De avond van het optreden stonden we allemaal klaar in de kleedkamer. Allemaal in dezelfde blauwe jurkjes, met gouden linten en zwarte stenen. Alle meisjes met spitzen in dezelfde zachtroze kleur. Ik schaamde me voor mijn spitzen die waren besmeurd met bruine foundation. Ik was bang dat ze zouden afgeven, dat de kleur zou slijten en dat ik voor gek zou staan op het toneel. Ook tijdens het optreden kon ik alleen maar denken aan mijn spitzen. Ik was bang dat iemand zou zien dat ik een bedriegster was en dat ik hier eigenlijk niet hoorde. Dat ze zouden denken dat mijn schoenen niet van mij waren, maar gestolen van iemand anders en dat ik ze had geverfd om het bewijs te verdoezelen –'

'Dan had je toch gewoon die roze schoentjes aan kunnen doen?' Louise houdt haar handen verontwaardigd voor haar lichaam. 'Ik zie het probleem niet echt, dan heeft iedereen toch hetzelfde aan?'

'Ze moest anders toch als enige die legging aan,' sputtert Dylan.

Louise haalt haar neus op. 'Het gaat toch om het esthetische beeld als geheel? Maar jij zult wel meer verstand hebben van mode dan ik, Dylan.'

Ik kijk naar Anna, het lijkt alsof ze tot tien telt om niet uit haar slof te springen, om niet weer in een discussie te belanden. Ik voel haar frustratie. Mensen zoals Louise zullen nooit begrijpen hoe het is om anders te zijn, hoe het voelt om niet in het perfecte plaatje te passen dat overal wordt geschetst.

Anneke onderstreept iets in haar boekje. Ik vraag me af of haar ontdekking over Anna of Louise gaat. 'Vertel rustig verder,' zegt ze tegen Anna.

Anna knikt. 'Ik wist dat ik altijd extra hard zou moeten werken om mijn droom waar te maken, al was het alleen al de extra tijd die ik besteedde aan het camoufleren van mijn spitzen... Maar toen ik werd aangenomen op de balletacademie viel alles op zijn plek. Ik zag waarvoor ik het allemaal had gedaan, alle bloed, zweet en tranen die het had gekost. Toen ik werd gecast om Julia te dansen in Romeo en Julia was dat zo'n eer! Mijn moeder zat op de voorste rij met tranen in haar ogen, ze was zo trots... zo trots...

De voorstellingen waren een groot succes, mensen waren lovend over mijn Julia...

Een paar weken later fietste ik door de regen naar huis en werd ik over het hoofd gezien door een automobilist die zat te klooien met zijn telefoon. Ik werd bont en blauw wakker in het ziekenhuis: hersenschudding, gebroken arm, gekneusde ribben en een verbrijzelde knie. "Wanneer kan ik weer dansen?" was het eerste wat ik vroeg. Ik moest revalideren, maar dat kostte veel tijd en deed veel pijn.

En toen kwam het gesprek: het zou niet meer beter worden. Ik zou nooit meer kunnen dansen op het niveau waarop ik dat had gedaan.

Dus, Louise, om antwoord te geven op jouw vraag waarom ik zo'n verbitterd krengetje ben: omdat dit leven mij niets meer te bieden heeft, ballet was mijn leven, alles waar ik zo hard voor heb gewerkt is me afgenomen, omdat een of andere klootzak tijdens het rijden druk was met zijn telefoon.' Ik zie tranen opwellen in haar ogen. 'Ik zal nooit meer dansen voor publiek, nooit meer... Ik kan niet eens een normale wandeling maken zonder dat mijn knie opspeelt. Het leven is oneerlijk, ik snap niet dat niet iedereen dat ziet, dat er mensen zijn die gelukkig zijn, terwijl de hele wereld verrot is en naar de kloten gaat.'

'Als je uit die slachtofferrol zou stappen, dan scheelt dat waarschijnlijk al de helft.' Louise kijkt verveeld naar haar nagels. 'Het is toch zo?' zegt ze, als ze merkt dat iedereen naar haar kijkt. 'Je kunt wel blijven klagen over hoe slecht je het hebt, maar daar wordt het echt niet beter van, hoor. Come on, even de schouders eronder.'

'Dat probeer ik ook!' roept Anna. 'Het is gewoon moeilijk, daarom ben ik ook hier! Net zoals jij, omdat jij het ook moeilijk hebt. Dus hou ermee op te doen alsof je beter bent dan de rest!'

'Ik zeg alleen maar dat je er baat bij zou hebben om uit die slachtofferrol te stappen, that's all.'

'Misschien moet jij eerst gewoon eens aan je eigen shit werken, voor je advies aan anderen gaat geven!'

Louise kijkt verontwaardigd. 'I'm sorry, maar ik ben nou eenmaal een mensenmens, daarom heb ik ook zoveel volgers.

'Daarom heb je zoveel volgers gekocht, bedoel je?' vraagt Dylan.

Louise trekt bleek weg. 'Hoe – Nee, hoezo denk jij dat?'

'Toen ik op je iPad zat kwam er een mailtje binnen van het bedrijf dat die volgers voor jou regelt. Het was een bevestiging voor 2.000 extra volgers.'

'Nee – zo is het niet – het...' Ik zie paniek in Louises ogen. 'Ik – Ik heb even frisse lucht nodig.' Snel loopt ze naar buiten.

36.

Eén jaar eerder

Ik liep met tegenzin tussen de lange banken van de kapel door. Vooraan in het midden, onder het beeld van Jezus, naakt en huilend aan het kruis, stond een mahoniehouten kist. Een boeket van orchideeën, witte rozen en groene sprieten was samengebonden op een stuk boomschors, en versierde de sobere planken. Twee witte linten hingen onder het boeket, als tranen onder ogen: *Rust in vrede. We gaan je missen, mam.*

Het was stil in de kerk. Alleen het geschuifel van familie tussen de banken, zacht gesnik en luid gehoest werden door de hoge kapel met glas-in-loodramen versterkt als was het een donder.

'Ze heeft een mooi leven gehad.' Mama legde haar hand op mijn schouder, en veegde met een papieren zakdoek de tranen onder haar bril vandaan. Ik krulde een klein lachje om mijn lippen uit beleefdheid. Het hele concept van leven en dood was voor een twintigjarige maar moeilijk te bevatten. Het idee dat mijn oma hier in de kist lag – dat ik uiteindelijk zelf ook in een kist zou eindigen – was ongrijpbaar. Het maakte me benauwd, alsof ik levend was begraven. Het vertroebelde mijn beeld, alsof er zand in mijn ogen zat dat door de kieren van de kist naar binnen was geschuurd.

Mijn vader liet zijn gewicht ongemakkelijk heen en weer

balanceren tussen zijn hak en de bal van zijn voet. Hij keek een beetje schichtig rond en deed net of hij alle ornamenten in de kerk uitvoerig aan het bestuderen was. Het hele concept van leven en dood was op je vijftigste waarschijnlijk nog steeds moeilijk te bevatten.

Kira stond op fluistertoon te praten met een van mijn tantes. Ze had net een kaarsje aangestoken bij het Mariabeeld. De lichtjes flikkerden in het donkere hoekje van de kapel en gaven Maria Magdalena een spookachtige aanblik terwijl ze ons met haar bevroren vingers de vrede van God toewenste.

We zochten als gezin een plekje tussen de banken en de pastoor begon met het uitvoeren van de katholieke rituelen: de kist werd besprenkeld met heilig water, een kaars werd aangestoken en achter in de kerk werd een gedenkkruisje opgehangen met de naam van mijn oma. Hij sprak wat lege woorden – die troost moesten bieden – en gaf toen het woord aan tante Sandra.

Ze liep naar voren naar de preekstoel. Het getik van haar hakken galmde door de kerk en de microfoon piepte kort toen ze deze iets omlaagtrok. Ze hoestte, vouwde een A4'tje uit elkaar, en haalde haar leesbril uit de binnenzak van het rode colbertje dat ze over haar zwarte Armani-jurkje droeg. Haar gezicht had diepe groeven en stond bedroefd, maar ze had geen moeder meer die haar zou troosten, die zou zeggen dat het allemaal goed zou komen.

Haar grijze ogen waren helder, alsof ze het leven nog nooit zo duidelijk had gezien. 'Lieve mam, mama,' begon ze. 'Vroeger, toen ik nog klein was, bracht jij mij elke dag naar school. Elke dag liepen we dezelfde weg, hand in hand, dag na dag. Het voelde veilig en vertrouwd, jij was er altijd om mij te beschermen. Je trok aan mijn hand als ik zonder te kijken de weg wilde oversteken, of als ik de buurvrouw niet netjes begroette.' Ze zuchtte.

'Op een dag besloot jij dat ik oud genoeg was om alleen naar school te gaan. Ik heb gejammerd dat ik er nog niet aan toe was. Je hebt me in je armen genomen, gekust en me sussend toegesproken dat je een klein stukje met me mee zou lopen, tot de brievenbus.

We gingen op weg en ik zag de brievenbus, die aan het einde van de straat stond, langzaamaan dichterbij komen. Mijn hand in die van jou gevouwen. Hoe groter de brievenbus werd, hoe steviger ik mijn hand om de jouwe klemde. Ik was niet van plan om los te laten. Bij de brievenbus liet je mijn hand dwingend los en zakte je door je knieën om mij in mijn ogen te kunnen kijken. "Lieverd," zei je, "vanaf hier ga je alleen verder, maar ik zal naar je blijven kijken tot je uit het zicht bent verdwenen."

Alleen liep ik verder. Eén stap. Ik keek achterom: je stond er nog. Drie stappen. Je was er nog. Tien stappen. Ik keek naar links en naar rechts, voordat ik de weg overstak. Twintig stappen. Toen ik achterom keek zwaaide je naar me. Na dertig stappen keek ik niet meer achterom, want ik wist dat ik het alleen kon en dat je naar me keek.

Ook toen ik ouder werd heb jij mijn hand nooit losgelaten. Ook niet toen we samen stonden af te wassen in de keuken en ik je vertelde dat ik verliefd was geworden op een meisje. Je hebt vriendelijk naar me gelachen en gezegd: "Dat gaat wel over, lieverd." Het ging niet over, maar je liet mijn hand niet los. Lieve mama,' haar stem begon te trillen. 'Lieve mama, vandaag zijn we bij de brievenbus aangekomen. Je laat mijn hand los, vanaf nu moet ik alleen verder. Als ik achterom kijk zie ik je zwaaien, hoor ik nog je goedbedoelde adviezen. Mam, ik moet alleen verder, maar ik ben niet alleen. Ik weet dat jij bij de brievenbus staat en naar me kijkt, tot ik uit het zicht ben verdwenen.'

Ik had een brok in mijn keel en vocht tegen mijn tranen. Het was muisstil, mama snikte. Ik voelde me benauwd en realiseerde me dat het gesnik van mama op een dag ook zou verdwijnen –

Het scherpe getik van de hakken van mijn tante op de kille stenen onderbrak mijn gedachte.

Tante Sandra is lesbisch.

De pastoor begon weer monotoon te ratelen, de zoveelste lege woorden op een zoveelste begrafenis.

Na de dienst werd de kist door mijn ooms de kerk uit gedragen. Voorop liep de pastoor, die met kruidige wierook de stoet leidde en alles zegende wat hij tegenkwam. Achter de kist liep onze familie met bloemen en herinneringen. De stoet werd afgesloten door de laatste vrienden die nog leefden, ondersteund door wandelstokken en getroost met de gedachte dat het ook voor hen niet lang meer zou duren.

De laatste rustplaats van mijn oma was op nog geen vijf minuten lopen van de kapel. Het familiegraf was weer geopend. Het gapende gat met de resten van mijn opa – die was overleden toen ik een jaar of zeven was – was omringd met groene dennentakken, waardoor het eruitzag als een kerststukje. De tuinkabouter naast de steen was vaal geworden, zijn kleuren waren vervaagd, net zoals herinneringen vervagen en hun kleur verliezen in de loop van de tijd.

De pastoor mompelde nog wat laatste woorden, en toen was het tijd om voorgoed afscheid te nemen.

Van een van mijn tantes kreeg ik een witte roos in mijn handen gedrukt. Alle kleinkinderen één. Voor haar broers en zussen had ze een rode roos gekocht. 14 rode rozen, 32 witte rozen. Voor de achterkleinkinderen had ze niks geregeld: 'Dat gaat echt te veel in de papieren lopen.'

We schuifelden om de beurt naar voren om de roos op de

kist te gooien die langzaam de grond in zakte. Ik probeerde nog een mooie herinnering naar boven te halen aan mijn oma, eentje die ik vast wilde houden. Zoals die keer dat we samen met Kira een middag uit waren geweest. We hadden een rondvaart gemaakt, en samen een ijsje gegeten op het dek –

Of die keer dat we samen de eendjes gingen voeren, en dat een zwaan ons wild klapperend met zijn vleugels probeerde te verjagen; oma bleef staan, zij was niet bang –

Of haar verjaardag, die ze steevast bij de HEMA vierde. We kregen dan allemaal een stuk taart en wat limonade, waarna zij als eerste het feest verliet –

Haar televisie die altijd op mute stond met ondertiteling, omdat ze er toch niks meer van verstond –

Haar kaartjes die nooit een verjaardag of examenfeestje misten –

Een heel leven, waar ik slechts een deel van heb meegemaakt, gevangen in een paar herinneringen. Goede herinneringen, want de slechte zouden uiteindelijk als eerste wegrotten in de grond.

Je had vaker op bezoek moeten gaan.

Ik hoorde mijn moeder snikken. Een rode roos werd op de kist gegooid en gleed van de kist af de diepte in. Ik voelde haar pijn steken in mijn hart. Ik gleed mee in de afgrond.

We liepen terug naar het uitvaartgebouw voor koffie met een plak droge cake. Namen en jaartallen schoten voorbij op de stenen die we passeerden. Oude mensen, jonge mensen, kinderen. Een leven zo complex, zo divers, herinnerd door een naam, een datum en een enkele zin. Is dat uiteindelijk wat we zijn? Een ziel gevangen in een plaats en tijd, slechts een zin in een boek van duizenden bladzijden.

Wat is de waarde van een zin in een oneindig verhaal? En

hoelang duurt het voordat een boek wordt vergeten in de kast? Voordat de pagina's geel worden, scheuren, en gebruikt worden voor het papier-maché van een surprise?

Papa en Kira liepen zwijgend voor mij en mama uit. Met zijn vieren, verbonden door bloed, verbonden door ons zwijgen over wat er in ons leeft.

'Opa Janssen ligt hier ook, toch?' vroeg ik.

Papa keek achterom. 'Hier verderop, dit is het katholieke deel van de begraafplaats.'

Zelfs na de dood werden mensen nog in hokjes geplaatst: katholiek, protestants, joods, zwart, wit. Niemand die lijkt te beseffen dat we allemaal opgaan in dezelfde aarde, allemaal onderdeel worden van een nieuw begin.

'Kunnen we daar even heen?' vroeg ik.

Papa keek naar mama om toestemming te vragen. 'Ja natuurlijk,' zei ze. 'Kom daarna maar naar de aula voor de borrel. Dan kun je iedereen nog even gedag zeggen.'

Nog meer afscheid. Omdat mijn oma nu was overleden zou ik een groot deel van mijn ooms en tantes waarschijnlijk nooit meer zien. Verbonden door bloed, verbonden door zwijgen, verbonden door oma.

Mama liep met Kira richting de aula. Ik sloeg met papa rechts af, een keer links, rechts, tot hij het ook niet meer wist. 'Hier ergens moet het zijn.'

We keken naar de stenen die hier al enige tijd stonden. Sommige overwoekerd, vergeten. Andere met verse bloemen onderhouden, nog steeds geliefd, na al die jaren.

'Hier is het,' hoorde ik papa zeggen.

Ik liep naar hem toe, naar de man die met hangende schouders stond te kijken naar de steen die het korte leven van zijn vader samenvatte. Een man die zijn vader was verloren toen hij veertien jaar oud was. Een jongen die aan het begin stond van zijn leven, nog zoveel had te leren over wat het betekende om een mens te zijn.

Ik liep naar het graf en zag mijn naam op de steen staan: BRAM JANSSEN. Het sneed als een mes door mijn ziel, als een scherpe bladzijde in mijn vinger.

Ik was vernoemd naar mijn opa, en zou net als hij eindigen onder de grond. Mijn vader en ik waren het bewijs van zijn bestaan, zolang wij leefden zou niemand kunnen ontkennen dat hij ooit adem had gehaald. Maar wie hij écht was, zijn goede en slechte eigenschappen, de dingen waar hij spijt van had en zijn prestaties zouden uiteindelijk worden vergeten.

Mijn hand trilde en mijn gedachten joegen me angst aan. Ik moest een risico nemen, het leven aangaan en vertellen wie ik écht was. In het slechtste geval kon ik mijn polsen doorsnijden en zou ik eindigen onder de grond. Na tien jaar zou niemand nog weten waarom ik het had gedaan. Na twintig jaar zouden mensen zijn vergeten dat ik zelf voor het einde had gekozen. En als mijn generatie tot as was vergaan zou niemand nog weten wie ik was.

37.

Er hangt een onbestemde spanning in de lucht, net als aan het eind van een benauwde zomerdag, wanneer de lucht betrekt en de wind een hevige onweersbui aankondigt. Anna en Louise hebben elkaar de afgelopen dagen zoveel mogelijk genegeerd en ontweken, en de woorden die wel werden gewisseld hadden een vijandige ondertoon die niemand kon ontgaan.

De weergoden doen hun best om de sfeer te compenseren, de zon schijnt vaker en we zijn gistermiddag zelfs gaan paardrijden. Justin vond het verschrikkelijk, Dylan kon niet wachten om zijn zusje te vertellen dat hij op een paard had gezeten. Ik vond het in het begin doodeng, maar toen ik eenmaal de slag te pakken had kon ik er toch wel van genieten. We liepen stapvoets door de duinen, en galoppeerden door de branding op het strand, waar krabbetjes wegdoken in het zand en kwallen dobberden op de golven. In een karavaan liepen we door het bos, waar mijn paard stopte om gras te eten en niet meer verder wilde. Uiteindelijk kreeg ik van Kimberley de gouden tip dat ik de teugels korter moest houden, waardoor ik weer bij de groep kon aansluiten.

Ik loop met Roger door de duinen en stop even als we bij het wijduitgestrekte strand aankomen. Ik adem een keer diep in en luister naar het ruisen van de golven om mijn gemoed te kalmeren.

Morgen is het ouderdag, een dag waar ik vanaf het begin al tegenop heb gezien. Alle ouders komen naar Het Baken om te kijken hoe het gaat, en om de huidige stand van zaken te bespreken. Als papa en mama hier zijn, kunnen we niet meer doen alsof er niets aan de hand is, dan zullen we moeten praten over mijn angsten en zorgen.

Ik kan niet meer zwijgen over het deel van mezelf dat ik probeerde te vermoorden met een hand vol pillen. Ik wil niet meer zwijgen over dat deel van mezelf dat niet wordt geaccepteerd door de kerk. Ik wil net als tante Sandra zelfverzekerd op de preekstoel kunnen staan, zonder me anders voor te doen, en de mensen in hun ogen kunnen kijken zonder schaamte.

Tante Sandra wordt gehaat door mensen uit de kerk.

Ik herken de ruis in mijn gedachten. Ik probeer het van me af te zetten en te leven in het hier en nu. Ik moet niet denken aan wat mensen in de kerk vinden. Het zijn mijn ouders, die zullen toch wel van mij blijven houden? Maar waarom hebben ze dan eigenlijk nooit verteld dat tante Sandra lesbisch is? Misschien zeiden ze niks omdat ze het afkeuren en niets met zondaars te maken willen hebben. Misschien gingen we daarom wel bijna nooit bij haar langs. Misschien –

Adem in, adem uit.

Er is niets mis met mij. Ik moet gewoon eerlijk zijn tegen mijn ouders; eerlijk over alles.

Na mijn wandeling met Roger meld ik me samen met Anna, Louise en Kimberley bij Cora. We gaan de lunch voorbereiden, die we morgen aan onze ouders gaan serveren. Justin en Dylan hebben beloofd dat zij een taart bakken voor bij de koffie.

Cora draait de keukendeur van het slot en de tl-balken

schieten knipperend aan. De roestvrijstalen werkbanken, de koelingen en de grote afzuigkappen brengen herinneringen naar boven die ik het liefst zou vergeten.

'Goed,' zegt Cora, 'haren in een staart en handen wassen.'

Louise zeept haar handen in.

'Eerst je haar in een staart, natuurlijk!' verzucht Cora. 'Dán je handen wassen.'

'Whatever,' mompelt Louise lichtelijk gegeneerd. Ze spoelt haar handen af, maakt een staart en wast haar handen opnieuw.

Als we allemaal een schort voor hebben, door de hygiënekeuring van Cora heen zijn gekomen en zij ons heeft uitgelegd wat de bedoeling is, staan we met zijn vieren rond een werkbank die in het midden van de ruimte staat. Cora heeft ons het recept gegeven voor een Indiase curry. 'Kan niet misgaan,' heeft ze gezegd, waarna ze naar haar kantoor ging om de bestellingen te doen.

Samen met Louise, die tegenover mij staat, ben ik de groenten aan het snijden: courgettes, aubergines, prei en ui. Naast mij staat Anna aardappels te schillen, en schuin tegenover mij staat Kimberley, die de kipfilets ontleedt.

'Hebben jullie een beetje zin in morgen?' vraag ik, als ik een zoveelste courgette doormidden hak.

'Ik vind het wel leuk om m'n ouders weer te zien,' zegt Kimberley, terwijl ze een stuk vet van een kipfilet afsnijdt. 'Ik heb ze wel een beetje gemist.'

'Ik mis mom en dad niet zo snel,' zegt Louise. 'We zijn wel vaker lang uit elkaar, als iemand op zakenreis is of op vakantie.'

'En jij, Anna?' vraag ik.

Ze zucht en gooit een geschilde aardappel in een pan met water. 'Ik zie ertegen op... Ik weet dat ze zich heel veel zorgen om mij maken, en ik had gewoon gehoopt dat het nu beter met me zou gaan...'

'Dat heb ik ook...' zeg ik. 'Ik vind het heel moeilijk om met ze te praten over echte dingen.'

'Wat voor dingen?' vraagt Louise.

'Gewoon, dingen die ertoe doen,' zeg ik. 'We praten thuis wel over koetjes en kalfjes, maar eigenlijk nooit over serieuze zaken; over gevoel en zo.'

'Dat herken ik wel,' zegt Anna, 'maar ik ga natuurlijk ook niet tegen mijn ouders zeggen dat ik liever had gehad dat die auto mij had doodgereden...'

Louise zucht een keer overdreven.

'Wát?' vraagt Anna geïrriteerd.

Louise houdt haar mes stil op haar snijplank. 'Ik vind het echt wel zielig voor je, dat van je knie, maar dat zelfmedelijden, daar word ik echt niet goed van, dat dansen is maar een hobby!'

'Het is geen zelfmedelijden! Alles waar ik zo hard voor gewerkt heb, alles waar ik ooit van droomde, het is weg, het komt niet meer terug! Weet je hoe zwaar het is als je geen reden hebt om uit bed te komen in de ochtend –'

'Denk je dat jij de enige bent van wie de dromen kapot zijn gemaakt? Je moet vechten in deze wereld om te overleven! Je moet hard worden: vallen, opstaan en doorgaan!'

'Ik heb geen energie meer over om te vechten!'

'Snijd je polsen dan door! Domme trut!' Louise schuift het koksmes dat ze in haar handen heeft krachtig over de werkbank richting Anna.

In een reflex houdt Kimberley het mes tegen door het met haar hand klem te slaan op de werkbank. De punt van het mes snijdt in de muis van haar hand, die direct hevig begint te bloeden. 'Ben je helemaal gek geworden?! Gestoord wijf.'

Kimberley staat dreigend tegenover Louise, het bloed stroomt uit de wond in haar hand en druipt op de keukenvloer. 'Psychopathisch mens! Je kunt toch niet zomaar tegen iemand zeggen dat ze haar polsen door moet snijden?! Hoor je wel wat je zegt?!'

Louise deinst achteruit.

Anna komt achter Kimberley staan en probeert haar te kalmeren. Ze legt haar handen op Kimberleys schouders. 'Rustig maar, Kim, je bloedt...' Ze pakt een stuk keukenrol en drukt het papier tegen de wond om het bloeden te stelpen.

Kimberley begint te trillen en al snel stromen de tranen over haar wangen. 'Ze kan dit soort dingen niet zomaar zeggen!'

'Je hebt gelijk,' zegt Anna, 'maar die meid is niet goed.' Ze werpt een minachtende blik richting Louise.

'Wie grijpt er dan ook vol in een mes?' probeert Louise zich nog te verdedigen, maar ze klinkt niet echt overtuigd van zichzelf.

'Wat is hier allemaal aan de hand?' Cora komt met grote passen de keuken in gelopen, gealarmeerd door het geschreeuw.

'Louise loopt met messen te gooien,' zeg Anna.

Cora kijkt naar het stuk keukenpapier, dat inmiddels doordrenkt is van Kimberleys bloed. 'Laat eens kijken.' Ze haalt het keukenpapier weg. 'Dat ziet er niet best uit. Ik denk dat het gehecht moet worden.'

De volgende ochtend ben ik al vroeg wakker, een uur voordat we worden gewekt. Snel controleer ik hoe ik me voel: mijn hart klopt stevig, maar stabiel. Ik ben een beetje misselijk, maar dat was te verwachten. Ik heb hoofdpijn, maar dat komt vast door de stress voor vandaag.

Snel stap ik mijn bed uit, zodat ik als een van de eersten

bij de douches ben. Er is nog niemand, ik doe rustig aan om mijn krachten te sparen, en loop dan naar beneden voor een bruine boterham met chocoladepasta, een banaan en een kop groene thee.

Halverwege de ochtend zit ik samen met Dylan en Louise voor Het Baken te wachten. De ouders van Anna en Kimberley en de vader van Justin zijn er al, omdat ze een boot eerder hadden genomen. Louise zit weer strak in de lak. Haar haren gekruld, haar gezicht geplamuurd en ze draagt een designerjurkje dat sierlijk om haar lichaam valt. Nerveus draait ze haar armband rond haar pols.

Met z'n drieën zitten we in stilte te luisteren naar het gezang van een klein vogeltje dat voor ons in het zand is geland. Met zijn snaveltje pikt hij zijn bruine verentooi schoon. Als er een auto met hoge snelheid de oprijlaan op komt rijden, vliegt hij er snel vandoor.

Er stopt een zwarte Mercedes A klasse voor Het Baken. Achter het stuur zit een man in een donkerblauw pak. Hij zet de auto op de handrem, stapt uit en opent het achterste portier. Op de achterbank zit een vrouw in een rood jurkje dat de strakke lijnen van haar lichaam volgt en net boven haar knieën eindigt. Ze draagt zwarte pumps en haar halflange, geblondeerde haar is met volume rond haar gezicht geföhnd. Ze stapt de auto al bellend uit met een Hermestas losjes om haar pols. Als Louise naar haar toe loopt, steekt ze haar wijsvinger kort in de lucht om aan te geven dat ze even moet wachten.

'Jaque, ik moet nu gaan. Mijn afspraak wacht. Dag.' Ze verbreekt de verbinding en bekijkt Louise van top tot teen.

'Hi mom,' zegt Louise. Haar stem klinkt vlak, bijna onderdanig.

'Honey, waar ben ik terechtgekomen?' De vrouw kijkt om zich heen. 'Ik snap nog steeds niet wat je hier te zoeken hebt, waarom ben je niet lekker op retraite gegaan in Zuid-Afrika, volgens Emma is dat wat elk mens nodig heeft, enfin, geef je moeder eens een kus.'

Louise kust de vrouw op haar wang. 'Waar is dad?'

'Ach, schat,' de vrouw veegt Louises krullen naar achter over haar schouder. 'Je vader had hier graag willen zijn, maar er was een noodgeval op de zaak, je weet hoe dat gaat.'

Louise knikt teleurgesteld. 'Dit zijn trouwens Dylan en Bram, zij zitten ook bij mij in de groep.'

De vrouw forceert een lachje in onze richting. 'Kijk eens aan. Enchanté.' Ze zwaait even kort met haar vingers, zodat ze ons geen hand hoeft te geven. Haar telefoon begint te trillen en het scherm licht op. 'Sorry, honey, deze moet ik even nemen. Waar gaan we heen?'

Louise wijst richting de voordeur. De vrouw neemt haar telefoon op, begint druk te praten en loopt achter haar dochter aan Het Baken in. De man in het blauwe pak parkeert de auto een stukje verderop in de schaduw, stapt weer uit en begint al hangend op de motorkap een sjekkie te draaien.

Ik voel dat de spanning stijgt. Mijn ouders komen met de bus vanaf de veerboot, dat was stukken goedkoper dan de auto meenemen het eiland op, dus ze kunnen nu elk moment hier zijn.

Adem in, adem uit.

Niet veel later komt er in de verte een drietal aangelopen. Voorop loopt een magere vrouw die ik niet ken. De ietwat gezette man daarachter in zijn ruitjesbloes, en de slanke vrouw in een lila zomerjurkje herken ik direct aan hun loopje.

Een warm gevoel van herkenning trekt door mijn lichaam, tranen branden achter mijn ogen. Ik slik ze weg en begrijp niet waar dit gevoel van genegenheid ineens vandaan komt. Misschien is het een gevoel van schuld, omdat mijn moeder degene is geweest die mij op de overloop in een plas kots heeft gevonden na mijn overdosis pillen. Ze dacht dat ik dood was. Ze heeft geschreeuwd, is in paniek naar de buurvrouw gerend met de zak aardappelen van de markt nog in haar handen. Sindsdien houdt ze zich krampachtig aan mijn leven vast en word ik door haar in de gaten gehouden als een exotische zoutwatervis in een aquarium.

Als Dylan het drietal ziet, staat hij op van het bankje, loopt snel richting de magere vrouw en valt haar huilend in de armen. De vrouw veegt de tranen van zijn gezicht en kust hem op zijn voorhoofd. Dylan slaat zijn arm om haar schouders. 'Dit is mijn moeder,' zegt hij trots.

Ik schud de hand van de vrouw. Haar hand is slank en zacht, breekbaar als een porseleinen pop. Haar donkere ogen liggen diep in hun kassen, die ze als bunkers beschermen tegen aanvallen van buitenaf.

Dan word ik om mijn nek gevlogen door mama. Ze kust me op mijn wang. 'Wat goed om je te zien! Ik heb je zo gemist!'

Ik erger me aan haar gedrag. Waarom moet ze meteen zo overdreven doen? Ik ben pas twee weken weg.

Papa geeft mij een hand. 'Zo jongen, wat een mooie plek hier. Ik snap dat je dit hebt uitgekozen voor je... eh, vakantie?'

Alleen mijn vader zou een beladen reis als deze kunnen bagatelliseren door het te omschrijven als een vakantie.

'Je krijgt de groetjes van Kira,' zegt mama, ze knijpt in mijn arm.

'Doe haar maar de groetjes terug,' zeg ik vlak.

Dylan staat nog steeds met zijn arm om de schouders van zijn moeder geslagen.

'Dit zijn Dylan en zijn moeder,' zeg ik vlug, voordat mama kan vragen hoe het met me gaat.

Er worden wat beleefdheden uitgewisseld, waarna we naar binnen gaan voor koffie en taart.

In de eetzaal zitten Anna en Kimberley met hun ouders aan een tafel te praten en taart te eten. Kimberleys hand zit ingepakt in verband en hangt in een mitella om haar nek.

Louise zit in haar eentje aan een tafel in de hoek. Haar moeder loopt nog steeds druk bellend heen en weer door de serre. 'Sorry, honey,' zegt ze als ze terugkomt. 'De timing had niet slechter kunnen zijn vandaag. Crisis, crisis, crisis.' Ze gaat naast Louise zitten op het bankje.

Cora komt de keuken uit gelopen met een thermoskan koffie in haar hand. 'Koffie?' vraagt ze aan de moeder van Louise.

'Heerlijk, ik ben wel toe aan een latte.'

'Ik heb alleen zwarte koffie.' Ze kijkt vanuit haar ooghoeken naar Louise. 'Net zo zwart als de ziel van je dochter, moge God haar bewaren.' Ze vult een bekertje met koffie en zet dat met een klap op tafel. Ze is het incident van de vorige dag, waardoor ze het grootste deel van de avond op de eerste hulp heeft doorgebracht, nog niet vergeten.

Louises moeder kijkt Cora met grote ogen aan, maar als haar telefoon in haar hand begint te trillen is ze haar aandacht alweer verloren.

Als iedereen is voorzien van koffie en een stuk chocoladetaart komt Anneke, gevolgd door Justin en zijn vader, de eetzaal binnen. De mannen hebben net een gesprek met Anneke gehad en hebben beiden rode ogen van het huilen. Ik voel paniek opkomen, omdat ik bang ben voor het gesprek met mijn ouders dat komen gaat.

Adem in, adem uit.

Anneke legt uit dat ze met iedere familie apart een gesprek zal hebben, en dat de rest van de dag ingevuld zal worden met klusjes, creatieve opdrachten en vrije tijd, zodat de ouders een beetje een idee krijgen van de dagelijkse gang van zaken.

'Hoe laat zijn we klaar?' vraagt de moeder van Louise.

'Rond een uur of zes,' antwoordt Anneke bitser dan waarschijnlijk haar bedoeling is.

Louises moeder kijkt naar haar dochter. 'Het spijt me, honey, maar dan kan ik niet tot het einde blijven.'

'Geeft niks, mom, I get it.' Het lukt haar niet de teleurstelling in haar stem te verbergen.

38.

Negen maanden eerder

Na de zomer kwam de herfst. Gewoon, zoals altijd. Bloemen werden weggespoeld door de regen en bomen lieten hun bladeren vallen ter voorbereiding op hun winterslaap. De naam van mijn oma werd bijgeschreven op de steen van het familiegraf, en ik fantaseerde over een mooie tekst voor op de steen in het tuintje op mijn eigen buik. Mijn geheim lag nog steeds als een tikkende tijdbom onder mijn leven. Mijn hart klopte snel, mijn spieren stonden strak, mijn verstand bevroor; ik kon geen mogelijkheid meer bedenken om te vluchten, en toch was de stap naar het vertellen van de waarheid te groot.

Mietje!

Ik dacht aan de moeder van Lana. Als zij het na ál die jaren kon vertellen aan haar man en kinderen, dan had ik niets te verliezen. Ik moest het aan mijn ouders vertellen. Vandaag.

'Willen jullie curry of mayonaise bij het eten?!' riep mama vanuit de keuken. Ik zat samen met papa aan de eetkamertafel. Op tafel stonden pannen met aardappelpuree, gekookte broccoli en goudbruin gebakken slavinken.

'Doe maar allebei,' antwoordde ik.

Mama kwam met de flessen saus de keuken uit gelopen. 'Zullen we beginnen?' vroeg ze, terwijl ze ging zitten.

We sloten onze ogen. Mijn ouders vroegen God om een

zegen over hun maaltijd. Gewoon, zoals altijd. Ik vroeg God in stilte of Hij me bij wilde staan, en me wilde helpen om de juiste woorden te vinden om hét te vertellen.

'Hoe was het op de zaak vandaag?' vroeg mama, nadat we in koor 'eet smakelijk' hadden gezegd.

'Prima,' antwoordde pa kort, voordat hij een flinke hap puree in zijn mond stopte. Hij hield er niet van om te praten, zeker niet tijdens het eten.

Mama sneed een stukje van haar slavink af. 'Heb jij nog wat leuks gedaan vandaag, Bram?' Ze stopte het vlees in haar mond en begon licht smakkend te kauwen.

'Gewoon lekker gerelaxt,' zei ik. Dat was het enige wat ik nog deed als ik niet hoefde te werken. Op mijn vrije dagen liet ik mezelf in de afgrond vallen met mijn geheimen. Op die dagen werd ik één met mijn angsten, en sloot ik mezelf op in mijn kamer. Al mijn demonen bestookten me dan tegelijk; als een zwerm zwarte spreeuwen die in de boom achter het huis landde aan het einde van de dag. Op elke tak een gitzwarte vogel, luid kwetterend, tot hun geschreeuw het enige was wat ik nog horen kon, terwijl ik hoopte dat er een schot hagel zou worden gelost, zodat ze massaal zouden opvliegen en ik was verlost.

Vertel het ze!

Mijn hand begon te trillen. Ik laadde het geweer met hagel en legde mijn vinger op de trekker. 'Mam, pap, ik moet jullie wat vertellen.'

Verrast keken mijn ouders op. Dit was anders, ongewoon, niet zoals altijd.

Mijn mond was droog, mijn tong trok zich krampachtig naar achteren. Alles in mijn lijf verzette zich tegen de woorden die op het punt stonden mijn mond te verlaten.

'Nienke is zwanger.'

Ik kon het niet.

Na de herfst kwam de winter. Gewoon, zoals altijd. De wereld werd donkerder, en de kale takken van de bomen werden met lampjes versierd in de hoop dat ze de duisternis zouden verdrijven.

'Zal ik de champagne alvast opentrekken?!' riep mama vanuit de keuken.

Het was bijna 21:00 uur. Ik moest het vanavond vertellen, anders zou het er nooit meer van komen. Ik had al mijn moed nodig. 'Lekker!' antwoordde ik.

Papa zat aan tafel met een schaal oliebollen en appelbeignets voor zijn neus. 'Doe mij nog maar een glas rode wijn.' Hij nam een hap uit een oliebol. De poedersuiker bleef aan zijn snor hangen, waardoor hij eruitzag als een cokesnuivende junk.

'Je snor zit er helemaal onder!' riep mama verschrikt toen ze uit de keuken kwam gelopen. Ze schonk het glas van mijn vader vol, overhandigde mij een glas champagne en kwam toen naast me zitten op de bank. 'Gezellig dat je er ook bent, Bram. Gaan we nu alvast proosten op het nieuwe jaar, of doen we dat om middernacht?'

'Nee, nee,' zei papa. 'We gaan nu toch nog niet proosten? We kunnen wel het oude jaar uitdrinken, maar proosten doen we pas om twaalf uur. Dat hoort nou eenmaal zo.'

'Gaan we dan alvast de goede voornemens doornemen?' Mama nam een slok champagne, pa zette het geluid van de tv wat harder. Een duidelijk signaal dat hij niet wilde praten, maar ongestoord naar de oudejaarsconference wilde kijken.

Ik nam een slok champagne en voelde de alcohol door mijn slokdarm mijn lichaam in glijden. Ik hoopte dat het me zou helpen ontspannen, zodat ik eindelijk de moed zou vinden om de woorden te spreken die al zo lang op mijn lippen lagen. Het waren drie woorden: *ik*, *homo* en *ben*. Makkelijke, alledaagse woorden, maar in deze context, in de volgorde waarop ik ze uit zou moeten spreken, waren ze zo beladen dat het was alsof ik ze met mijn blote handen uit de kokende olie tussen het oliebollenbeslag vandaan moest vissen.

Ik was misselijk, dacht dat ik moest kotsen en wilde dat ik de tijd stil kon zetten, maar er was geen weg meer terug. Op het moment dat ik Lana mijn geheim had verteld, had ik een vuurpijl aangestoken die fluitend de lucht in was geschoten. Ik was bang om als een gekleurde regen uiteen te spatten. Bang dat als de vonken waren gedoofd, er niets meer zou overblijven van wie ik was. Dat ik op straat zou eindigen tussen de verregende vuurwerkresten, de half verbrande kerstbomen en de plassen kots van mensen die zich te buiten waren gegaan aan flessen champagne om de realiteit te kunnen vergeten en heel hard te kunnen roepen: 'Dit wordt echt mijn jaar!'

Op de televisie werd de reclame ingezet, een grote klok telde af naar het einde van het jaar.

'Ik moet jullie eigenlijk nog wat vertellen.' De woorden verlieten mijn mond zonder dat ik er controle over had. Ik was niet zelf degene die de woorden koos, de lettergrepen hakkelde, ik zweefde boven mijn lichaam en zag mezelf zitten op de bank.

'Ik. Ben. Homo.'

De reclame op tv speelde onverstoorbaar door. '*Because I'm worth it.*' Ik nam een slokje champagne, mijn mond was droog en mijn hand trilde oncontroleerbaar.

'Maar je bent er niets minder door, hoor,' zei mama terwijl ze begon te huilen.

'Waarom huil je dan?'

'Gewoon... ik kan me voorstellen dat dit moeilijk voor je is geweest.' Ze gaf me onhandig een knuffel.

Papa wreef met zijn handen over tafel, nam een slok wijn,

proefde deze zorgvuldig, zodat hij wat meer tijd had om zijn woorden te kiezen. 'Dat kan natuurlijk,' zei hij uiteindelijk.

'Ik heb het Kira nog niet verteld, dat wil ik graag zelf doen.'

'Natuurlijk,' zei mama. 'Wij zullen het tegen niemand zeggen.'

Stilte.

'Dus... heeft er nog iemand goede voornemens?' Ik nam een slok champagne.

Mama schudde beduusd haar hoofd, papa zette het geluid van de tv weer harder.

Om middernacht schoot ik mijn zorgen de lucht in, en werden mijn angsten verjaagd met harde knallen en gekleurd vuur. Ik had gedaan wat ik moest doen. De champagne had gedaan wat hij moest doen, en enthousiast riep ik: 'Dit wordt écht mijn jaar!'

39.

Het is een rare gewaarwording, allebei mijn ouders die vol concentratie bezig zijn met het maken van een schilderij. Papa probeert een kleurige parkiet vorm te geven, terwijl mama een veld met bloemen tamponneert. Ik heb besloten een kersenbloesemboom te maken die vol in bloei staat. Mijn vorige exemplaar, de dode boom met het mannetje aan de galg, heeft Anneke gelukkig opgeborgen.

Na het schilderen werken we samen met Kimberley en haar ouders in de moestuin.

'Kijk, pap,' vertelt Kimberley trots, 'dit veldje heb ik ingezaaid. Hier aan de zijkant heb ik een greppel gegraven voor de afwatering.' De man luistert vol interesse naar haar verhaal. Mama staat wat onhandig met een schoffel in haar handen, en heeft er waarschijnlijk spijt van dat ze vanochtend pumps heeft aangetrokken.

De zon schijnt vriendelijk, en dus heeft Cora de tafel voor de lunch gedekt in de achtertuin. Alle geschilderde picknickbankjes zijn tegen elkaar gezet, waardoor er een grote kleurige tafel is ontstaan, met één zwarte tafel in het midden.

Justin gaat met zijn vader aan de zwarte tafel zitten. 'Deze heb ik geschilderd,' zegt hij. 'Er ontbrak een plank in het midden van de tafel, die heb ik opgeschuurd en geschilderd.

Kijk, ik heb ook een gat in het midden gemaakt; als het dan erg warm is, kan er een parasol in staan.'

Justins vader luistert vol verbazing naar zijn zoon. 'Misschien moeten we straks thuis ook maar eens plannen gaan maken voor het opknappen van de woonkamer?'

Justin knikt instemmend.

Als iedereen een plekje heeft gevonden aan tafel, serveren Louise, Anna en ik de Indiase curry uit.

'Dit is erg smakelijk!' zegt de vader van Anna na zijn eerste hap. 'Je mag straks thuis wel vaker voor ons koken; je hebt talent!'

Anna glimlacht opgelaten.

'Is er ook iets van een salade?' vraagt de moeder van Louise. 'In die rijst zitten alleen maar koolhydraten, die mag ik helaas niet hebben.'

'Anders eet je alleen de groenten en kip?' oppert Louise, die haar armband nerveus rond haar pols draait.

Haar moeder prikt wat met haar vork in de groenten op haar bord. 'Dit is helemaal kapot gekookt, hier zitten geen vitamines meer in...'

Na de lunch zit ik met mijn ouders aan de ronde tafel in het kantoor van Anneke. Ik ben hier niet meer geweest sinds het afscheid van Dave. Ik probeer de herinnering te onderdrukken, omdat het nu om iets anders gaat: het gaat om mij.

Papa neemt een slok van zijn koffie, mama laat een theezakje wild op en neer dansen in haar glas. Niemand zegt iets, zoals altijd, gespannen wachten we tot Anneke terugkomt en het gesprek zal beginnen.

Ik kijk naar Annekes bureau, de bruine chesterfieldstoelen, en zoek de markering op het tapijt waar ik voor het laatst met Dave hand in hand heb gestaan; de plek van onze laatste zoen.

Het verdriet van het moeten missen van Dave is veranderd in een meer snijdende pijn, omdat ik bijna zeker weet dat ik hem nooit meer zal zien. Ik probeer mezelf ervan te overtuigen dat hij slechts een vakantieliefde was, niet meer dan dat.

'Excuses,' zegt Anneke als ze weer binnenkomt. 'Er was een klein incident dat even mijn aandacht nodig had, maar nu ben ik er volledig voor jullie.' Ze schuift bij ons aan, pakt de karaf met water en schenkt een van de glazen, die ernaast staan opgestapeld, vol. 'Waren jullie al wel eens op Ameland geweest?' vraagt ze aan mijn ouders.

Papa schudt zijn hoofd.

'Ameland nog niet,' zegt mama, 'maar Texel wel, daar kun je ook heerlijk fietsen.'

'Texel is ook prachtig,' bevestigt Anneke. Ze opent mijn dossier dat voor haar op tafel ligt. 'Zullen we maar gelijk ter zake komen?' Een ongemakkelijk stilte volgt. 'Aangezien Bram meerderjarig is en dit een vrijwillige opname is, mag hij zelf bepalen wat er wel en niet gedeeld wordt over zijn behandeling. Ik wil ook aangeven dat dit gesprek vooral voor Bram is, en niet voor de ouders, zoals veelal wordt gedacht.'

'Ik begrijp het,' zegt mama.

Papa knikt.

'Bram, jij hebt wat dingetjes opgeschreven die je met je ouders wilt bespreken. Zullen we daarmee beginnen?'

Ik knik wat onwennig en haal het A4'tje, dat al de hele dag opgevouwen in mijn broekzak zit, tevoorschijn. Ik ben misselijk van de spanning, en twijfel of ik de vragen moet stellen die ik heb opgeschreven, maar schraap dan toch mijn keel. 'Waarom hebben jullie mij nooit verteld dat tante Sandra lesbisch is?'

Mama kijkt me verbaasd aan. 'Maar dat wist je toch?'

'Toen ik ouder werd had ik wel zo'n vermoeden, maar

jullie hebben het nooit echt verteld... Toen ze met Deborah ging samenwonen hadden het toch ook gewoon vriendinnen kunnen zijn? Pas toen ze het vertelde op oma's begrafenis wist ik het zeker.'

Mama neemt een slokje thee. 'Zo heb ik het nooit bekeken, wij dachten altijd dat het vanzelfsprekend was...'

'We wilden het niet benoemen,' zegt papa, 'omdat het voor ons normaal is. We dachten door er geen aandacht aan te besteden dat Kira en jij zouden weten dat het voor ons geen probleem is.'

Mijn mond wordt droog. 'Ik dacht juist dat jullie het er nooit over hadden, omdat jullie deden alsof het niet bestond... Binnen de kerk wordt er nou niet bepaald positief over homo's gepraat, dus ik dacht dat jullie dat ook vonden, dat jullie het ook als iets slechts zagen.'

Papa wrijft met zijn handen over tafel. 'We hebben je altijd zo geprobeerd op te voeden dat je uiteindelijk je eigen keuzes zou maken, ongeacht wat de kerk daarvan vindt.'

'Maar dit is geen keuze!' Ik hoor de ergernis in mijn stem. 'Het is niet zo dat ik op een ochtend wakker werd en dacht: vanaf vandaag ben ik homo. Ik ben het altijd al geweest, maar ik heb het altijd moeten verbergen, omdat iedereen in de kerk en op school er een oordeel over heeft!'

Mama kijkt me verschrikt aan. 'Maar wij veroordelen het toch niet?'

'Ik werd door júllie altijd meegenomen naar de kerk, daar kreeg ik te horen dat ik een fout was, een smet op de schepping, een gevolg van de zondeval. Ik geloofde dat er iets mis was met mij, dat ik het verdiende om te branden in de hel! Jullie hebben dat nooit tegengesproken!'

'Nee toch!' zegt mama geschrokken. 'Dat is absoluut niet wat we –'

'Jawel,' onderbreekt papa haar, 'hij heeft gelijk...' Ik kijk hem verbaasd aan, terwijl hij wat ongemakkelijk met zijn hand over zijn voorhoofd wrijft. 'We hadden ons moeten uitspreken over de dingen waar we het niet mee eens waren in de kerk. Bram, je moet geloven dat het nooit onze bedoeling is geweest om jou het gevoel te geven dat je jezelf niet mag zijn. Het licht van het geloof, het samen zijn met de mensen in de kerk, het voor elkaar zorgen, dát was de boodschap die we je mee wilden geven.'

Ik neem een slokje water, mijn hand trilt, terwijl de woorden van mijn vader hun weg zoeken naar mijn hart. Mijn hele leven heb ik mijn eigen conclusies getrokken over hoe ik dacht dat mijn ouders in het leven stonden, gebaseerd op de woorden van een man in een somber pak op een preekstoel. Als ik meteen met ze had gepraat, dan had ik geweten hoe ze werkelijk over het leven dachten. Door niet te luisteren naar mijn gevoel, had ik mijn ouders buitengesloten, en had ik alles wat ze uit liefde voor mij hadden gedaan niet gezien: al die keren dat ze voor me zorgden toen ik ziek was, mij midden in de nacht ophaalden van het station, of mij troostten nadat ik voor de zoveelste keer gevallen was.

'Ik ben gewoon altijd bang geweest dat ik niet aan jullie verwachtingen kon voldoen,' zeg ik.

Er staan tranen in mama's ogen. 'Lieverd, wij zullen altijd van je blijven houden. Het belangrijkste voor ons is dat jij gelukkig bent.'

40.

Drie maanden eerder

Mijn ouders hadden niet gelogen en zeiden niets, tegen niemand. Misschien dachten ze ook dat als ze er geen aandacht aan besteedden, het vanzelf wel weer over zou gaan.

Er waren nu drie mensen die mijn geheim kenden, allemaal op één hand te tellen. Er was nog steeds niets veranderd; mijn gedachten waren nog steeds donker, en mijn lichaam protesteerde nog steeds op de meest onhandige momenten. Ik had gehoopt dat ik me als herboren zou voelen nadat ik mijn geheim had opengebroken, dat ik bevrijd zou zijn van het beklemmende gevoel en de paniekaanvallen. Ik moest blijkbaar nog een stapje verder gaan, en het de rest van de wereld ook vertellen. Maar hoe kon ik, na eenentwintig jaar, nu ineens een homo zijn? Hoe kon ik mensen uitleggen dat ik al die jaren tegen ze gelogen had? Ik had een vriend nodig. Net zoals de bloemen aankondigen dat het voorjaar is begonnen, zou een leuke jongen een nieuwe fase in mijn leven kunnen inluiden, zonder dat ik iemand een uitleg schuldig was.

Ik schonk nog een glas rode wijn in. Mijn gezicht werd verlicht door het beeldscherm van mijn laptop, de gordijnen had ik gesloten om de realiteit van de donkere buitenwereld uit mijn kamer te houden. Ik maakte een profiel aan op een datingsite – zonder foto, zonder mijn echte naam, want de angst om ontdekt te worden was groter dan de hoop op een toekomst – en ik scrolde door de vrijgezelle jongens, op zoek naar de tweelingbroer van Sam, die helaas niet bestond.

Na het wegklikken van een aantal chatberichten van mannen die oud genoeg waren om mijn vader of opa te kunnen zijn, en die allemaal ongevraagd een foto van hun piemel stuurden, had ik de hoop al bijna opgegeven. Maar toen werd mijn oog getrokken door een ivoorwitte glimlach, bruin glanzend haar en een zonnebril die groot genoeg was om zijn identiteit te beschermen. Zijn gezicht was hoekig, zijn lippen smal en zijn donkere wenkbrauwen kwamen springerig boven de glazen van zijn bril uit.

Hey, mooie lach heb je! stuurde ik.

Jeroen: Thanx! Heb jij ook een foto?

Ik twijfelde. Ik wist dat dit moment zou komen, natuurlijk. Ik had al een foto uitgekozen. Redelijk recent, van twee jaar geleden. Het was zo'n gelukstreffer: goed licht, goede lach, goede houding en de vriendin met wie ik samen op de foto stond kon ik er makkelijk vanaf knippen. Inmiddels had ik genoeg wijn gedronken om roekeloos te kunnen zijn en ik stuurde mijn foto.

Jeroen: Ook leuk! Je ziet er leuk uit!

Mijn hart begon te gloeien.

Jeroen: Ik moet zo gaan, maar jij hebt zo'n lieve lach, jou kan ik denk ik wel vertrouwen: hier heb je mijn nummer.

Snel schreef ik zijn nummer op een papiertje, voordat hij offline zou gaan en de chatberichten zouden verdwijnen. Ik nam nog een slok wijn, en staarde naar de cijferreeks die ik had opgeschreven. Als ik hem een bericht zou sturen, dan had hij mijn nummer, dan kon hij ontdekken wie ik was.

Wat heb je te verliezen?

Met trillende vingers typte ik een bericht op mijn telefoon: Hé, Bram hier. Waar woon je eigenlijk?

Jeroen woonde in een klein dorpje onder de rook van Amsterdam. Hij was net zo oud als ik en nog niet uit de kast. Alleen zijn beste vriendin wist zijn grote geheim, dat hij zijn hele leven al met zich meedroeg. Na anderhalve week had ik Jeroen al veel verteld over wat ik normaal gesproken angstvallig verborgen hield. Voor het eerst in mijn leven had ik het gevoel dat ik helemaal mezelf mocht zijn. Ik vertelde hem dat ik altijd heb geweten dat er iets niet klopte, dat ik me eenzaam voelde en dat ik bang was om mezelf te zijn, en dat de angst zo groot was dat het mijn lichaam verlamde. Jeroen kende mijn pijn, mijn zorgen en mijn verdriet, omdat hij in precies dezelfde achtbaan zat. Ook hij was moe, en had geen energie meer om zichzelf anders voor te blijven doen.

Elke donderdag at hij bij zijn ouders. Tijdens het volgende etentje zou hij voor het dessert zijn geheim op tafel leggen. Ik bleef die avond stand-by; mocht er iets misgaan of als hij niet meer durfde, dan zou hij mij bellen of appen. De hele avond zat ik in spanning. Het was alsof ik zelf weer uit de kast moest komen bij mijn ouders, met alle mogelijke gevolgen van dien. Om 20:30 uur kreeg ik eindelijk een bericht: het is goed gegaan! Ze vonden het helemaal niet erg, mijn moeder had het wel verwacht. Mijn vader zei zelfs dat hij trots op me was!

Ik barstte in huilen uit, van geluk. Ik voelde een opluchting die ik gehoopt had te voelen toen ik mijn eigen verhaal vertelde. Hoe kwam het dat ik dat nu wel voelde, maar niet tijdens mijn eigen coming-out? Ik wist niet meer wat ik voelde, ik wist niet meer hoe ik moest voelen. Ik was mezelf compleet verloren.

Sam was afgestudeerd en had in no-time een fulltimebaan gevonden binnen een grote organisatie. Dat verbaasde mij niets. Hij zag er goed uit, had een goed stel hersens, en vanuit zijn familie de juiste contacten en kennissen.

Na zijn laatste dienst zouden we met alle collega's wat gaan drinken in de stad, dat deden we altijd als er een supervisor wegging. Ik moest afsluiten die avond, wat ik niet heel erg vond, want steeds vaker werd ik misselijk van angst, of viel ik bijna flauw, als ik in een volle ruimte was. Ik moest mezelf dan in allerlei bochten wringen om weg te komen, zodat ik mezelf niet voor lul zou zetten. De makkelijkste oplossing was om gewoon maar niet te gaan.

Ik was de bar op de eerste etage aan het schoonmaken toen Sam naar me toe kwam gelopen. Ik had het koud. Ik wist dat dit de laatste keer zou zijn dat ik hem zou zien. Het was alsof ik afscheid moest nemen van mijn favoriete knuffel, alsof we onze hond opnieuw moesten laten inslapen.

'Zo, Bram,' zei Sam.

'Het zit erop voor je?' vroeg ik.

Sam knikte. 'Bedankt voor alles, jongen, jij komt er wel.'

Hij stak zijn hand naar me uit. Zijn vriendelijke hand met slanke vingers en kortgeknipte nagels. Ik pakte zijn hand vast en voelde meteen de vlinders in mijn buik. Het voelde alleen anders dan normaal. Ze deden hun best te fladderen, maar iemand strafte hun geluk af met een emmer ijskoud water. Ik voelde tranen opkomen en wilde dit moment voor eeuwig laten duren. Ik wilde zijn hand nooit meer loslaten.

'Jij ook bedankt,' zei ik.

'We komen elkaar vast nog wel eens –'

'Sam! Kom je?!' Lisa stond aan de andere kant van de bar ongeduldig te wachten. 'Iedereen staat al beneden!'

Voordat ik er erg in had draaide Sam zich om en liep weg. Het leek alsof de aarde stopte met draaien. Ik wou achter hem aan rennen, roepen dat hij op mij moest wachten, dat ik stiekem al jaren verliefd op hem was.

Ik zei niets.

Samen met Lisa liep hij de trap af, en toen was het echt voorbij. Het was alsof er een stukje uit mijn ziel werd geknipt, nu de onmogelijke liefde definitief nooit zou gebeuren. De rest van de avond leken mijn gedachten verloren. Ik dacht aan Tom en Sam, die me allebei hadden verlaten. Ik dacht aan Jeroen, een onlinevriend, over wie ik alleen maar kon dromen. Ik dacht aan de dood, mijn eeuwige vriend die me nooit in de steek zou laten.

Thuis ging ik op mijn kamer zitten met een glas rode wijn, ik nam nog een glas en nog één, tot de fles bijna leeg was en mijn wereld weer begon te draaien. Ik kreeg op mijn telefoon een melding dat Sam een bericht op Facebook had geplaatst. Een foto van hem met wat collega's in de Oude Beuk, waarmee hij ze bedankte voor de leuke avond. Zijn gezicht straalde, zijn ogen glinsterden en de ader op zijn voorhoofd was zichtbaar. Ik had meteen spijt dat ik na het afsluiten niet was gaan kijken of ze nog in de stad waren. Ik klikte op het duimpje bij het bericht.

Op WhatsApp zag ik dat Sam online was. Ik kon maar niet wennen aan het idee dat ik hem nooit meer zou zien, nooit meer zou spreken, nooit meer zijn rustige stem zou horen, zijn lieve geur zou ruiken, zijn slanke handen zou aanraken. Deels dronken van de wijn, deels van de liefde besloot ik hem een bericht te sturen: Bedankt voor alles, Sam! Succes met je carrière, we gaan je missen!

Ik las de zin nog eens door, en nog eens, het was nog niet goed. Ik veranderde het bericht: Bedankt voor alles, Sam! Succes met je carrière, ik gaan je missen! en klikte op verzenden.

Ik las de zin nog eens. Ik **GAAN** je missen?

Ik kon mezelf wel voor m'n kop slaan. Hopelijk zou Sam dit niet merken.

Wat ben je ook een kneus!

Na 5 minuten was Sam nog steeds online, maar had ik nog geen reactie gekregen op mijn bericht.

Na 8 minuten ging Sam even offline, maar kwam meteen daarna weer terug online.

Na 11 minuten had ik nog steeds geen reactie van Sam.

Ik smeet mijn telefoon op bed en begon onrustig te ijsberen door mijn slaapkamer. Het kwam nog wel, het kwam nog wel –

Mijn telefoon lichtte op en ik dook als een tijger die zijn prooi besprong op het bed om mijn telefoon te pakken. Een melding van Facebook: Lisa heeft op het bericht van Sam gereageerd.

Schijt Lisa.

18 minuten. Sam was nog steeds online.

19 minuten. Sam ging offline – hij komt wel terug.

Laatst gezien 1 uur geleden.

Laatst gezien 2 uur geleden.

Ik liet me op mijn bed vallen.

Laatst gezien 3 uur geleden.

Ik viel in slaap met mijn telefoon in mijn handen en droomde over een dronken avond met Sam.

De volgende ochtend werd ik wakker met hoofdpijn. Toen ik zag dat Sam niet op mijn bericht had gereageerd maar wel Lisa's bericht op Facebook had geliked, was mijn kater compleet.

Er is echt helemaal niemand die om jou geeft.

41.

Justin gooit extra hout op het vuur dat knetterend wat vonken uitstoot richting de sterrenhemel. Het was een lange, emotionele dag geweest, maar niemand lijkt op dit moment alleen te willen zijn met zijn gedachten.

Louise komt wat vertwijfeld aangelopen. Als ze Kimberley naast me ziet zitten, maakt ze rechtsomkeert. Dan ineens blijft ze staan, draait zich om en komt dan toch weer richting het vuur gelopen. 'Stoor ik?' vraagt ze gelaten.

'Kom erbij,' zegt Dylan.

'Zolang je geen messen of wodka bij je hebt, tenminste,' zegt Kimberley grinnikend.

Louise laat haar lege handen zien. 'Beloofd.' Ze gaat naast Justin zitten op een boomstam. 'Ik heb besloten dat ik morgen wegga.'

Het vuur knettert.

'Hoezo?' vraagt Anna.

'Ik wil jullie niet meer in de weg zitten... Ik ben me ervan bewust dat ik niet de gemakkelijkste ben geweest de afgelopen twee weken. Het spijt me echt hoe ik me gedragen heb. Vandaag, tijdens het gesprek met mom, werd het me ineens duidelijk allemaal. Ik mag af en toe best eens wat liever voor mezelf zijn, en al helemaal voor de mensen om mij heen... Het spijt me ook echt heel erg van je hand, Kimberley.'

Kimberley glimlacht, en houdt haar in verband gewikkelde hand omhoog. 'Ik kan wel tegen een stootje, ik kom van een boerderij, met drie oudere broers, dus, ja.'

'Wacht even, hoor,' zegt Dylan. 'Ik weet niet wat hier nou allemaal gebeurt, maar moeten we dit niet even opschrijven voor Anneke?'

De groep lacht.

'Hoor ik daar mijn naam?' Anneke komt samen met Judith richting het vuur gelopen. In hun handen hebben ze twee thermosflessen chocomel en een zak spekjes.

'Marshmallows, iemand?' vraagt Judith blij.

Als we even later allemaal een stok boven het vuur houden met half verbrande spekjes, wil Anneke toch weten waar we het over hadden.

'Louise vertelde net dat ze morgen weggaat,' zegt Kimberley met haar mond vol spek.

'Ze heeft ontdekt dat ze toch wel een beetje een bitch is,' lacht Dylan.

'Je blijft erbij dat je weggaat?' vraagt Anneke.

Louise houdt haar stok in het vuur en staart naar het spekje dat langzaam verbrandt. 'Ja, ik zit iedereen hier toch alleen maar in de weg...'

'Blijf gewoon,' zegt Anna. 'Iets met vallen, opstaan en weer doorgaan?'

Louise kijkt haar verbaasd aan.

'We zullen waarschijnlijk nooit de beste vriendinnen worden, maar jij bent hier ook niet voor niets. En volgens mij is je constatering dat je een mega-bitch bent een goede eerste stap.'

'Ik ben hier de grootste bitch,' verzucht Kimberley.

'Jij?' vraagt Anna. 'Hoe kom je daar nou weer bij? Jij bent een van de liefste meiden die ik ken.'

Kimberley schudt haar hoofd. 'Ik had het veel eerder moeten vertellen, maar ik durfde het niet...' Ze kijkt Anneke aan, zoekend naar bevestiging.

'Het is goed,' zegt Anneke. 'Dit lijkt me een mooi moment om het met de groep te delen.'

Kimberley slikt. 'Toen ik van school veranderde ging het gelukkig beter met me; ik werd niet meer gepest. Er zat wel een ander meisje in mijn klas: Petra. Haar vader was de rector op school. In de brugklas had ze een keer een klasgenootje verlinkt, waardoor ze nu werd gepest. Iedereen noemde haar Petra Pet, zeg maar, omdat ze zogenaamd een politiepet droeg.

De grootste pestkop in de klas was Wim. Hij was een keer blijven zitten en een stuk groter en sterker dan de rest. Veel jongens keken tegen hem op, meiden wilden graag bij hem in de buurt zijn, ik probeerde hem zoveel mogelijk te vermijden.

Op een gegeven moment kreeg hij door dat ik hem uit de weg ging, dus ja, dat beviel hem niet.

Toen ik een keer met mijn fiets de fietsenstalling uit wou lopen, zetten hij zijn handen op mijn stuur en hield mij tegen: "Wat is dat toch met jou, Kimmetje?"

Ik wist niet wat ik moest doen, ik begon te trillen, en al het gedoe met Nathalie en Manon kwam weer naar boven. "Niks," zei ik. "Mag ik erlangs? Ik moet naar de tandarts."

Petra kwam langs Wim de fietsenstalling in gelopen.

"Als dat onze favoriete SS'er niet is," zei Wim minachtend.

Petra wilde snel doorlopen, maar ze werd tegengehouden door Ruben, een vriend van Wim.

"Kijk, Kim," zei Wim, "ik heb een beetje moeite met verklikkers. Jij hebt ook een beetje dat stille, dat stiekeme wat deze moffenhoer ook heeft." Hij knikte naar Petra, die haar hoofd omlaag liet hangen, terwijl Ruben haar arm stevig vasthield. “Het lijkt me daarom noodzakelijk dat jij je trouw bewijst.”

“Wat bedoel je?” vroeg ik.

“Je moet bewijzen dat je aan de juiste kant staat,” verduidelijkte hij.

Ik wist niet wat ik moest doen, wat er komen ging, ik was doodsbang. Ik wist alleen dat ik sterk moest blijven, omdat ik anders weer gepest zou worden.

“Laat haar Petra Pet in haar gezicht stompen!” riep Ruben enthousiast.

Wim dacht na. “Nee, dat laat sporen achter, dan zitten we straks weer op kantoor bij der Führer.” Ineens lichtte zijn gezicht op, alsof hij een goed idee had. “Spuug haar in het gezicht!”

“Wat?!” riep ik. “Dat doe ik niet! Dat kan niet!”

Wim klemde zijn hand stevig om mijn mond, hij bracht zijn gezicht zo dichtbij dat ik de warmte van zijn adem tegen mijn wang voelde. “Je doet het, of ik maak je leven tot een hel. Zo doen wij dat hier met verraders.”

Ik keek opzij naar Petra, ik voelde mijn hart als een razende tekeergaan.

“Doe dan!” spoorde Wim mij aan.

Ik tufte zachtjes in Petra’s richting. Een klein kloddertje spuug landde op haar jas.

“Nee!’ riep Wim. “Zo moet het!” Hij haalde zijn neus een keer op, verzamelde het slijm in zijn mond en tufte met volle kracht recht in Petra’s gezicht. Wims rochel was half in haar oog beland en droop over haar wang omlaag.

Petra’s blik was leeg, mijn hart deed pijn, maar ik wist dat ik moest kiezen: het was zij of ik.

Met mijn ogen zei ik sorry, ik hoopte dat ze het zag, ik vulde mijn mond met speeksel en spuugde haar in het gezicht.

Het slijm landde op haar lippen, waar het zich vermengde met de resten van Wims spuug, en droop omlaag over haar jas.

"Goed zo," zei Wim. Hij liet mijn stuur los en ik ging zo snel als ik kon naar buiten, en fietste naar huis. Toen ik thuiskwam ben ik naar mijn kamer gevlucht en heb ik gehuild. Ik wilde Petra nog een berichtje sturen, en zeggen dat het me speet, maar ik kon het niet, de angst voor Wim was groter... Ook de volgende dag op school bleef ik Petra negeren, ik durfde haar niet aan te kijken, omdat ik me zo schaamde voor wat ik had gedaan...'

Kimberley valt stil. Ze staart met een holle blik in het vuur, waardoor de tranen die over haar wangen rollen rood oplichten. 'Twee weken later was Petra niet meer op school gekomen... De mentor kwam de volgende dag in de klas... Petra... Petra had een einde aan haar leven gemaakt...'

Het vuur knettert spottend, de dood is wat het voedt; dode takken, dood gras, oud en afgedankt papier.

'Het is heel knap dat je dit nu vertelt, Kimberley,' zegt Anneke.

'Ik voel me zo – zo schuldig,' snottert Kimberley. 'Ik ben zo'n slecht mens.'

'Had je met de kennis van nu dezelfde keuze gemaakt?' vraagt Anneke.

'Nee! Natuurlijk niet!'

'Je hebt toen een keuze gemaakt, waarvan jij toen dacht dat het de beste was. Op dat moment kon jij alleen maar overleven. Daarbij komt dat je jezelf nooit verantwoordelijk mag houden voor de keuzes die iemand anders maakt –'

'Maar ik had haar kunnen redden! Als ik haar op dat moment had geholpen, of naar haar had geluisterd, dan was het misschien allemaal wel anders gelopen...'

'Je weet nooit precies wat de impact van jouw keuzes is op de wereld om je heen. We zullen allemaal momenten in het leven hebben waarop we later terugkijken en waarvan we zouden willen dat we toen een andere beslissing hadden genomen. Je kunt die momenten de rest van je leven laten bepalen en erop terugkijken met spijt, of je kiest ervoor om ervan te leren en te groeien en het in de toekomst anders te doen.'

Ik weet niet of de woorden landen bij Kimberley, of ze überhaupt iets hoort van wat Anneke zegt, maar ik zie wel een soort van opluchting in haar gezicht nu ze haar geheim heeft verteld. Ineens besef ik dat er iets is waar ik later spijt van zal hebben als ik het nu niet zou doen. Ik voel de spanning opbouwen in mijn lijf, en als het een tijdje stil is geweest schraap ik mijn keel. 'Mag ik ook nog wat bekennen?' vraag ik.

De rest kijkt me verbaasd aan. De doos van Pandora is geopend, en alle geheimen zweven door de donkere nacht, ernaar smachtend te worden onthuld in het licht van het vuur.

'Ik ben homo,' zeg ik. De woorden voelen licht, warm, bijna vertrouwd.

'Dat dacht ik al,' zegt Louise.

'Hoezo?'

'Je hebt geen één keer naar mijn borsten gekeken,' zegt ze met een lach.

'En ik vond juist dat je opvallend lang naar deze jongens keek!' Dylan laat lachend zijn spierballen zien.

Als het gelach om zijn grap is weggeëbd, wordt mijn blik weer serieus. 'Dat is nog niet alles... Ik heb met Dave gezoend, daarom is hij weg.'

'Niet?!' roept Anna verbaasd.

'Waarom zijn alle leuke jongens altijd gay?' verzucht Louise.

'Ik heb altijd wel geweten dat jij een playboy bent, Bram,' zegt Dylan met een grijns.

De sfeer is uitgelaten, we lachen, eten marshmallows, drinken chocolademelk en even lijken mijn problemen geen problemen meer te zijn. Ik kijk naar de lachende gezichten om me heen, en vraag me af: waar heb ik me al die tijd nou zo druk over gemaakt?

42.

Twee maanden eerder

Ik schakelde door van vier naar vijf, nadat ik de snelweg was opgedraaid. Mijn handen zweetten, mijn hart klopte snel, mijn hoofd draaide en mijn ogen hadden moeite zich scherp te stellen.

What the hell ga je doen?

Ik keek op mijn navigatie, bij de volgende afslag moest ik er alweer af. Ik voelde een hevige kramp opkomen in mijn buik, die daarna ook weer iets leek af te zwakken. De spanning was meer dan ik verdragen kon en ik stond op het punt om weer rechtsomkeert te maken naar huis.

Na drie weken was Jeroen het appen zat: hij wilde me ontmoeten. Hij woonde op zichzelf, en dus leek het ons het beste om bij hem thuis af te spreken, zodat we met niemand rekening hoefden te houden. Er waren genoeg redenen waarom ik niet zou moeten gaan. Als ik me eenmaal in dit hellevuur had gestort, dan was er geen weg meer terug. En wat nou als ik tegenviel? Wat als de jongen die ik werkelijk was helemaal niet voldoende bleek te zijn?

Ik nam de afslag en reed over een smalle weg in een beboste omgeving. De bomen waren oud, hingen half over de weg en ontwaakten net uit hun winterslaap. De eerste bloemen gingen voorzichtig open, terwijl de zon langzaam achter de horizon verdween.

'U hebt uw bestemming bereikt.' De stem van de navigatie galmde door de auto, toen ik een woonwijk aan de rand van het dorp binnenreed. Ik remde niet, liet mijn ogen niet langs de kant van de weg glijden op zoek naar een parkeervak, ik reed gewoon door.

Ik reed het dorp weer uit, de omgeving werd weer groener en bij een verharde parkeerplaats aan de rand van het bos parkeerde ik. Mijn handen lagen trillend op het stuur. Ik zette de motor uit en voelde hoe mijn lichaam sidderde van angst.

Wat ben je toch een homo.

Het zweet stond op mijn voorhoofd en ook mijn voet begon te trillen. Ik stapte de auto uit en begon heen en weer te lopen langs de rand van het bos. Ik was misselijk, en voelde mijn adem piepend door mijn longen trekken. Mijn mond werd nat, mijn tong trok zich terug en uiteindelijk kotste ik de laatste restjes gal uit in de bosjes. Ik was helemaal leeg, op. Ik schaamde me voor wie ik was, voor wat ik was geworden.

Uitgeput ging ik weer in mijn auto zitten. Ik besloot dat ik Jeroen een bericht moest sturen, hij zou zich wel afvragen waar ik bleef: Sorry, ben er bijna, heb een paniekaanval gekregen...

Jeroen: We kunnen anders ook een andere keer afspreken?

Een golf van ontspanning spoelde over mijn lichaam, als een golf koud water op een hete dag. Ik kon weer ademhalen, maar mijn geest was gebroken. Ik ben naar huis gereden, heb me opgesloten in mijn kamer en ben huilend in slaap gevallen, dromend over wat had kunnen zijn.

Buiten verlichtte de zon het voorjaar van mijn leven. Ik lag op mijn kamer in bed met de gordijnen dicht. Mijn telefoon lag aan de oplader, en op mijn laptop speelde een zoveelste aflevering van *Orange is the New Black*, waar ik nauwelijks aandacht voor had. Mijn hart klopte traag en hard, mijn buik deed pijn van de honger. Op mijn nachtkastje stond een bord met drie sneden uitgedroogd brood, waarvan er maar een half was opgegeten. Ik had een paar happen genomen, waarna ik huilend en kokhalzend de rest had teruggelegd. Gister had ik alleen een appel en een bruine boterham gegeten, nauwelijks voldoende om mijn lichaam draaiende te houden, maar meer kreeg ik niet naar binnen. De continue spanning in mijn lijf was meer dan ik verdragen kon, het voelde alsof ik stervende was, alsof mijn lichaam elk moment kon besluiten dat het genoeg was geweest.

Ik had me ziek gemeld op mijn werk, zodat de wereld mij met rust zou laten. Alleen de paar gemiste oproepen van de restaurantmanager verraadden dat ik een leven had. Ik dacht dat eenzaamheid me zou bevrijden, omdat ik dan tegenover niemand meer verantwoording hoefde af te leggen over wie ik was. Ik had alle mensen die ooit om mij hadden gegeven één voor één weggeduwd, totdat er niemand meer naar me omkeek. Ook Jeroen reageerde de afgelopen weken nog nauwelijks op mijn berichten. Toen, uiteindelijk, kwam het hoge woord eruit: hij had een andere jongen leren kennen en was daar nu mee aan het daten. Dat was allemaal iets minder gecompliceerd. Ik kon het hem niet kwalijk nemen, wat moest zo'n leuke jongen ook met een paniekgestoorde homo?

Nichterige poot!

Ik had gebeden tot mijn knieën rood en schraal waren. Eindeloos gezocht naar klavertjes vier in het veld achter het huis. Nachtenlang naar de zwarte hemel gestaard, wachtend op een vallende ster. Ik had er alles aan gedaan om mijn wens in vervulling te laten gaan. Net als in de sprookjes wilde ik opgetild worden in een magische vonkenregen en weer op aarde landen als een normale jongen.

Je had beter je best moeten doen.

Ik had niet hard genoeg gebeden, niet genoeg gewalgd van mijn zondige kant, waardoor ik nu voor eeuwig veroordeeld was tot mezelf. Want zelfs na mijn dood stond mij, als zondaar, niets anders te wachten dan ellende. Meer ellende dan dit? Had ik nog wat te verliezen?

Geef het op.

43.

Het voelt als een eerste schooldag. Een andere plek in de klas, een nieuwe pen en een blanco schrift, waarop je met sierlijke letters je naam schrijft – voorzichtig, zodat de inkt niet vlekt.

Je kunt alles zijn wat je maar wilt.

Ik mag zijn wie ik ben: zonder consequenties, zonder oordeel of gevoel van minderwaardigheid. Ik voel de vrijheid van de gedachte, maar hij is nog vers, nog maar net ontkiemd. Ik wil hem de ruimte geven, niet verstikken of vertrappen, hij moet nog uitgroeien tot een geworteld geloof.

Het einde van onze tijd bij Het Baken komt in zicht. Ik ga nog steeds om de dag met de bus, en voel steeds meer ruimte om mijn boosheid, verdriet, angsten en frustraties los te laten. De stemmen worden zachter, en mijn zelfvertrouwen groter.

Kimberley en Louise zijn met het idee gekomen om van onze laatste avond een bonte avond te maken. Anneke had het een leuk idee gevonden, en al snel was ook Judith van de partij.

Anna had voorgesteld om dan een stukje te dansen, iets kleins, iets wat niet te belastend zou zijn voor haar knie.

'Mag ik dan meedoen?' had Louise gevraagd.

Anna had haar met een gefronste blik aangekeken. 'Wil je samen dansen?'

Louise knikte. 'Vroeger wou ik ook altijd danseres worden

en droomde ik ervan om naar de dansacademie te gaan. Mijn ouders vonden dat geen goed idee, leuk als hobby, maar niet als carrière. Op hun aanraden heb ik me toen ingeschreven voor de opleiding communicatiewetenschap.'

Ik zie ze via mijn raam regelmatig in de achtertuin oefenen. Sierlijk zwaaien hun armen door de lucht, en draaien ze pirouettes op één been.

Justin is samen met Kimberley bezig met een geheim project bij de moestuin. Ze willen niet zeggen wat het is: 'De onthulling is op de bonte avond!'

Dylan had zoveel plezier beleefd aan het bakken van de taart dat hij had bedacht om samen met Cora het dessert te maken voor de laatste avond. Toen hij met dat idee naar Cora was gegaan, had ze – heb ik van horen zeggen – zelfs goedkeurend gelachen.

Na een wandeling met Roger had ik mijn hart gelucht bij Judith. 'Ik weet niet wat ik moet doen op de bonte avond,' zei ik. 'Ik kan toch niet als enige niets doen?'

'Wat vind je leuk om te doen?' vroeg ze.

Ik dacht na en voelde de vrijheid om eerlijk te zijn: 'Toneelspelen vind ik leuk.'

'Waarom houd je dan niet een monoloog? Of lees je een mooi gedicht voor?'

Judith nam me mee naar de bibliotheek. Ergens achteraan, op een stoffige plank, stonden wat oude toneelstukken. Ik zag een vertaling van *Hamlet* staan, van Frank Albers uit 1998, en kon me herinneren dat ik die ooit een keer voor school had moeten lezen. Ik bladerde het stuk door, op zoek naar een monoloog en vond een tekst die niet beter van toepassing had kunnen zijn.

En nu zit ik achter mijn bureau. Ik probeer de tekst in mijn hoofd te prenten, maar ik voel me talentloos, identiteitsloos, en twijfel of ik wel een bijdrage kan leveren aan de avond, soms twijfel ik of ik überhaupt wel een aanvulling kan zijn voor de maatschappij.

Een blanco schrift, een nieuw begin, waar moet je dan beginnen? Alles wat ik ooit was, zal ik nooit meer zijn, alles waarvan ik ooit dacht dat ik het zou moeten zijn, zal ik nooit meer worden.

Het is tijd om het jongetje, dat op zijn kamer onder de dekens zit, uit bed te halen. Bij de hand te nemen, de trap af, mee naar buiten. Tijd om hem te laten zien dat het geritsel in de struiken wordt veroorzaakt door de wind, die de dode blaadjes van de bomen losschudt en ze meeneemt naar een betere plek. Tijd om hem te laten spelen bij de kersenbloesemboom, die ontwaakt, zijn roze bloemen opent en de wereld vertelt dat alles goedkomt.

En ook al hangt de dood als een schaduw over de dag en zal hij het leven verstikken met een dikke laag sneeuw als de tijd gekomen is, hoe koud en wit de nachten ook zullen zijn, de zon zal altijd weer opkomen om een nieuwe dag te kleuren in rood, geel, oranje en goud. De sneeuw zal smelten en plaatsmaken voor een nieuw seizoen, waarin de vogels zullen broeden en hun kuikens zullen uitvliegen: het leven tegemoet.

Het is de laatste dag, een stiltedag. Anneke heeft ons gevraagd een brief aan onszelf te schrijven. Ze wil dat we opschrijven wat we hebben geleerd, wat belangrijke inzichten zijn die we niet willen vergeten. Als wij straks dan weer zijn opgegaan in ons gewone leven, zal zij ons de brief op een onverwachts moment toesturen, zodat we onszelf kunnen verrassen met een wijze les.

Voor de rest is er vandaag geen programma en omdat het de bedoeling is dat we niet met elkaar praten, ontbijten we in stilte, waarna ik met Roger een laatste wandeling door de duinen maak. Ik probeer te bedenken wat ik geleerd heb de afgelopen drie weken. Er is zoveel gebeurd dat het voelt alsof ik maanden weg ben geweest van huis.

De gedachte aan thuis zorgt ervoor dat mijn maag weer ineenkrimpt. Ik zie ertegen op alle mensen uit mijn oude leven terug te zien. In een klein dorp is het moeilijk de veroordelende blik van bekenden te vermijden, en nu al mijn geheimen op straat liggen zal iedereen weten dat ik die homo ben die geprobeerd heeft zichzelf om te leggen. 'Hij zal het wel gedaan hebben om aandacht te trekken,' hoor ik ze al zeggen.

Ik wou dat ik hetzelfde zelfvertrouwen had als Dave: met mijn voeten op de grond, mijn rug recht en een zelfverzekerde blik in mijn ogen.

Op de top van een duin, met uitzicht op zee, ga ik even zitten. Ik laat mijn gedachten kabbelen als golven in het water. Mijn tienerjaren probeer ik te vergeten. Ik schaam me voor wie ik toen was, voor wat ik heb gedaan en voor wat ik niet heb gedaan. Het voelt alsof ik de beste jaren van mijn leven heb verspeeld, waardoor de dood nu in mijn nek hijgt en ik gehaaste keuzes moet maken.

Toen ik uit de kast kwam, dacht ik dat dat het laatste hoofdstuk was van mijn zorgen omdat ik geen geheimen meer had, maar niets bleek minder waar. Mijn grootste geheim is misschien wel het feit dat ik mezelf nooit heb geaccepteerd.

Mensen zeggen dat het niets uitmaakt dat ik homo ben: 'Je blijft dezelfde jongen.' Maar de jongen die ik was, dat ben ik niet... Ik heb nooit gedaan wat mijn hart mij vertelde, nooit mijn passies gedeeld of mijn eigen weg gevolgd. Ik heb altijd mijn verstand gebruikt, altijd mijn keuzes gemaakt met de overweging: zou een échte jongen dit ook doen? Elke dag werd het labyrint van leugens groter, tot ik de uitgang van het doolhof niet meer vinden kon. De muren werden hoger, de gangen smaller, tot ik klem zat en de dood het licht leek waar ik naar op zoek was. Ik heb mezelf gesloopt, omdat ik niet ben wie ik dacht dat ik moest zijn.

Je kunt alles zijn wat je maar wilt.

Roger komt naast me staan, laat een stok in het zand vallen en begint aan mijn hand te likken.

'Je hebt gelijk,' zeg ik lachend, en ik aai de hond over zijn kop. 'Het leven is helemaal niet zo moeilijk als ik gewoon mezelf ben. Er zullen altijd mensen zijn die van me houden, en mensen die me zullen verachten, wat er ook gebeurt.'

Ik pak de stok van de grond en gooi hem weg, waarna Roger een sprintje trekt om de stok weer op te halen. Nadat we zijn uitgespeeld besluit ik terug te lopen naar Het Baken. Het is tijd om te beginnen aan mijn brief; ik weet precies wat ik mezelf vertellen wil.

Om 18:00 uur slaat Anneke op een bel om het einde van de stille tijd aan te geven, en om de afsluitende barbecue te openen.

'Thank Goodness!' roept Louise. 'Ik had echt geen vijf minuten langer stil kunnen zijn.'

'Ik vond het heerlijk,' zegt Dylan. 'Doe mij maar vaker zo'n dag met nul verplichtingen.'

Justin kijkt hem vragend aan. 'We moesten toch die brief schrijven?!' Hij houdt een dichtgeplakte enveloppe omhoog, die hij aan Anneke overhandigt.

'Heb ik ook gedaan,' zegt Dylan lachend, en hij laat een piepklein envelopje zien.

'Is dat alles?' vraag ik.

Dylan geeft het envelopje aan Anneke. 'Soms moet je dingen niet moeilijker maken dan ze zijn.'

Als iedereen zijn brief heeft ingeleverd, komt Cora langs onze tafel om aan te geven dat het buffet bij de barbecue is geopend. 'Er is salade, stokbrood en vlees. Ik heb ook allemaal vegan en glutenvrije dingen, van alle soorten troep die jullie tegenwoordig in jullie lichaam stoppen wat.'

De sfeer is goed, en de groep voelt vertrouwd. Het idee dat ik morgenavond weer thuis ben steekt me. Hier hoef ik me niet meer anders voor te doen, en nadat ik een bordje met eten heb gehaald, sla ik mijn benen zonder na te denken over elkaar onder tafel.

Na het eten verdwijnt Dylan de keuken in om zijn dessert af te maken. Een paar minuten later komt hij naar buiten met een grote bak tiramisu, met in het midden een vuurwerkfontein. 'Tadaa!' roept hij, en zet het dessert midden op tafel.

'Dat ziet er goed uit!' zeg ik.

'Bedankt,' zegt Dylan met een flauw lachje. 'En wat vind je van het toetje?'

Ik lach.

'Geef mij maar een lekker groot stuk,' zegt Judith. 'Ik moet tenslotte mijn figuur een beetje in vorm houden.' Ze schudt even met haar billen heen en weer, die gretig dansen in haar broek.

De tiramisu is heerlijk, en als iedereen zijn bord heeft afgelikt en de spullen van de barbecue zijn opgeruimd, komt Judith langs met koffie en thee.

'Ik wil misschien les gaan geven,' zegt Anna dan ineens.

'Les?' vraagt Dylan.

'Dansles,' verduidelijkt ze. 'Ik kan helaas zelf niet meer zo goed dansen, maar misschien dat ik anderen kan helpen om hun doel te bereiken.'

'Wat een goed idee,' beaamt Judith. 'Ik weet zeker dat er veel jonge meiden zijn die op zoek zijn naar een voorbeeld zoals jij. Je bent een prachtige, getalenteerde vrouw. De balletwereld kan vast wel wat meer diversiteit gebruiken.' Ze knipoogt, en Anna's ogen lichten even op.

Als de zon achter de duinen is verdwenen, vragen Justin en Kimberley of we naar de moestuin komen voor hun verrassing. We lopen achter het tweetal aan en gaan door het klaphekje de moestuin binnen. Aan het einde van de tuin, tussen de courgettes en de komkommers, is een klein prieeltje gebouwd. Vijf witte palen steken uit de grond, en houden een beige doek op zijn plaats. Om het prieeltje staan een klimop en een rozenstruik geplant, die uiteindelijk hun weg omhoog zullen vinden.

'Wat vinden jullie ervan?' vraagt Kimberley.

'Het is prachtig!' roept Anneke.

'Wacht even,' zegt Justin. Hij loopt naar het schuurtje schuin achter het prieeltje. Dan volgen er wat flitsen, waarna honderden kleine lampjes het prieeltje verlichten en het veranderen in een magisch tafereel.

'Geweldig!' roept Judith. 'In één woord: geweldig!'

'Het meeste werk is door Justin gedaan, hoor,' zegt Kimberley. 'Hij is heel erg handig, met hout en lichtjes, en zo.'

'We hebben het samen gedaan,' zegt Justin. 'Zonder jou had ik het niet gekund.'

Anneke loopt naar het prieeltje toe en gaat op het steigerhouten bankje zitten. 'Hier zie ik mezelf wel zitten met een lekkere cocktail.'

'Wel alcoholvrij dan,' zegt Dylan lachend.

'Uiteraard!' bevestigt Anneke met een glimlach.

Judith komt naast me staan. 'Misschien kun je nu je voordracht houden?' fluistert ze in mijn oor, en ze geeft me een klein duwtje.

Ik voel mijn hartslag omhoog schieten, en met trillende vingers zet ik nog een stap naar voren.

Adem in, adem uit.

'Ik wil graag wat voordragen,' zeg ik. 'Als mijn bijdrage aan de bonte avond.'

Anneke staat op van het bankje, loopt weer terug naar de groep en wijst dat ik in het prieeltje moet gaan staan.

Vertwijfeld ga ik onder het afdakje staan, en kijk even omhoog naar de honderden lichtjes die stralen als sterren aan de hemel. Ik voel me klein, een nietig mens in het universum. Ik kijk naar de gezichten van de mensen die voor me staan. Hun ogen op mij gericht, wachtend op wat ik ga zeggen, alsof mijn woorden ertoe doen en ze benieuwd zijn naar mijn verhaal.

Ik voel dat ik volschiet. Het is raar hoe snel je een band kunt opbouwen met mensen die je nog maar zo kort kent. Snel slik ik mijn tranen weg. 'Ik heb een stukje voorbereid uit *Hamlet*. Een van de hoofdpersonen, Polonius, zegt dit tegen zijn zoon Laertes, die op het punt staat om naar Frankrijk te vertrekken om te studeren. Toen ik het las moest ik direct aan jullie denken, en aan wat ik jullie mee zou willen geven voor jullie nieuwe leven – voor straks weer thuis:'

Adem in, adem uit.

'Nog hier, Laertes? Vlug, aan boord, schiet op.
De wind zit in de schouder van je zeil,
men wacht op je. Ik zegen je hierbij.
En deze regels moet je goed onthouden:
geef nooit het woord aan wat je denkt. Doe nooit
iets onbezonnens of iets buitensporigs,
wees ongedwongen maar wordt nooit vrijpostig;
zorg voor de trouwe vrienden die je hebt,
bind hen met stalen banden aan je hart,
maar reik niet iedereen die je ontmoet
meteen je hand, daar worden ze eeltig van.

Vermijd conflicten, maar krijg je ze tóch,
zorg dan dat het je vijand spijten zal.
Leen ieder 't oor, maar slechts een paar je stem,
hoor ieders mening aan maar oordeel niet.
Laat kleren kosten wat je beurs kan dragen,
en koop niet excentriek, maar chic, klassiek,
want aan de kleren ken je vaak de man.

Nu het belangrijkste: blijf steeds jezelf,
want daaruit volgt, als uit de nacht de dag,
dat je geen ander mens bedriegen kunt.
Vaarwel, en doe je voordeel met mijn raad.'

Even is het stil, maar dan begint iedereen luid te applaudisseren.

Dylan fluit op zijn vingers.

'Prachtig!' roept Judith. 'Bravo!'

Ik voel dat ik verlegen word en snel loop ik weer terug, zodat ik me kan mengen met de groep.

'Dat van die kleren ging over mij?' Louise trekt haar wenkbrauwen speels omhoog.

Ik schiet in de lach. 'Ik denk dat Shakespeare dit in 1600 inderdaad heeft geschreven met jou in zijn gedachten.'

Louise perst haar lippen tegen elkaar.

Dan kijkt Anna haar aan. 'Zullen wij nu ook?'

Louise haalt een keer diep adem en knikt. Samen gaan ze voor het prieeltje staan, waarna er een zacht, betoverend melodietje wordt afgespeeld via een draadloze speaker.

Anna's lichaam ontspant, haar gezicht wordt zachter en haar bewegingen soepeler. Ze sluit haar ogen, maakt haar armen lang en beweegt ritmisch mee op de maat van de muziek. Haar bewegingen zijn sierlijk, sterk en breekbaar tegelijk.

Louise volgt haar voorbeeld. Ze dansen synchroon, alsof ze elkaar door en door kennen en begrijpen.

Iedereen staat ademloos te kijken naar de twee meiden die voor een moment lijken te vergeten dat de wereld bestaat. We leven in het hier en nu, waardoor we allemaal voelen dat we met elkaar verbonden zijn.

44.

Eén maand eerder

Ik stond onder de douche, het leek nog de enige plek waar ik veilig was. Het stormde nu al weken in mijn hart, niet een storm zoals we die in Nederland kennen, maar een tropische storm, een orkaan, zoals je ze op het nieuws ziet. Een modderstroom die alles doet overlopen en meesleurt wat hij tegenkomt. Het groene gras, de paarse bloemen, alles verdwijnt in een kolkende, bruine massa.

Mijn lichaam deed pijn. Ik leefde van paniekaanval naar paniekaanval. Het was wachten tot een van mijn monsters mij weer pakken zou, wetende dat ik zelf het grootste monster was.

Mijn ziel was bezeten door een duistere kracht waartegen ik niet meer vechten kon. Mijn handen waren vervloekt, waardoor alles wat ik aanraakte veranderde in as. Mijn mooiste herinneringen werden bedekt onder een plakkerige laag teer, en de nieuwe foto's werden ontwikkeld in een bak met zwarte inkt –

De warme stralen van de douche stroomden over mijn rug en schouders. Stoom vulde de badkamer en verdween door de kier van het badkamerraam de koude nacht in. Het hete water bood deze keer geen troost, maar leek mijn gedachten in mijn rood uitgeslagen huid te branden. Ik wist niet hoelang ik daar al stond. Mijn handen tegen de muur, zodat de wereld niet meer draaien zou en ik niet vallen kon.

Op het plankje tegen de muur lag een scheermes naast de shampoo en douchegel. Ik speelde met de scherpe randjes in mijn gedachten, me afvragend hoeveel pijn het zou doen om te sterven –

Een mens krijgt nooit meer te verduren dan hij aankan.

Wat nou als ik op aarde was gezet om zelfmoord te plegen, om de wereld te laten zien wat er aan de hand was. Dat juist de jongens en meisjes die zo normaal lijken, zo alledaags, vanbinnen wegrotten. Dat zij de woorden horen dat ze niet mogen bestaan, dat ze met hun hoofd naar beneden van een flat gegooid zouden moeten worden, of met stenen bekogeld tot ze niet meer ademen –

Zelfs voor de dood ben je te laf.

Wat als ik voor God kwam te staan, dan zou het vuur uit zijn ogen mij verteren. Ik zou voor eeuwig branden in de hel, elke dag opnieuw leven met de wens om mijn polsen door te snijden –

Ik zette de douche uit en hoopte dat mijn vuile gedachten weg zouden spoelen met de laatste restjes water naar het riool, ver bij mij vandaan. Met een handdoek schuurde ik mijn huid droog. De spiegel in de badkamer was beslagen, ik kon mezelf niet meer zien zoals ik was.

Op mijn kamer trok ik een comfortabele sportbroek aan en mijn favoriete trui. Ik opende mijn laptop en bezocht de pagina die ik eerder die maand al had gevonden. Mijn vingers trilden, maar toch voelde ik me rustiger dan ik me in maanden had gevoeld toen de woorden op mijn scherm verschenen: Hartelijk dank voor uw bestelling.

45.

Ik word wakker met een knoop in mijn maag: vandaag ga ik naar huis. Het afscheid zal me zwaar gaan vallen, en de reis roept spanning bij me op. Louise heeft aangeboden ons met de auto naar de veerboot te brengen. Ik heb vriendelijk bedankt, want ik wil de reis in stijl afsluiten door alleen met de bus te gaan.

Na het douchen loop ik naar beneden, de ontbijtzaal in. Ik vul een bakje met wat yoghurt en granola. Buiten miezert het, in de eetzaal is het rumoerig, dus ik besluit mijn ontbijt in de serre op te eten.

Justin komt naast me zitten. Op zijn bord liggen twee croissants en een witte boterham met chocoladepasta. Hij neemt een hap. 'Ik heb echt bewondering voor jou, Bram,' zeg hij, al kauwend op zijn croissant.

'Hoezo?' vraag ik verbaasd.

Hij haalt zijn schouders op. 'Gewoon, zoals jij bent. Je komt vriendelijk over, straalt vertrouwen uit. Ik voel me erg op m'n gemak bij je, en heb het idee dat ik gewoon mezelf kan zijn.'

'Dat valt toch wel mee,' zeg ik, een beetje uit het veld geslagen. 'Ik heb nou niet echt het idee dat ik zo bijzonder ben...'

'Misschien is dat juist wat jou bijzonder maakt?'

Ik voel dat ik rood word.

'Mag ik erbij komen zitten?' vraagt Kimberley. Ze heeft onhandig een bakje yoghurt in haar vrije hand, die niet in het verband zit verpakt.

Justin pakt het bakje van haar aan en wijst dat ze op zijn plek moet gaan zitten naast het tafeltje. De twee hebben even oogcontact, maar kijken dan weer vlug een andere kant op. Het lijkt alsof er een elektrische lading is overgesprongen die ik niet heb gevoeld.

Als de twee druk in gesprek zijn, en niet in de gaten hebben dat ik wegloop, weet ik zeker dat ik iets gemist heb.

Een uur later sta ik beneden in de hal met mijn ingepakte tas, klaar voor vertrek.

'Kan iemand even helpen met mijn koffers?' vraagt Louise van bovenaan de trap.

Ik kijk omhoog en heb een flashback naar onze eerste ontmoeting. 'Tuurlijk,' zeg ik, omdat ik het dit keer meen.

Als van iedereen de bagage staat opgestapeld in de hal komt ook Anneke naar beneden om afscheid te nemen. Ze geeft iedereen een knuffel. 'Bedankt, allemaal,' zegt ze. 'Ik ben oprecht trots op jullie, en de groei die jullie hebben doorgemaakt de afgelopen weken. Uiteraard blijven we contact houden, zodat we jullie kunnen helpen met het vinden van een passend natraject, zodat jullie de behaalde winst ook vast kunnen blijven houden.'

Judith komt met de plastic opbergbak uit haar kantoor gelopen. 'Deze ook niet vergeten!'

'No way!' roept Louise. 'Zonder mijn telefoon was ik hier echt never vertrokken!' Ze haalt haar iPad en telefoon uit de bak, en knuffelt ze alsof ze een lang verloren vriend weer in haar armen sluit.

'Zien we elkaar nog eens?' vraagt Kimberley, terwijl ze haar telefoon uit de bak vist.

'Zeker!' zegt Justin. 'Ik bedoel – we kunnen wel nummers uitwisselen, toch?'

Iedereen knikt instemmend.

Ik pak als laatste mijn telefoon en besluit dat ik nog wat langer van de rust wil genieten, en stop hem in mijn zak, zonder het toestel aan te zetten.

'Ik denk dat dit het dan is?' vraagt Dylan.

We staan allemaal een beetje onwennig bij elkaar.

'Ik denk het,' zegt Anna. 'Ik vond het leuk om jullie te leren kennen.'

'Ik ook,' zeg ik. 'Ik denk dat we ons geen betere groep hadden kunnen wensen.'

Judith staat met tranen in haar ogen. 'O, elke keer dat afscheid! Het maakt me zo emotioneel.' Ze wappert met haar handen voor haar ogen, om haar tranen te drogen.

'Group hug?' vraagt Dylan lachend.

'Group hug!' roept Kimberley, en we vliegen Judith en Anneke met zijn allen lachend om de nek.

Met mijn tas in mijn hand loop ik naar de bushalte, mijn ogen rood van het huilen. Ik ga ze missen, allemaal. Het is bijzonder hoe iemands verleden, heden of toekomst er niet toe lijkt te doen op het moment dat je elkaar de vrijheid geeft om te leven en eerlijk te zijn.

Ik loop langs de vuurtoren en mijn hand begint te trillen, zoals altijd.

Adem in, adem uit.

Angstige gedachten proberen zich te wortelen in mijn gedachten: de bus kan een ongeluk krijgen – je kunt doodgaan – hartaanval –

Adem in, adem uit.

De bus naar Nes draait de hoek om. Ik spreek mezelf moed in: ik kan dit.

De chauffeur knikt vriendelijk naar me terwijl ik mijn ov-chipkaart scan. Ik zoek een plaats uit, ergens voorin in de bus, en kijk uit het raam, terwijl de bus langzaam in beweging komt.

Je angst kan je geen kwaad doen.

Ik wrijf mijn bezwete handen droog over mijn spijkerbroek, en kijk naar de wereld die passeert.

Ik zie een merrie in de wei staan met haar veulen, dat nog wat onhandig op zijn benen staat. Twee vogels landen op de rand van hun waterbak en pikken enkele waterparels op met hun snavel.

We rijden verder, door het dorp, waar een jongetje op een bankje zit te genieten van een smurfenblauw ijsje in de zon. Het ijsje smelt sneller dan hij likken kan, en druipt over het hoorntje, langs zijn hand, steeds verder omlaag. Zijn moeder geeft hem een aai over zijn bol. Het jongetje glundert tevreden.

We rijden het dorp weer uit. De buschauffeur toetert vriendelijk naar een oude man, die zich langzaam voortbeweegt op zijn fiets. Zijn rug krom, zijn benen dun, maar hijzelf vastberaden in de bewegingen die hij maakt. Uit zijn fietstas steekt een fleurige bos bloemen, verpakt in cellofaan, waar hij ongetwijfeld iemand heel gelukkig mee gaat maken. De man wuift kort naar de chauffeur, slingert even, maar pakt zijn stuur dan weer met beide handen vast om zijn weg te vervolgen.

Als we in Nes aankomen ligt de grote boot al te wachten in de haven. Auto's worden aan boord geloodst om zich voor te bereiden op de overtocht. Wolken pakken zich dreigend samen boven zee, als een onheilspellend teken –

Adem in, adem uit.

Ik had gehoopt dat ik weg zou gaan op een andere manier. Dat ik op het dek van de boot zou staan met een zilte bries die mijn haar door de war zou gooien, en met de zon die wegzakt in de zee op de achtergrond. Ik had gehoopt dat de aftiteling zou beginnen en dat ik een voldaan gevoel zou hebben als na het zien van een goede film. Ik had gehoopt dat ik zou kunnen huilen van geluk, dat al mijn onzekerheden op het eiland zouden achterblijven en dat ik me enkel zou hoeven focussen op de hoop die als een vuurtoren brandt aan de horizon.

Maar het regent, en ik ben bang en misselijk.

Ik zit in het restaurant van de boot en tik wat ongeduldig met mijn voet op de grond. Ik wil me vrij voelen en naar buiten lopen, maar ik blijf zitten omdat ik bang ben voor het oordeel van de mensen om mij heen, omdat het raar is om in de regen te gaan dansen. Ik moet blijven zitten waar ik zit en mopperen over het weer, zeuren over hoe slecht we het hebben getroffen, want dat is wat een normaal mens zou doen –

Adem in, adem uit.

Ik sta op en loop de trap op naar het dek. Voorzichtig open ik de deur, en ik ruik de zee terwijl er koude regendruppels in mijn gezicht slaan. Er is niemand die naar me kijkt, niemand anders dan ik die ook maar één seconde nadenkt over wat ik doe. Ik loop naar de reling, spreid mijn armen en draai een rondje door de storm, de regendruppels wassen mij schoon van schaamte en schuld.

Ik richt mijn blik op de horizon, recht mijn rug, zet mijn handen in mijn zij en voel mijn rode cape wapperen in de wind.

There is freedom
waiting for you,
on the breezes
of the sky,
and you ask
'What if I fall?'
Oh but my darling,
what if you fly?

– Erin Hanson

Eén jaar later

Luid bellend stopt de tram bij de halte. Het is druk. Ik wurm me tussen de mensenmassa door naar binnen, en wordt begroet door de conducteur. Een toerist stoot me aan met zijn grote backpack, maar neemt niet de moeite zichzelf te verontschuldigen.

Adem in, adem uit.

Ik voel mijn vingers tintelen, zoals verwacht, dat gebeurt altijd. De geur van versgebakken kibbeling walmt door de tram. Het maakt me misselijk.

Je angst kan je geen kwaad doen.

Ik loop wat verder naar voren, waar ik iets meer ruimte heb om te staan. Ik twijfel of ik toe ben aan de volgende stap, gaat het allemaal niet té snel?

Een paar haltes verder licht mijn hart op als er een blonde jongen met blauwe ogen de tram instapt. Zijn ogen kijken zoekend rond, maar fonkelen kort als hij mij ziet staan. Hij baant zich een weg tussen de mensen door naar me toe, kijkt om zich heen of het veilig is, en geeft me dan een kus.

'Ben je er klaar voor?' vraag ik.

Dave knikt. 'Het wordt tijd dat ik je ouders ga ontmoeten! Ook leuk voor hen, dat ze eindelijk hun knappe schoonzoon in hun armen kunnen sluiten.'

Ik lach, mijn ogen worden klein van pret. 'Je bent niet goed wijs,' zeg ik, en sla Dave speels op zijn borst.

We stappen uit op Amsterdam Centraal, nemen de trein en dan een bus.

Ruim een uur later knarst het grind onder onze schoenen als we de achtertuin van mijn ouders in lopen. Mijn hart klopt in mijn keel. Het is inmiddels alweer een tijdje geleden dat ik bij mijn ouders ben geweest. Ik had besloten dat ik los moest komen van mijn verleden, om zelf te bouwen aan de toekomst.

Binnen zitten papa en mama samen met Kira aan de keukentafel. Mama veert overeind als ze ons ziet. 'Wat leuk dat jullie er zijn!'

'Nou, dit is dan Dave,' zeg ik een beetje verlegen.

Mama geeft hem drie kussen op zijn wang, papa geeft hem hartelijk een hand en van Kira krijgt hij een knuffel.

Na een kop koffie, een stuk huisgemaakte appeltaart, en nadat mama en Kira Dave het hemd van zijn lijf hebben gevraagd, wordt Monopoly op tafel gezet; de beste manier om iemand écht te leren kennen.

Mama is als eerste bankroet, ik volg snel daarna. 'Voordat ik het vergeet,' zegt ze, 'er is post voor je gekomen.' Ze pakt een stapel brieven uit de kast en legt ze voor me op tafel.

Verveeld bekijk ik de brieven: een brief van de bank, van de belastingdienst en een met een handschrift dat ik niet direct herken. Ik staar naar de blanco enveloppe, waarop mijn naam met sierlijke letters staat geschreven. Ineens slaat mijn hart een keer over. 'Ik ben zo terug,' zeg ik.

Dave gooit net dubbel zes en eindigt met zijn paard op Vrij Parkeren. Hij knikt afwezig, terwijl hij lachend de pot met een aantal briefjes van twintig- en vijftigduizend euro van het bord in zijn hand veegt.

Ik loop de trap op naar boven, naar mijn kamer, trek de

gordijnen dicht en ga op bed zitten met de brief op schoot. Met trillende vingers maak ik de enveloppe open.

Lieve Bram,

Niet alles hoeft vandaag, je hoeft niet te leven alsof het je laatste dag is als morgen en overmorgen ook bestaan. Alles heeft zijn tijd.

Ga vissen, ga zwemmen, verspeel je tijd met luieren in de zon. Wees bovenal kind, puber en groei nooit op. Maak stomme fouten waar je je later voor schaamt en schaam je vooral niet voor je verleden.

Volg altijd je hart, dan kun je nooit verkeerde keuzes maken. Laat je corrigeren door je geweten en geef je over aan je tranen van verdriet. Geef ruimte aan je emoties, voordat zij de ruimte opeisen en bepalen wie jij bent.

Vecht voor de dingen waar je in gelooft, maar zorg ervoor dat je niemand verwondt. Bid voor de mensen die je willen breken, stel je hart open voor de mensen van wie je houdt en vraag om hulp als je niemand meer vertrouwt. Je bent een mens dat leeft, beweegt en ademt, precies zoals je bent bedoeld.

Hou van jezelf, vecht voor jezelf, je bent sterker dan je denkt.

Alles komt goed.

Ik ben trots op je.

Bram

Ik zucht een keer diep en laat me achterovervallen op bed, de herinneringen aan Het Baken komen vol leven weer naar boven.

Na een paar minuten wordt er op de deur geklopt, die daarna langzaam opengaat. ‘Gaat het goed?’ vraagt Dave.

‘Mijn brief!’ zeg ik, en ik houd de enveloppe omhoog.

Dave komt mijn kamer binnen, gaat naast me zitten op bed en slaat zijn arm om me heen. 'En?' vraagt hij.

'Tja,' zeg ik, 'tegenwoordig kan ik me het grootste gedeelte van de tijd niet meer voorstellen dat ik me ooit zo slecht heb gevoeld dat ik...'

Ik maak de zin niet af, maar kijk naar de vlek in het tapijt op de overloop.

Dave geeft me een kus. 'Ik hou van je.'

Ik krul de hoeken van mijn mond omhoog. 'Ik ook.'